ro
ro
ro

rororo

Markus Kavka, Jahrgang 1967, ist seit anderthalb Jahrzehnten eines der bekanntesten Gesichter des deutschen Musikfernsehens. In den letzten zwei Jahren war er zudem mit eigenen Formaten bei Kabel Eins, 3sat, dem ZDF und MySpace zu sehen. Da er ursprünglich aus dem Printbereich kommt, blieb er der Schreiberei stets verbunden. So erschienen von ihm die Kolumnensammlungen «Elektrische Zahnbürsten» und «Hamma wieder was gelernt» (rororo 62379) sowie das Gesprächsbuch «Mach mir mal 'ne Nudelsuppe» (rororo 62276). «Rottenegg» ist sein erster Roman.

MARKUS KAVKA

rottenegg

ROMAN

ROWOHLT TASCHENBUCH VERLAG

Nach einer Idee von Markus Kavka
und Bernie Mayer.

Veröffentlicht im Rowohlt Taschenbuch Verlag,
Reinbek bei Hamburg, August 2012

Umschlaggestaltung any.way, Cathrin Günther,
nach einem Entwurf von HAUPTMANN & KOMPANIE
Werbeagentur, Zürich
(Fotos: © Jürgen Eis; © privat)
Foto des Autors © Lula
Satz aus der Rockwell, InDesign,
bei Pinkuin Satz und Datentechnik, Berlin
Druck und Bindung CPI – Clausen & Bosse, Leck
Printed in Germany
ISBN 978 3 499 25447 5

Für meine Eltern

Alle Charaktere in diesem Buch sind rein fiktiv, eventuelle Übereinstimmungen mit real existierenden Personen sind nicht beabsichtigt und somit rein zufällig. Dies gilt besonders für die Hauptfigur.

1
KÜNDIGUNG

«Des is kaa Rock'n'Roll mehr. Das ist einfach nimmermehr das Musikfernsehen von früher, Gregor.» Fritz Kuchler, mein Chef, sah mich merkwürdig gönnerhaft an. Er hatte mir das Gesicht leicht entgegengeneigt, sodass er zu mir hochschauen konnte, obwohl er natürlich viel größer war als ich. Ich bin eh nicht der Größte, und wenn man einen Chef hat, der 1,90 misst und der noch dazu ein ähnlich schneidendes Organ wie Edi Finger besitzt, dann ist man schnell eingeschüchtert und geradezu gezwungen, den Schmarrn zu glauben, den er einem erzählt. Obwohl oder vielleicht sogar gerade weil er Österreicher ist.

«Du, i werd no narrisch, wann i sig, was die aus London mittlerweile für Umsätze von uns erwarten und einem dann noch dazu die Budgets halbieren, da fall ich tot vom Stuhl. Das ist nicht mehr das PTV, das ich kenn. Mit Rock'n'Roll hat das echt nicht mehr viel zu tun, das sag ich dir unter uns, Grex.»

«Hm», machte ich und fragte mich, ob ich sie auch schon früher so gehasst habe, die Art, wie der Kuchler «Rock'n'Roll» ausspricht. *Raggnroi.*

«Hearst, und es ist ja nicht so, dass ich lieber ein

Bushido-Special ausstrahle als eins über Oasis, Gregor. Weil, wann's nach mir geht, dann würde ich nachts alte Neil-Young-Konzerte bringen.» Kuchlers Tonlage wurde höher und unangenehmer, und offensichtlich hatte er sich verschluckt, sein Nachsatz ging nahezu in hysterischem Husten unter.

«Des wär eh leiwand, oder? Den ganzen Dog Neil Young und die oidn Heldn», brach es aus ihm heraus.

«Aber wir sind halt ein börsennotiertes Unternehmen, und der Arbeitsplatz wird nicht um den Mitarbeiter herumgestrickt. Aber wem sag ich das, du bist eh Profi genug, um das zu wissen.»

«Eh klar, Fritz», nickte ich seinen Sermon weiter ab und war mir langsam sicher, dass dieses Gespräch, dieser Monolog, eine unangenehme Wendung nehmen würde. Im Hinterkopf hatte ich ohnehin Folgendes: Ich hatte mich hier bei PTV festgesessen, war vermutlich zu lethargisch gewesen, mir was anderes zu suchen, hatte das gute Gehalt eingesteckt und verdrängt, dass es nicht ewig so weitergehen konnte, dass sich das Jugendfernsehen quasi vor meinen Augen über mich hinwegentwickelt hatte. Selbst schuld, wenn man mich jetzt rauswarf. Oder besser: sich mich nicht mehr leisten konnte. Denn darauf lief es doch hier hinaus. Für ganz blöd brauchte mich der Kuchler auch nicht halten.

«Schau, Grexi.» Kuchlers Stimme klang jetzt endlich etwas gedämpfter, wie immer, wenn er einen auf vertrauensvoll macht.

«Was meinst du, wie ich mich gefühlt habe, als ich gestern die Christiane gehen lassen musste? Glaubst doch nicht, dass ich danach ruhig schlafen konnte oder mir noch in aller Ruhe das Rapid-Spiel auf Premiere einipfiffen hob. Das ist für mich ja dasselbe Horrorszenario wie für die Leute, die ich heimschicken muss. Vielleicht haben's die sogar noch besser, die können ihre Hände in Unschuld waschen, aber ich hab ja diese manischen Umstrukturierungsmaßnahmen der Engländer mitzuverantworten. Du verstehst mi, Grex, oder? Das ist kein Rockkonzert mehr mit vier, fünf geilen Typen, das ist a schaaß Sinfonieorchester, wo's nicht mehr auffällt, wenn der Streicher aus der mittleren Reihe links oben ausfällt.»

Ich konnte Kuchlers Parabel vom Sinfonieorchester auf Anhieb nicht folgen.

«Jeder ist ersetzbar», ergänzte er gütigerweise.

«Ein Gregor Herzl, aber auch ein Fritz Kuchler. Wer weiß denn, wie lang man *mir* noch den ewigen Berufsjugendlichen abkauft? Waaßt eh, Grex, ich versteh mich hier als Hüter der Marke *POP TV*, und als solcher muss ich auch unbequeme Entscheidungen treffen. Klar warst du nach außen hin immer unser Capitano, aber irgendwann ist es einfach mal Zeit für den Nachwuchs. Das gilt ja für mich eh genauso, Gregor. Meinst du, die lassen mich hier noch lang in den Sessel furzen? Die Globalisierung lässt Privilegien wie unsere einfach nicht mehr zu. Du, eine Festanstellung für einen Moderator, wo gibt's das denn noch? Ach, geh weiter, Gregor, sei froh, dass du raus bist aus dem Affenhaus. Verstehst schon, wie ich's mein, oder, Grexi?»

«Klar versteh ich dich, Fritz. Ich will mich ja sowieso weiterentwickeln und ein bisschen ausprobieren. Das kommt mir alles nicht ungelegen», log ich. Weil, weiterentwickelt hätte ich mich sicher auch, während ich bei PTV hochbezahlt meine Zeit abgesessen und nebenbei meine Kontakte geknüpft hätte. Kuchler fing plötzlich an, schrill und ungehalten zu lachen.

«Was ist los, Fritz?», fragte ich.

«Ich lach nur, weil ich dir hier diesen ganzen Schmäh erzähle, aber du mir in Wirklichkeit ja schon drei Schritte voraus bist. Du dealst doch längst schon mit Sat.1 oder ProSieben und lässt dich in Gedanken vom Musikfernsehen am Orsch lecken. Hauptsach, mia zoin, oder, Grex? Hahahaha!»

«Schmarrn, Fritz. Ich bin immer gerne hier gewesen. Macht mir nach wie vor Spaß, die Arbeit. Also – hat mir gemacht.»

«Ja, nein, Grex, lass dich net zwiebeln von mir. Ich will ja nur sagen, dass du eh irgendwo unterkommst. Ich mein, für mi bist du eh ein totaler Charismatiker.»

Charismatiker, das klang ein bisschen nach Asthmatiker oder sonst einer Behinderung, wenn Kuchler das sagte. Als sei meine ureigene Art zu moderieren ein Handicap. Ich war in letzter Zeit ohnehin etwas unsicher, was meinen Moderationsstil betraf, seit dieser freidrehende, aber leider vielgelesene Blogger namens Rationalhymne mich durch den Dreck zog und auf seinem Hirnschissblog erzählte, was für ein überbewerteter Pseudo-Intellektueller ich sei. Arschloch.

«Die Perso klärt dann den Rest mit dir. Gehst einfach auf dem Rückweg zur Silke ins HR-Büro. Die macht dir dann den Vorschlag für die Abfindung. Und is eh kloar, dass du sofort abhaun kannst. Du musst deine

Zeit jetzt nicht mehr hier absitzen. Aber vergiss nicht, deine Nummern aus dem Geschäftshandy zu löschen, bevor du's abgibst. Nicht dass der Faris deine ganzen Weiber anruft, wenn ich ihm deinen Blackberry geb. Hahaha!» Wieder dieses ungehaltene unangenehme Lachen. Ein ganz geschertes Lachen. Ein Lachen, bei dem ich mich fragte, wie man es mit dieser gescherten Lache überhaupt so weit hat bringen können. Ich schaute den Fritz Kuchler aus Wien argwöhnisch an, weil er Faris erwähnte, den Nachwuchsmoderator und das bisherige Back-up für meine Livesendung. Ein hektischer Wichtigtuer.

«Naa, i pflanz di doch bloß. Des haaßt jetzt net, dass der Faris deinen Blackberry bekommt oder dein Format moderiert. Die Sendung können wir uns bei den Kürzungen auch gar nicht mehr leisten.»

«Schon klar, Fritz. Ich hätt halt einfach noch gern eine letzte Sendung moderiert, damit ich zu den Leuten servus sagen kann.» Kuchler ignorierte diesen offenbar unangebrachten Zwischenruf.

«Hearst, Grex, das waren Zeiten mit uns, urleiwand! Das war richtiger *Raggnroi* früher. Aber mia zwaa, mia gehen bald mal einen saufen, oder?»

«Logisch, Fritz, geh ma einfach mal einen saufen. Auf alte Zeiten.»

Die Tür ging auf, und Kuchlers Assistentin Kornelia, eine gute Seele mit Rehaugen, die sie sicher schon vor schlimmeren Ausbrüchen Kuchlers bewahrt hatten, steckte den Kopf herein. «Fritz, wir hätten schon den nächsten Termin. Wie lang braucht ihr noch?»

«Wir sind durch, oder, Grexi?»

«Freilich, Fritz. Total durch», lachte ich über meinen eigenen blöden Witz. Kuchler lachte zurück, laut und ungehobelt. Er stand auf, ich auch, und dann hieb er mir dermaßen kameradschaftlich auf die Schulter, dass ich leicht zusammensackte. Kuchler hielt die Tür auf, während ich mir noch die Schulter rieb. Ich schloss dann die Tür hinter mir und schlich die Treppen runter zum Personalbüro.

Als ich das PTV-Gebäude verließ und zu meinem Auto ging, flötete mir die süße Rezeptionistin noch «Bis morgen, lieber Greg» hinterher. «Bis morgen, Natalie. Servus», flötete ich zurück, als wär nix. Es würde natürlich kein Morgen geben, eh klar. Aber so viel Komplexität wollte ich der Natalie am frühen Nachmittag nicht schon zumuten. Ich musste mir in dem Moment auch eingestehen, dass mir der Laden jetzt schon fehlte. Hier konnte ich vor der Kamera fast alles machen, was ich wollte, niemand hat versucht, mich so glattzubügeln wie all die anderen Privatfernsehen-Teleprompter-Fressen da draußen. So schön würde ich es wohl nie wieder haben.

Andererseits war das die Gelegenheit, der ewigen Juvenilität den Rücken zu kehren und sich ins seriösere Fernsehfach zu begeben. Den ungezwungenen Alarm hatte ich ja noch beim Auflegen. Und ansonsten musste ich mich irgendwie an die Öffentlich-Rechtlichen ranpirschen, damit ich irgendwann mal das Aktuelle Sportstudio moderieren durfte. Ich wollte gar nicht den Umweg über RTL, Vox oder die anderen Prekariats-Sender nehmen.

Dabei hatte ich gar keine hochtrabenden Karrierepläne. Ich musste kein bekannter Schauspieler werden oder im Alter den *Polonius* am Stuttgarter Schauspielhaus geben. Ich schrieb jetzt meine Abrechnung mit dem Musikfernsehen in ein Buch, mein Manager Konnie hatte auch bereits mit mehreren Verlagen Kontakt aufgenommen, und dann ging's hoffentlich sowieso irgendwann zum ZDF. Arte wäre auch erst mal okay. Oder vielleicht machte ich mal was für den BR?

So schossen mir damals allerlei Hirngespinste durch den Kopf, als ich in meinen Audi stieg und das letzte Mal den Heimweg von meinem alten Arbeitgeber POP TV, kurz PTV, antrat. Hätte ich da schon gewusst, was mich auf dem freien Markt erwartet, hätte ich meine nagelneue Karre vielleicht gleich im Anschluss an meinen Rauswurf in Friedrichshain geparkt und mich damit über Nacht von einem dieser zündelnden Autoschänder, die Berlin seit Jahren heimsuchen, abfackeln lassen. So aber war ich dabei, der Kündigung ganz naiv etwas Gutes abzugewinnen, und damit meine ich nicht die verhältnismäßig großzügige Abfindung von 20 000 €. Ich hatte auf einmal etwas, das ich schon lange nicht mehr gehabt hatte: eine Perspektive.

Beim Starten des Motors schaute ich mir nochmals kurz das PTV-Quartier durch meine Windschutzscheibe an. Es war ein altes Industriegebäude auf der Kreuzberger Seite der Spree, ein wenig schäbig von außen, aber innen mit einer Produktionstechnologie ausgestattet, von der wir damals nur träumen konnten. Damals, als ich 1994 in dem Kellerbüro in Mitte angefangen hatte, Musikfernsehen zu machen.

Seinerzeit hatte ich meine eigene Metal-Sendung.

Eigentlich haben wir nur in diffusen Abbruchlocations zwischen Beton und Stahl Clips anmoderiert. Mein Redakteur Karl war dauerbedröhnt und aus dem Wendland. Unkoordiniert wäre noch ein Kompliment für uns beide gewesen. War trotzdem eine schöne Zeit.

Allein mit dem Nerdwissen eines Musikfans speiste ich die Moderationen, ganz ohne vorgefertigten Text, einfach so drauflos. Und unsere Auslanddrehs, mein Gott, die waren erst gaga. Ich weiß noch, eines Abends in Finnland, da hat der Karl den kompletten Inhalt seiner Minibar extrem überteuert an eine finnische Doom-Metal-Band verkauft, weil es sonst nirgendwo mehr was zu saufen gab. Ein kleiner Wodka ging damals für umgerechnet 50 Mark übern Tresen. Noch skurriler war natürlich, als wir durch die Everglades in Florida mit dem Morbid-Angel-Gitarristen gefahren sind. Auf so einem propellergetriebenen Sumpfflitzer. Der Typ hatte eine Knarre dabei und schoss damit wahllos immer mal ins Unterholz, dazu fuchtelte er wirr mit einer Machete herum. Oder der Dreh mit dem Machine-Head-Sänger und seiner Bullterrierzucht. Schissen die ganze Wohnung voll, die Viecher. Und derselbe Freak hat dann auch noch eine Ratte am Wannenrand k. o. geschlagen, um sie an seinen Python in der Badewanne zu verfüttern. Das waren die Pionierzeiten des Musikfernsehens. Sosehr ich die späteren Interviews mit Madonna, U2 und Konsorten schätzte, an die Metal-Jahre kommt nichts heran. Aber jetzt Schluss mit der Nostalgie. Gregor Herzl, neues Leben, auf geht's! Ich ließ den Wagen an.

Ich hielt es für eine Riesensache, mich auf direktem Weg zur Wohnung meiner Freundin zu begeben, um sie mit meinem vorzeitigen Feierabend zu überraschen. Klar, man weiß aus dem gemeinen Hollywood-Film, dass die Freundin immer dann in medias res mit dem Lover ertappt wird, wenn der Hausherr unvorhergesehen früh nach Hause kommt, aber so was wendet man ja nie auf das eigene Leben an. Man rennt ja auch nicht schreiend aus dem Keller, wenn mal das Licht ausgeht, sondern schaut nach, was da los ist, und begeht somit denselben Fehler, den die Teenager in den Slasher-Filmen machen. Und dabei müsste ich nach 14 Jahren Berlin doch wissen, dass Filmreifes hier zum Alltag gehörte.

Ich besaß an jenem Freitag im Oktober zumindest noch alle Zuversicht der Welt, dass mich meine Freundin, die wahnsinnig hübsche und gescheite Wilma Schwarzer, in den Arm nehmen und mir versichern würde, dass alles gut und mein Einstieg beim Aktuellen Sportstudio nur noch eine Frage der Zeit war. Und eigentlich wollten wir ja eh mehr Zeit zusammen verbringen. Wilma würde demnächst ihren Film mit Daniel Schürmann abgedreht haben, das übliche Mauerdrama halt, und dann könnten wir uns im Dezember für ein paar Wochen auf die Malediven oder nach Australien verziehen oder sonst wohin, wo's warm ist.

Und überhaupt: die Menge an Zeit, die plötzlich verfügbar war. Zuallererst würde ich natürlich jeden Tag so lange schlafen, bis ich nicht mehr konnte, also mindestens bis zwei Uhr nachmittags, nicht zuletzt, um endlich mein mehr als zehnjähriges Schlafdefizit auszugleichen. Dann wieder mehr auflegen und mit der Wilma öfter abends zum Italiener gehen und nicht schon beim zweiten Averna auf die Uhr schauen. Aber vor allem in Urlaub fahren. Dem Scheißwinter hier durch die Lappen gehen.

2
IN FLAGRANTI

Ich fuhr zum Helmholtzplatz und parkte mein Auto. Um diese Tageszeit gab es da auch tatsächlich Parkplätze, da waren die jungen Väter alle in ihren Agenturen und parkten Mitte zu. Als ich die Treppen von Wilmas Altbau hinauflief, fühlte ich eine Beschwingtheit, die ich ganz sicher seit Jahren nicht verspürt hatte. Zumindest nicht, seit ich keine Drogen mehr nahm. Im vierten Stock angekommen, hörte ich aus der Wohnung schon unseren Kater Jürgen miauen. Aufmerksam wie ein Wachhund, dachte ich noch. Natürlich besaß ich einen eigenen Schlüssel für Wilmas Wohnung, schließlich hatten wir ja keine Geheimnisse.

Ich schloss die Tür auf, und schon kam mir ein sanft maunzender Jürgen entgegen. Ich war mir gar nicht hundertprozentig sicher, ob Wilma überhaupt da war, aber irgendwas rumorte im Schlafzimmer, also ging ich von ihrer Anwesenheit aus. Ich hatte sie ja nicht über mein Kommen informiert, das Überraschungsmoment sollte also auf meiner Seite sein. Insofern rief ich gen Schlafzimmer «Überraschung!». Zunächst kam nichts zurück, dann ein fragendes «Gregor?». Gut, es war eher ein entsetztes «Gregor», kann ich mit dem heutigen Wissen korrigieren.

Das Schlafzimmer lag am Ende des Flurs, man konnte es aber auch durch eine Verbindungstür über das Wohnzimmer erreichen, und genau das hatte ich vor. Im Wohnzimmer war niemand, aber auf dem Sofa lag eine schwarze Lederjacke, die ich nicht kannte. Klar, sie fiel mir sofort ins Auge, aber ich konnte sie irgendwie nicht in einen sinnvollen Kontext bringen. Vermutlich spürte ich da aber schon, dass was faul war, und das war auch der Grund, warum ich einfach weiter wie ein Zombie in Richtung Schlafzimmer wankte und schließlich die Tür öffnete.

Meine Haut fühlte sich heiß an wie bei einem frischen Sonnenbrand, und mein Magen führte mit einem Mal ein waghalsiges Eigenleben. Es war wie in der Schule, wenn der Herr Morhardt mich in Physik zum Ausfragen an die Tafel geholt hatte, immer dann, wenn ich gar nichts gelernt hatte. Bevor ich die Tür ganz aufstieß, sagte ich nochmals vorsichtig «Wilma?». Eine Antwort bekam ich zwar nicht, aber ich hatte eh genug damit zu tun, das Bild zu analysieren, das sich mir bot.

Das Schlafzimmer war ein kleiner Raum, und ich stand direkt vor Wilmas großem Bett. Auf der mir zugewandten Seite lag die Dame des Hauses, offensichtlich nackt, aber die Decke über sich gezogen. Ihr glattes rötliches Haar fiel ihr lasziv ins Gesicht. Sie blickte mich an, aber immer wieder musste sie blinzeln, während ihr hübscher kleiner Mund zu einem Strich degeneriert war. Als ob sie in die grelle Sonne schaute. Die Hand, mit der sie die Bettdecke hielt, zitterte leicht.

Wilma alleine nackt im Bett hätte ich mir auch gerne in aller Ruhe angeschaut, doch da war leider noch jemand. Auf der anderen Bettseite lehnte mit nacktem Oberkörper – der Rest Gott sei Dank unter der Decke – ein guter Bekannter der Familie Herzl. Der Schauspieler Daniel Schürmann, derzeitiger Drehpartner von Wilma und gelegentlicher Saufkumpan von mir. Der Schürmann schaute mich ziemlich bedrückt an, als wolle er sagen: «Ich wollte deine Freundin nicht bumsen. Bin einfach ausgerutscht und auf sie draufgefallen.» Er hätte einem glatt leidtun können, hätte er nicht gerade mein Leben pulverisiert.

Ich merkte innerhalb von drei Sekunden, dass ich, wenn ich jetzt nicht sofort ging, vermutlich einen Hirnschlag bekommen würde. So drehte ich mich um und verließ kommentarlos die Wohnung, die Treppen runter, trat hinaus auf den Helmholtzplatz, rannte fast in einen kreuzenden Kinderwagen hinein, setzte mich in mein Auto und fuhr erst mal zwei Stunden durch die Gegend.

Einfach nur gefahren bin ich. Ziellos. Zeit schinden. Auf der Autobahn. Mit dem Wissen, dass ich da gleich nochmal hinmuss. Dass man da was klären muss, was eigentlich gar nicht mehr zu klären ist. Und der Hoffnung, dass der feine Herr Schürmann hoffentlich so aufmerksam war und sich erst mal wieder verpissen würde. Der Schürmann. Kann doch nicht wahr sein, hätte ich doch was merken müssen.

Komisch, dass ich keine Wut fühlte. Weder auf ihn noch auf sie. Ich bekam Bauchweh, aber konnte nicht aufhören, sinnlos rumzufahren. Auf die Avus bis nach Potsdam, dann über die Landstraße durch Kleinmachnow und Zehlendorf und den Rest der Stadt wieder zurück zum Prenzlauer Berg. Wie im Wahn, ohne Musik, ohne eine Idee. Irgendwann stand ich wieder bei Wilma in der Wohnung.

Drei Jahre war ich mit Wilma zusammen gewesen. Drei Jahre, in denen wir uns eigentlich gut eingespielt hatten. Wir wohnten zwar nicht zusammen, aber trafen uns fast täglich, wenn wir beide in Berlin waren, gingen essen oder kochten und übernachteten zusammen. Wir flogen auch mal gemeinsam nach London auf ein Konzert, fuhren an den Gardasee und besuchten auf dem Weg dorthin meine Eltern in Rottenegg.

Sex war kein großes Thema mehr, aber immerhin war es noch eins. Ist auch nicht so selbstverständlich nach drei Jahren, wenn man den Statistiken glauben darf. Streit gab es eigentlich nie, und wenn, dann ging er nicht von mir aus. Es war eher Wilma, die hin und wieder Beziehungsdefizite ansprach. Ich bin ja auch ehrlich genug, um zuzugeben, dass ich in Beziehungen ein gewisses Phlegma an den Tag lege, aber ich bin kein Ignorant. Ich merke schon, wenn was in die Binsen geht, und ich habe immer gemerkt, wenn bei Wilma was im Argen lag, auch wenn ich es nicht gleich angesprochen habe.

Diese Daniel-Schürmann-Sache hatte ich allerdings gar nicht kommen sehen. Es war ja nicht das erste Mal, dass Wilma mit attraktiven Jungschauspielern drehte. Es war ihr dritter größerer Kinofilm, seit ich sie kenne. Schließlich stand sie auch schon mit Til Schweiger vor der Kamera, und da war ja auch nix. Zumindest soweit ich weiß. Ich war da auch nie eifersüchtig. Noch nicht einmal, wenn ich mit ihr auf der Premiere war und sie auf der Leinwand in einer Bettszene gesehen habe. Im Gegenteil, stolz war ich. Jetzt nicht explizit auf die Bettszene, aber überhaupt. Und schließlich hatten wir uns auch wegen eines Films kennengelernt. Es war ebenjener Film mit Til Schweiger, der Wilma als Gast zu *Popstudio Berlin*, der Liveshow von PTV, brachte. Sie stellte mit Til ihren Film vor, ich war der Moderator an jenem Nachmittag, und nach der Aufzeichnung plauderten sie, Til und ich noch ein wenig.

Ich habe jetzt nicht unbedingt ein Selbstbewusstseinsproblem angesichts hübscher Frauen, aber vor Wilma hatte ich doch Respekt. Sie war eine blasse Schönheit mit roten Haaren, wirkte zerbrechlich, wenn man sie nicht reden hörte, aber sobald sie Vertrauen gefasst hatte, plapperte sie drauflos, ohne Rücksicht auf Verluste.

Ich war auf Anhieb von ihr fasziniert, hätte mich aber nicht von mir aus um ein Date beworben. Wilma war schon eine andere Klasse als ich. Sie hingegen schien schon damals mit 25 gemerkt zu haben, dass es in ihrer Branche nicht viele Leute gab, die ihr ruhig zuhörten, eine gewisse Gelassenheit ausstrahlten und keinen dieser branchenüblichen Minderwertigkeitskomplexe kompensieren mussten. Und dass ich ein paar Zentimeter kleiner bin als sie, hatte sie wohl auch nicht gestört. So oder so, sie gab mir nach der Aufzeichnung ihre Nummer und meinte, ich solle sie doch mal auf ein Konzert mitnehmen, ich würde mich doch so gut mit Musik auskennen. Darauf kam ich zwei Wochen später zurück, und wir gingen zu *Arcade Fire*, wo wir uns nach der Hälfte des Konzerts an die Bar zurückzogen und rumknutschten. Sex gab es tatsächlich noch in derselben Nacht, und ab da war eigentlich alles eingetütet. Wir verstanden uns gut. In den folgenden drei Jahren war eigentlich kein Tag dabei, der mich irgendwie genervt hätte. Bis auf den heutigen.

Als ich so mit Wilma in ihrer Küche saß, hatte ich eigentlich überhaupt keine Lust auf fadenscheinige Entschuldigungen. Es war noch nicht einmal so, dass ich grundsätzlich kein Fremdgehen entschuldigen würde, aber ich ahnte zum einen, dass das mehr als ein Ausrutscher war, zum anderen fühlte ich mich Lichtjahre davon entfernt, sie als die Wilma zu sehen, die sie noch vor ein paar Stunden gewesen war. Ich wusste, da gibt es jetzt erst mal nichts zu deichseln. Und umso weher würden die Ausreden, Entschuldigungen und die gefürchteten Hintertürchen tun. Aber natürlich ließ ich sie erst mal erklären. Was hätte ich auch sonst tun sollen? Hier ein kurzer Abriss ihrer Verteidigungsrede:

«Tut mir so leid, Gregor. Das tut man einem Menschen nicht an. Es gibt keine Entschuldigung dafür. Daniel und ich haben uns beim Dreh ineinander verliebt. Wir wussten, dass das tabu ist, aber es ist einfach so passiert. Wollte es dir schon länger sagen. Die Sache mit Daniel hat mir die Augen geöffnet, dass es bei dir und mir auch nicht mehr so lief.»

Moment! *Nicht mehr so lief?* Das war der Augenblick, an dem ich einhakte, denn von einem Nichtmehr-so-Laufen hatte ich nichts mitbekommen.

«Aha, was lief denn bitte nicht mehr? Wir waren doch ein eingespieltes Team.»

«Ach Grex, das ist es doch. Wir sind eben viel zu eingespielt. Reibungslos nebeneinanderher leben, dafür bin ich noch zu jung. Vielleicht brauch ich noch die Dramen, den großen Kummer und das große Krabbeln im Bauch.»

«Du meinst Kribbeln», korrigierte ich und hätte mich im selben Moment dafür watschen können. Ungerührt fuhr sie fort:

«Vermutlich bist *du* in einem Alter, also in einer Lebensphase angekommen, in der es das Wichtigste ist, sich auf den anderen verlassen zu können. Wo man sich langsam, aber sicher als Familie positioniert. Aber für mich ist das alles noch zu früh.»

Das war ja grotesk. Nicht, dass ich Heiraten und Kinder grundsätzlich als Lebensentwurf von der Hand wies, aber ich war ja nun wirklich nie der Familienplaner gewesen. Ich liebte den Überschuss an Platz, der durch unsere beiden Wohnungen entstand, ich brauchte die Freiheit, aufzulegen oder mich mit Freunden zum Fußballschauen zu treffen, und mit Kindern hatte ich mich bisher deutlich weniger beschäftigt als mit der Anzahl der Buchstaben im Bandnamen «... And You Will Know Us By The Trail Of Dead» (was übrigens 32 sind). Das war alles ein einziges Missverständnis. Jetzt stellte sie mich als einen Opi und Spießer hin, dem die ganze Mediensause zu flippig geworden war. Und das, obwohl mir die Kulturjournalisten dieses Landes genau das Gegenteil vorwarfen – dass ich mich nicht lösen konnte vom Fluch des ewig Jungen und Hippen. Das alles hätte ich Wilma an jener Stelle sagen können. Ich sagte allerdings nur Folgendes: «Ich muss jetzt gehen, Wilma. Das macht mich alles zu sehr fertig.»

«Darf ich dich anrufen, Gregor?» Ich war schon fast wieder bei der Wohnungstür. «Wenn du mir etwas Wichtiges sagen willst, gerne. Ansonsten lieber nicht.»

Und genau mit dem vorletzten Satz unterzeichnete ich mein eigenes Todesurteil. Damit machte ich sie auf, die Unterbuchse der Pandora, das Tor zur Hölle, die berühmt-berüchtigte Hintertür. Für Wilma stand sie nun immer sperrangelweit offen, wenn sie gerade mal in der Gegend war. Also total praktisch für sie, denn es lag ja jetzt in ihrem Ermessen, ob sie ein «wichtiges» Anliegen hatte.

Für mich begann damit ein langer Belagerungszustand dieser Hintertür, ein unendliches Warten und Lauern, bei dem einen schon der leiseste Windhauch zu Tode erschrecken konnte. Mein Mobiltelefon wurde ab sofort zur Überwachungskamera dieses Hintereingangs. Jede Stunde, jede Minute, jede Sekunde hätte sich ja etwas tun können. Eine SMS, ein Anruf, ich musste ab jetzt wachsam sein. Das Telefon immer dabei, immer entsichert, immer auf laut. Bei Tag und bei Nacht. Am besten gar nicht mehr schlafen. Es hätte ja sein können, dass etwas «Wichtiges» von Wilma anlag. Ich verließ nach erfolgreich eigens geschaufeltem Grab Wilmas Residenz, schmiss ihr im Hinausgehen noch den Wohnungsschlüssel auf das Kästchen im Flur und fuhr zu meiner eigenen Wohnung, ein paar Ecken weiter in der Stargarder Straße, ebenfalls in Little Schwaben, Nähe Helmholtzplatz.

In meiner ersten Amtshandlung als Single wollte ich mir gerade einen Wodka eingießen, als das Handtelefon mir das erste Mal den eben prophezeiten Garaus machte.

«Gregbär», sagte Wilma, «ich will nicht, dass es so endet. Lass uns das alles doch nochmal bereden. Oder vielleicht halten wir uns einfach eine Weile im Arm. Das tut alles so weh. Bitte komm doch nochmal kurz rüber, danach lass ich dich auch in Ruhe.»

Kreuzkruzifix, da bescheißt sie mich vor meinen Augen, setzt mir Hörner auf, so groß wie der Fernsehturm, und drei Stunden später verspür ich schon wieder Mitleid mit ihr?

«Ich bin in einer Stunde bei dir», versicherte ich, und ehrlich gesagt hatte ich keine Ahnung, wie ich die Stunde bis dahin hätte sinnvoll ausfüllen können. So betrank ich mich ein bisschen weiter, legte Musik auf und schritt wie ein Irrer in meiner Wohnung auf und ab. Als ich bei Wilma ankam, wartete sie verheult in der Küche und hatte Tee gemacht.

«Ich kann grade nicht reden, Gregor. Lass uns einfach ein bisschen fernsehen.»

Und so sahen wir stumpf in den Fernseher hinein, hielten uns erst vorsichtig an der Hand, dann im Arm und schliefen irgendwann miteinander auf der Couch. Danach musste ich dann heulen, und sie hielt meinen Kopf.

Ihr Telefon klingelte in schöner Regelmäßigkeit, aber sie ging nicht ran. Mir war kotzübel, ich musste dran denken, wie Daniel Schürmann an und in Wilma herumfuhrwerkte. Vermutlich nicht nur im Bett, sondern auch auf der Wohnzimmercouch, auf der wir gerade noch Sex hatten. Das Telefon klingelte wieder. Es war schon fast zehn.

«Ich halt es hier nicht mehr aus», sagte ich.

«Komm, wir gehen zu dir», antwortete sie und schaltete ihr Telefon aus.

Und so übernachteten wir bei mir, natürlich nicht ohne noch ein zweites Mal Sex gehabt zu haben. Immer wieder wachte ich auf und musste leise vor Wut und Enttäuschung heulen. Sie schien ganz gut schlafen zu können. Am Morgen, als ich endlich ein wenig Schlaf gefunden hatte, weckte mich das Klappern ihrer hohen Schuhe auf den Dielen.

«Ich muss gehen, Gregor. Das war vielleicht keine gute Idee mit dieser Nacht. Ich hab dich sehr lieb. Pass auf dich auf.»

«Du meldest dich, wenn du mir was zu sagen hast» war natürlich mein Abschiedssatz. Ich Vollidiot. Ich hätte sie in hohem Bogen rausschmeißen sollen, dafür, dass sie mich nochmals ins Bett geholt hatte. Jetzt war ich auch noch der Depp, der betrogen *und* verlassen wurde.

«Klar. Mach's gut. Hab dich lieb.» Sie drehte sich um und ging aus der Wohnung. Ich konnte sehen, dass sie geweint hatte. Ich blieb noch zehn Minuten bewegungslos so liegen, wie sie mich zurückgelassen hatte, dann drehte ich mich zu meinem Nachttisch und griff nach dem Telefon. Keine SMS von ihr. Klar. Verdammter Scheißdreck.

3
STADTDISCO

Dass ich die folgenden Wochen nichts anderes tat, als auf eine Nachricht von Wilma zu warten, ist mir erst im Nachhinein klargeworden. Alles, was sonst noch so passierte, war eine Begleiterscheinung dieses Wartens.

Mein Oberbewusstsein war gar nicht so übel gelaunt und fing bereits am Tag der Trennung an zu denken: Deckel drauf und weiter geht's. Im Zuge dieser Deckel-drauf-Philosophie beschloss ich, noch am selben Tag meine Rückkehr ins Nachtleben eines Singles zu feiern. Was im Klartext hieß: mit meinen DJ-Freunden ausgehen, bis, haha, der Arzt kommt.

Seit Wilma war ich draußen aus dem Druffigeschäft. Klar, beim Auflegen ging ich auch nicht um zwei Uhr nach Hause, aber weder hegte ich die Berliner Tugend der tagelangen Afterhour, noch nahm ich Rauschmittel irgendeiner Couleur zu mir, wenn man von drei, vier Bier pro Abend mal absieht. Aber so schwer würde das nicht werden mit dem Rauschmittel-Revival des Rottenegger Herzlbuben, schließlich war die Drogenbeschaffung in der Hauptstadt ja schon damals eine leichte Übung gewesen, als ich

1994 als unbeschriebenes Blatt von München nach Berlin gezogen war.

Ich war ja eigentlich nie ein Kind von allzu großer Nüchternheit, aber ich komme ja auch aus Rottenegg, Oberbayern, und da hielt man es nicht länger als zwei Tage ohne Schnaps oder Bier aus. Zumindest wenn man über 14 war. In diesem Sinne genehmigte ich mir am Nachmittag nach Wilmas Abgang sofort einen weiteren Wodka auf Eis und rauchte ein paar Zigaretten. Musik legte ich mir keine auf, die Wahrscheinlichkeit war zu groß, dass sich Wilma-Erinnerungen daran knüpften. Es war eh Samstag, und auf Premiere lief eine Bundesligavorberichterstattung, was ein merkwürdig langes Wort ist, wenn man es zusammenschreibt.

Der Wodka und die Zigaretten verursachten schon früh am Tag einen Anflug von Scheißegal-Gefühl, das sich in der kommenden Nacht sicher noch gehörig ausbauen ließ. Das Schöne am Clubben mit der Berliner DJ-Bagage war, dass man sich nie verabreden brauchte. Ich ahnte, wo sich all die Alarmbrüder am Samstag rumtrieben, denn die änderten ihre Gewohnheiten nur in Dekadenabständen, und bei meinem besonderen Freund DJ Toby konnte ich sogar eine krisensichere Präzisprognose abgeben, denn der war seit Jahren Resident DJ im Panoptikum. Dummerweise lagen noch ein paar Stunden zwischen jetzt und einer ordentlichen Ausgehzeit, die es zu überbrücken galt. Der frühe Vogel mochte ja den Wurm fangen, aber im Panoptikum fing man sich vor zwei Uhr nachts mit Sicherheit nichts außer prüfenden Blicken des diensthabenden Personals ein, wenn man allein an der Bar lehnte.

Bis 20 Uhr verflog die Zeit ganz okay wegen Bundesliga. Erst Vorbericht, dann 10 Minuten in die Konferenz reinschauen, dann das Bayernspiel in voller Länge, dann Nachbericht, dann rüber zur Sportschau. Ab 20 Uhr musste ich schon erfindungsreicher werden. Ich klingelte bei meinem Nachbarn Ralle, ein nun ehemaliger Arbeitskollege von PTV und ein zuverlässiger Inhaber von Kiffkram. Wir redeten über die guten alten Zeiten bei PTV, und weil er von den schlechten neuen noch nichts wusste, entging ich auch lästigen Nachfragen bezüglich meiner Kündigung und weiterer Berufsaussichten. Wir redeten und rauchten bis 11 Uhr, und ich zog mich erst mal zurück in meine Wohnung, nicht ohne einen weiteren Wodka auf Eis als Betthupferl. Den Wecker hatte ich mir auf zwei gestellt, damit ich um drei Uhr ganz beiläufig im Panoptikum einreiten konnte.

Es war ein komisches, aber kein unangenehmes Gefühl, mal wieder so einen Laden zu betreten, ohne genau zu wissen, was auf einen zukam. Wenn Wilma dabei war, tanzten wir ein wenig, plauderten hier und da, und um vier gingen wir brav ins Bett. Toby, der alte Drogenhund, legte tatsächlich auf, und zusammen mit diversen anderen Verdächtigen versammelte ich mich um sein Mischpult, und wir brüllten uns gegenseitig Belanglosigkeiten und Satzfragmente ins Ohr. Das übliche Berliner «Na, du» halt. Bald ging es grüppchenweise auf die Toilette, wobei ich mich da vorerst nicht anschloss. Noch klammerte ich mich an eine Flasche Wasser, um mich vom heimischen Wodka-Umtrunk zu erholen.

Langsam wurde unsere Runde agiler. Man merkte

schon, dass die Gruppe inzwischen mords auf Sendung war. Ich hingegen ging auf die Tanzfläche, wie immer eher entspannt. Nix Karussell, stattdessen reduzierte Bewegungen mit diskreter Beinarbeit. Und ich mache nie «Whooo!», ich tanze ohne Blickkontakt. Am Rand, wo kein Licht ist, oder in der Mitte, wo keiner reinschauen kann. Bloß nicht exponiert sein. Außerdem brauche ich zum Tanzbeginn einen Track, den ich wirklich super finde und gut kenne. Für Gitarrenleute wäre das also so etwas wie Oasis in der Britpop-Disco. Ich brauche die Sicherheit eines bekannten Stückes und ein Beck's oder eine Wasserflasche zum Dran-Festhalten. Erst dann kann ich in aller Seelenruhe tanzen.

Natürlich fragte mich an jenem Abend der oder die ein oder andere beiläufig nach Wilma. Ein knappes «Die kommt vielleicht noch nach» schuf hier Abhilfe.

Die ersten Klorunden hatte ich ja nicht mitgemacht, aber gegen fünf wurde ich dann doch langsam müde. Zu Hause erwartete mich jetzt auch nicht unbedingt das Paradies auf Erden, und so beschloss ich, der Kondition ein wenig unter die Arme zu greifen, und schloss mich der illustren Toilettenpolonaise an. Und was soll ich sagen: Das Kokain war tipptopp. Kein Maurerkoks – so nannte man in dem Milieu Speed – oder anderer gestreckter Billo-Ramsch; wenn Toby die Spendierhosen anhatte, gab's nur I-a-Zeug. Ich mag ja an Koks, dass es wie geraspelter Meerrettich zum Osterschinken schmeckt. Die tauben Zähne erinnern mich dann zwar wieder ein bisschen zu arg an den Zahnarzt, aber wenn das Zeug durch die Nase in den Rachen hinunterläuft, bin ich versöhnt. Und selbst für mich – jemanden, der das schon ein paar Mal gemacht hat – fühlte es sich immer noch ein bisschen verboten an.

Die drogenfreien Jahre mit Wilma waren nicht meine einzig abstinenten. Als braver Rockjournalist war ich sogar hardcore gegen Drogen gewesen. Noch nicht einmal gekifft hatte ich. Berlin und die Medienbranche haben mich schließlich weich gekocht. Punktuelles Spaßbefeuern mit ohne Nebenwirkungen war angesagt, wegen der Dumpingpreise für Koks vor allem in Berlin.

Schöngeredet hab ich's mir: Das gehört zu den Anfangsjahren in der Branche, und wenn man eingeladen wurde, warum sich keusch raushalten? Und ganz am Anfang war's auch toll. Als hätte jemand einen Hebel umgelegt, damit die Gregor-Herzl-Maschine endlich so funktionierte, wie sie immer gedacht war. Geistreich die Unterhaltungen, die Pointen auf den Punkt und in größtmöglichem Einklang mit der Frisur. Schöne Augen von den Mädchen gab es als Belohnung obendrauf.

Die erste Line war stets die beste. Nach einem Jahr aber war es schon so, dass meine Stimmung sich bei der zweiten komplett umkehrte und ich schlagartig depressiv wurde, was ich stets mit Nachlegen zu korrigieren versuchte. Das klappte aber nie, weswegen ich regelmäßig ein halbes Gramm Koks in der Hirse hatte und trotzdem ein einziges Häufchen Elend war. Bald fing ich auch an, auf Koks zu heulen. Regelrechte psychotische Schübe waren das, denn ich heulte sonst nie. Nur auf Koks und bei Trennungen von Wilma. Aber das war gestern. Heute war Relaunch.

An diesem Abend fetzte das Zeug wie früher, und

weil's so schön war, nahm ich von Maren, der Freundin von Toby, auch gleich noch eine E an. Marens Pillenspeisung machte sich bald auch bei den anderen bemerkbar. Unser Grüppchen verfiel langsam, aber sicher in eine Art Kuschelrockstimmung, trotz der brachialen und eher unkuscheligen Musik im Hintergrund. Die Duracellhäschen wurden zu Schmusehasen, und alle fassten sich gegenseitig an. Hier mal ein Bussi, da ein Arm um die Hüfte, es war wieder mal Zeit für Elektro-Woodstock. Aus den Bussis wurden Küsse, und auch ich hatte plötzlich noch eine zweite Zunge im Mund. Die von Maren. Ich warf sofort einen prüfenden Blick auf Toby hinter dem DJ-Pult, aber er winkte mir nur fröhlich zu, während sich Maren tiefer in meine Unterlippe verbiss. Ein paar Minuten später kam er dann von der DJ-Kanzel, haute mir gönnerhaft auf die Schulter und schrie mir ins Ohr: «Darf ich auch mal?», bevor er mir Maren abnahm. Wir wechselten uns in der Folge dann ab.

Als Toby fertig war mit Auflegen, verteilten wir uns auf Taxis und ein paar notorische Motoristen, die bei jeder Verfassung ans eigene Steuer krochen, und fuhren nach Kreuzberg zu Tobys Wohnung. Dort sah es exakt so aus, wie man sich das bei einem DJ vorstellt: Dachgeschoss, geräumig, chaotisch, voller Platten und technischem Gerät. Im Wohnzimmer befand sich eine riesige Liegelandschaft aus Matratzen, Sofas und Kissen. Alles runtergekommenes Designerzeug, stellenweise echt geschmacklos und total unsymmetrisch übereinandergestapelt. Aber es war ein gutes Szenario für die fünfzehn Leutchen, die da mit allen Lampen an einfielen und es sich sofort bequem machten.

Toby kam seinen Gastgeberpflichten via Prosecco auf Eis und einer neuen Ladung Koks nach, und so frönten wir einem Klassiker unter Partykoksern: Wir teilten das Zeug mit meiner Karte von der DAK-Krankenversicherung. *Auf Rezept* nannten wir das. Das fanden alle immer lustig. Toby legte natürlich auch zu Hause weiter auf, es gab ein wirres Potpourri aus seinen Lieblingssongs, das er sich im Panoptikum so nicht erlauben hätte können. Ich schmuste weiter mit Maren, und wir fummelten auch ein bisschen an unseren Schritten herum, aber so, dass Toby keine freie Sicht auf uns hatte.

Die Ablenkung und der Spaß erschöpften sich leider mit zunehmender Dauer. Am Sonntagmittag stellte ich mir das erste Mal die Grundsatzfrage: «Wann gehst du heim, Gregor Herzl?» Wenn das Koks alle ist, antwortete ich mir selbst und schielte auf das letzte Briefchen auf dem gläsernen Wohnzimmertisch. Maren knutschte mittlerweile mit Tobys derzeitigem Mitbewohner Olaf, und ich musste wohl kurz weggenickt sein, denn als ich das nächste Mal zum Tisch blickte, war da kein Koks mehr. Meine Uhr sagte Sonntag, später Nachmittag, und ich hörte Toby telefonieren. Ein Speed-Taxi war unterwegs, und «Speed» bezog sich wohl nicht auf die Reisegeschwindigkeit.

Langsam kam mir die Feierlaune abhanden. Die Gespräche mäanderten von belang- zu hirnlos, ein paar hatten sich schon zum Ficken oder so verzogen, und die Übriggebliebenen konnten einfach nicht aufhören zu reden, obwohl doch gerade das Dahinvegetieren das Schöne an einer Afterhour ist, nicht das Gelaber. Überhaupt bestand die ganze Gang aus ziemlich hohlen Fritten, wenn ich mir das mal genauer anschaute. Mittlerweile hatten wir acht Uhr abends, und ich dachte, wenn ich jetzt nicht gehe, komme ich hier nie mehr weg. Ich entschied mich für einen eiskalten Polnischen, stand auf und ward nicht mehr gesehen.

Irgendwo bei der U-Bahn-Haltestelle Kottbusser Tor schnappte ich mir ein Taxi und fuhr in meine Wohnung, hoch zum Prenzlauer Berg. Dort saß ich willenlos vorm Fernseher und wusste nichts mit mir anzufangen, außer ständig aus dem Fenster zu glotzen und dabei zu rauchen. An Schlaf war nicht zu denken. Ich starrte auf mein Handy, schaute auf die Uhr. Ich weiß nicht, wann ich eingeschlafen bin, aber es war schon tief im Montag drin. Für meinen Geschmack viel zu früh am Montagnachmittag war ich wieder wach. Dunkel war es trotzdem schon. Keine Nachricht von Wilma.

4
ZUSAMMENBRUCH

Am Dienstag fiel ich in ein unsagbares Depriloch. Ein chronisch chronologisches Phänomen, das sich von nun an die nächsten Wochen wiederholen sollte. Erst dachte ich, kein Grund zur Sorge, den Depri-Dienstag kennst du doch von früher. Aber dieses Mal war's härter. Heulen, nix essen können, in der Wohnung auf und ab laufen, das war mein Tagesprogramm. Ich schaltete PTV ein, und Faris, mein nerviger Exkollege, moderierte *Popstudio Berlin*. Sein Gast war Daniel Schürmann, der über seinen neuen Film sprach. Ich schaltete wieder aus, mir war schlecht.

Gott sei Dank ging es am Mittwoch immer ein wenig bergauf, und ich setzte mich ins *Schwarzsauer* an die Bar und wartete, bis jemand kam und mich verbal bespaßte. Das waren leider meistens Typen, die über Musik reden wollten. Aber für die Frauen war ich ja wieder am Wochenende im Club im Dienst, und das hielt mich die Woche über aufrecht.

Tatsächlich verwandelte ich mich vom dienstäglichen Suizidkandidaten bis Samstag in einen unbesiegbaren Partykoloss. Von null auf Vollgas klappte es zu der Zeit auch wieder mit den Frauen. Als wäre ich nie aus dem Geschäft weg gewesen. Tanzen, anlachen, was trinken und zu *ihr* nach Hause fallen. Ich mochte es nicht, wenn Fremde in meiner Wohnung waren. Lieber ging ich mit zu den Damen. Ich wollte rumknutschen wegen der menschlichen Wärme und ab und zu Sex haben, um mir zu beweisen, dass mir eigentlich alles scheißegal war.

Wenn ich selbst im *Panoptikum* auflegte, war es natürlich noch einfacher, an Körperwärme zu gelangen. Ich nahm wirklich mit, was ging, in den Wochen nach Wilma. Plötzlich war ich wieder die totale Hedonistenkanone und schoss auf die Berliner Elektrospatzen, die gegen Jahresende eh immer so melancholisch wurden, und da kam ein verständnisvoller C-Promi mit gutem Koks und Kuschelsex gerade recht.

Ich erachtete meine Eroberungen immer für recht gute Partien, aber wenn ich so manche Geschichte jetzt Revue passieren lasse, bin ich mir da nicht mehr ganz so sicher. Ich weiß noch, dass ich mich an so manchem Morgen an exotischen Orten wie Französisch-Buchholz oder Marienfelde wiederfand, und ähnlich exotisch war dann auch die entsprechende Einheimische. Ich glaube, sie hieß Tanja, die Frau mit der Pitbulldame namens Chantal, die mich per Zehenablecken geweckt hatte. Also Chantal, nicht Tanja. Ich glaube, besagte Chantal hatte dann auch bei einem morgendlichen Aftersex-Spaziergang einen jungen Baum mit einem einzigen Haps durchgebissen. Und ich hatte doch so einen Heidenrespekt vor Hunden.

Oder Lilly und Betty, die beiden Zwillingsschwestern, die dann im Vollrausch gegenseitig an sich rummachten, was ich im Abgang ganz schön gruselig fand. Eigentlich war mir zunehmend sowieso eher nach Knutschen und Nackt-nebeneinander-im-Bett-Liegen, nicht so sehr nach Sex. Oft nahm ich absichtlich abends keine Kondome mit, damit ich eine Ausrede hatte, das Unvermeidliche zu vermeiden, wenn ich im Hochbett in Lichtenberg oder auf der Wohnzimmercouch in Charlottenburg lag. Das kam bisweilen auch sehr gut bei den Frauen an: Verdrogte Fernsehfressen kannten die zur Genüge, aber verdrogte, verantwortungsvolle Fernsehfressen hatten die noch nie gesehen.

Mit der Zeit entwickelte sich allerdings aus dem dauernden Ausgehen und den damit verbundenen Drogen neben den depressiven Schüben leider auch noch ein anderes, letztlich sogar gravierendes Problem. Die ganze Woche durchballern ging nicht, folglich musste ich mich mindestens drei Tage runterbremsen und abends zu Hause bleiben. Und dort konnte ich nicht schlafen. Daran war zum einen das ganze Aufputsch-Zeugs schuld, zum anderen mein dauerhafter Stand-by-Zustand, was die Aktivitäten meines Handtelefons anbelangte.

Mein Kopfkino-Blockbuster war der Sex mit Wilma in unserer letzten gemeinsamen Nacht, aber auch die anderen Filme hatten es in sich: Zukunftsangst, Minderwertigkeitskomplexe und eine finstere Einsamkeit. Angst vorm Arbeitsamt, Angst vorm Versagen, panische Angst, das Team Wilma/Schürmann zufällig zu treffen, Angst vor einer Nachricht von ihr, auch wenn ich auf nichts anderes wartete. Und wenn ich dann mal ein paar Minuten schlafen konnte, kam ständig dieser eine Albtraum:

Ich liege in meinem Bett, neben mir Wilma. Ich wache auf und höre ein Geräusch draußen auf dem Flur. Ich will aufstehen, doch ich kann mich nicht bewegen. Jemand öffnet mit Gewalt unsere Haustür, das kann ich ganz deutlich hören. Wilma schläft neben mir. Ich werde panisch, aber ich kann mich nicht bewegen. Holz splittert, und die Tür zu unserem Schlafzimmer wird aufgerissen. Ich sehe Wilma an, und sie schläft nicht, sondern ist tot. Ich will aufwachen, nichts als aufwachen. Ich hoffe inständig, dass ich nur träume. Ich sehe noch, wie eine schemenhafte Gestalt den Raum betritt und sich zu mir herunterbeugt. Ich kann sie nicht erkennen, der Blick verschwimmt, es könnte Kuchler sein.

Da wachte ich dann immer auf und konnte nicht mehr weiterschlafen. Das mit dem Schlafmangel wurde spätestens Mitte Dezember zur echten Qual. Mittlerweile vermied ich es, mich mit Leuten bei Tageslicht zu treffen, denn ohne geübte Visagistinnen konnte man mir meinen desolaten Zustand aus 20 Metern Entfernung ansehen. Selbst meine Eltern, die ich in jenen Wochen eher wenig anrief und denen ich natürlich sowohl meine Kündigung als auch meinen aktuellen Lebenswandel verschwieg, hörten mir am Telefon an, dass ich fertig mit den Nerven war.

Und so fing ich an, Rotwein zu trinken, um endlich wieder zu menschenwürdigen Zeiten einschlafen zu können. Erst eine halbe, dann eine ganze, dann zwei Flaschen. Da das aber lediglich dazu führte, dass ich drei Stunden später aufwachte und dann betrunken wachlag, beschloss ich am 20. 12., also ungefähr drei Monate nach meiner Kündigung, eine etwas härtere Gangart in Sachen Schlafzwang einzuschlagen. Nicht ahnend, wie hart tatsächlich.

Ich besorgte mir von Lutz, einem ehemaligen PTV-Prakti, der nach dem Ausflug in die Medienbranche eine Ausbildung zum Apotheker gemacht hatte, ein paar Sorten Schlaftabletten und ging eben an jenem 20.12. in den offenen Feldversuch. Und ich meine jetzt nicht Naturkräuterpillen, die der Legende nach schon den alten Chinesen beim Einschlafen geholfen haben sollen, sondern die echten Hämmer, die man nur auf Rezept bekam. Was da im Einzelnen genau drin war, kümmerte mich trotz der Warnhinweise von Lutz nicht.

Ich trank erst die obligatorische Flasche Rotwein und nahm zwei Tabletten dazu. Keine Wirkung, ich war noch nicht einmal richtig besoffen. Ich schenkte mir die zweite Flasche nach und nach ein und nahm nochmals zwei Schlaftabletten. Jetzt war ich besoffen, aber nicht müde. Ich nahm noch ein paar Tabletten. Ohne jede Vorwarnung überkam mich dann plötzlich der totale Kontrollverlust. Als hätte mich ein Panzer überfahren. Der Körper nahezu gelähmt, aber das Gehirn nach wie vor auf Ultrahochgeschwindigkeit.

Ich krieg's im Nachhinein kaum mehr zusammen, aber da schoss offenbar allerhand panisches Zeug durch meinen Kopf. Innerhalb von wenigen Sekunden nahm die Vorstellung überhand, dass ich an Entkräftung sterben würde, weil ich nicht mehr schlief. Kennt man ja von Guantánamo. Schlafentzug als Folter. Ich riss wohl die nächste Packung Schlaftabletten auf und muss mir davon noch ein paar eingebaut haben. Leider ist meine Erinnerung daran erloschen.

Es muss aber offenbar irgendwie funktioniert haben mit dem Einschlafen, denn irgendwann am 21.12. bin ich aufgewacht. Allerdings nicht da, wo ich eingeschlafen war. Ich befand mich definitiv in einem Krankenhaus, das merkt man ja gleich, wenn man da die Augen aufschlägt. Ehe ich mich an die neue Optik gewöhnen konnte, kam auch schon eine Krankenschwester herein. Ohne mich anzusehen, fragte sie: «Na, wie jehtet Ihnen?»

«Wie ausjekotzt fühl ick mir», berlinerte ich heiser zurück und schämte mich eigentlich gleich dafür. Das erschien mir weder der Ort noch die Zeit für Flapsigkeiten in hiesiger Mundart zu sein, auch wenn ich weder die Zeit noch den Ort genau kannte.

«Sie kommen aus Bayern, nicht wahr? Sie sind doch dieser Moderator von dem Musikdings, wa? Ich guck das gern.» Jetzt lächelte sie.

«Und allet Jute zum Jeburtstach», fügte sie hinzu und ging wieder aus dem Zimmer.

Geburtstag. Um Gottes willen, stimmt. Ich hatte ja auch noch Geburtstag. Der vierzigste zu allem Überfluss. Ich hatte diesen Umstand in den letzten Tagen verdrängt, zum einen, weil ich meine Geburtstage eh nicht gerne feierte, schon gar nicht in Tagen wie diesen, zum anderen, weil ich den Beileidsbekundungen, die besonders das vierzigste Wiegenfest nach sich zieht, unbedingt entgehen wollte. Im Krankenhaus hatte ich meinen Vierzigsten allerdings auch nicht verbringen wollen.

Ich wusste beim besten Willen nicht, wie ich hierhergekommen war, aber mit rechten Dingen konnte es nicht zugegangen sein. Ich erinnerte mich an meinen Kopfkasper und den gelähmten Körper vom Vorabend. Irgendwas war da ziemlich in die Hose gegangen. Es fing an, mir sehr peinlich zu sein.

Dann fiel mir wieder mein Vierzigster ein. Jetzt bloß keine Gratulanten. Kein Telefon. Ich tastete meinen Nachttisch nach meinem Handy ab, schaute in die Schublade, aber das Ding war nirgends. Was, wenn Wilma mir gratulieren wollte? Ich fühlte Hilflosigkeit in mir aufsteigen. Ich musste ihr doch erzählen, wie es mir ging, dann käme sie mich besuchen. Aber was meinen Eltern erzählen? Und wo war dieses verdammte Telefon? Mir wurde schwindlig. Ich senkte den Kopf wieder aufs Kissen, und wenige Minuten später war ich wohl eingeschlafen.

Zwei Stunden später kam der Chefarzt zur Tür herein. Und legte gleich los:

«Uiuiui, Herr Herzl, das war ja ganz schön knapp.»

«Guten Tag, Herr Doktor ...»

«Doktor Riemers», ergänzte er.

«Doktor Riemers, was hab ich denn verbrochen?» Ich grinste schief.

«Sie wissen gar nix mehr, oder? Na, kein Wunder, so wie Sie sich vergiftet haben. Wir haben Rückstände von Kokain und MDMA sowie große Mengen Alkohol, Schlafmittel und Antidepressiva in Ihrem Blut gefunden. Mix und Menge waren lebensgefährlich, Sie können zudem froh sein, dass Sie keine bleibenden Schäden im Gehirn oder an Organen davongetragen haben. Ihre Putzfrau, die gute Frau Nowak, hat den Rettungswagen gerufen, und der Arzt hat dann erst mal den Magen ausgepumpt. Dann haben wir Sie verlegt.»

«Ach so, verlegt haben Sie mich. Wohin denn? Und welches Krankenhaus ist das denn hier?»

«Wir sind hier in der offenen psychiatrischen Abteilung der Charité, Herr Herzl. Da wo man sich Fällen wie dem Ihren annimmt.»

«In der Psychiatrie? Fällen wie meinem? Was meinen Sie denn damit?» Ich war entsetzt, aber dann fiel es mir ein: «Sie glauben doch nicht, ich hätte mich umbringen …, also wirklich, so ein Schmarrn.»

Herrschaftszeiten, die glaubten allen Ernstes, ich sei lebensmüde. Dabei war ich nur schlaflos. Ich musste sofort protestieren: «Herr Riemers, ehrlich, totales Versehen. Ich hatte nie den Wunsch, mich dermaßen ins Aus zu schießen. Ich wollte nur schlafen.»

«Aha, junger Mann, aber da gibt es doch weiß Gott sinnvollere Wege, als ein Chemielabor im Magen einzurichten. Wie lang hatten Sie denn vor gestern nicht mehr geschlafen?»

«Na, das kann abgesehen von kurzen Phasen, in denen ich mal für eine Stunde weggenickt bin, schon ungefähr eine Woche gewesen sein.»

«Hmm», raunzte Riemers. «Der Weg dorthin würde mich interessieren, also der Grund, warum Sie nicht schlafen konnten. Ich will Sie jetzt auch nicht überfordern. Wir müssen Sie zunächst ohnehin aus Sicherheitsgründen hierbehalten. Ruhen Sie sich aus. Wenn was ist, klingeln Sie nach der Schwester. Wenn's Ihnen bessergeht, dann unterhalten wir uns nochmal ausführlicher.»

Ich schämte mich noch mehr als vorher. Pfui, war mir das unangenehm. Hoffentlich bekam das von der Presse keiner mit. Wie sah denn das aus, wenn in der BZ stand:

JOB WEG, FREUNDIN WEG: WOLLTE EX-PTV-MODERATOR SICH UMBRINGEN?

Der Arzt ging, die Schwester kam nochmal mit irgendeinem staubtrockenen Wurstbrot, und ich dämmerte langsam in den ersten echten längeren Schlaf seit einer Woche.

Und so kam es, dass ich die folgenden drei Tage im Krankenhaus verbrachte, im permanenten Zwiegespräch mit Dr. Riemers, dem ich die notwendigen Fakten von der PTV-Kündigung bis hin zu der Sache mit Wilma und den jüngsten Drogenausritten vortrug, damit er sich ein möglichst objektives Bild davon machen konnte, dass ich mich nicht umbringen wollte, sondern einfach nur ein ungeschickter Tollpatsch war, der keine Ahnung hatte, was er sich da für einen fast tödlichen Cocktail gemixt hatte. Nebenbei päppelte mich Schwester Susanne per Kraftbrühe, Brot und Magentee wieder so weit auf, dass ich kurz spazieren gehen konnte, wobei ich mich nicht zu weit von der Charité entfernte, nicht dass mich noch irgendeiner meiner Bekannten aus Mitte in Krankenhausgewändern sah.

Am Abend des 23. 12. entließ mich Riemers, nicht ohne vorher noch ein längeres Gespräch mit mir zu führen, bei dem er mich ernst anschaute: «Hand aufs Herz, Herr Herzl, denken Sie, dass so etwas nochmals passieren könnte?»

«Nein, Herr Doktor, auf keinen Fall. Ich muss mich erst mal von der Trennung freimachen, dann wird das schon wieder. Und natürlich keine Wirkstoffe mehr zu mir nehmen, die Schlaf verhindern», lächelte ich. Riemers lächelte nicht.

«Nichts für ungut, Herr Herzl, aber ich lass Sie jetzt nur gehen, weil Weihnachten ist und Sie sicher nach Hause wollen. Ich vermute mal, nach Weihnachten haben Sie auch keine Lust wiederzukommen. Ich glaube Ihnen ja gerne, dass Sie sich nicht umbringen wollten, aber wenn jemand in so einer selbstverleugnenden Naivität mit Chemikalien hantiert wie Sie, dann würde ich mir gerne noch ein paar Wochen länger Zeit nehmen, um sicherzustellen, dass Sie verstehen, was genau Sie da machen. Ich will Ihnen nicht zu nahe treten, aber gerade ihr Medienleute seid ein anfälliges Völkchen für solche *Versehen*. Langer Rede kurzer Sinn: Ich biete Ihnen im Anschluss eine stationäre Psychotherapie an. Die ersten zwei Wochen davon würden Sie unter komfortablen Bedingungen hier im Krankenhaus zubringen. Danach gehen Sie nach Hause und kommen zweimal in der Woche zur Gesprächstherapie. Ich würde mich Ihrer selbstverständlich persönlich annehmen. Sie können sich das Ganze ja gerne über die Weihnachtsfeiertage überlegen. Müssen tun Sie allerdings nichts, es handelt sich hierbei lediglich um eine Empfehlung, wenn auch um eine dringliche.»

Ich wusste schon, dass der Mann nicht ganz unrecht hatte. In Ordnung war ich sicher nicht, aber die Vorstellung, die nächsten Wochen auf der Nerven-Ranch zu verbringen, war nicht nur deprimierend, sondern auch ziemlich beschämend. Was sollte ich denn meinen Eltern erzählen, wo ich war, was meinen Freunden? Und wenn die Presse davon Wind bekam, nicht auszudenken. Das ZDF würde sicher auch keinen lebensmüden Kokser bei der nächsten Fußball-WM moderieren lassen. Und so vertröstete ich Riemers scheinheilig bis nach Weihnachten und ging am Abend des 23. 12. nach Hause in meine Wohnung.

Wo dann glücklicherweise auch mein Handy lag. Der Akku war leer, ich stöpselte es ans Ladegerät, machte es an, und kurz darauf fiepte es gefühlte vierzig Mal. Ich überflog die Geburtstagswünsche und stellte fest: Keine Nachricht von Wilma.

Nicht nur deswegen konnte ich erst mal wieder nicht einschlafen. Ich fühlte mich noch immer wie ein Kreisel. Ich konnte keinen Gedanken, keinen Punkt fixieren. Ich hatte ein schlechtes Gewissen, weil ich nicht mehr zurück ins Krankenhaus gehen würde. Ich musste eine Möglichkeit finden, mich selbst zu therapieren. Ich lag eine ganze Weile wach, doch dann wurde mir klar, was zu tun war.

Punkt 1 verstand sich von selbst: Ich musste weg von den Drogen.

Punkt 2: Ich musste weg von Wilma, musste loslassen, musste aufhören, auf eine Nachricht von ihr zu warten.

Punkt 3: Ich musste weg aus der Stadt. So gesehen hätte ich jetzt auch von meiner Abfindung zwei Monate auf die Malediven fliegen können, aber da war ja noch …

Punkt 4: Ich musste unter Leute, denen mein Wohlergehen am Herzen lag. Und so blieb nur noch ein Ziel: Rottenegg bei Ingolstadt in Oberbayern, mein Heimatort und der meiner Eltern.

Am nächsten Morgen packte ich ein paar Klamotten in eine Tasche und fing an, die Wohnung aufzuräumen. Ich drehte das Wasser ab, nahm alle Gerätschaften vom Strom und zog die Vorhänge zu. Bevor ich fuhr, sah ich mich im Spiegel an. Entgegen meinen Gewohnheiten war ich unrasiert. Die eingefallenen Wangen und diese Horst-Tappert-mäßigen Augenringe taten ihr Übriges, um mich nicht mehr mit Gregor Herzl, dem heiteren Moderator aus dem Musikfernsehen, zu verwechseln.

Ich verließ die Wohnung, schloss die Tür doppelt ab und ging die Treppen hinunter. Mein Auto stand an der Ecke Raumer- und Dunckerstraße, und jemand hatte den rechten Scheibenwischer abgebrochen. Es war der Morgen des 24. Dezember, und die Luft war kalt und feucht. So klamm, dass sie einem unter die Haut kroch. Kein Schnee weit und breit.

Ich war die letzten Jahre nicht mehr heimgefahren an Weihnachten. Ich verbrachte die stillen Tage in der Regel mit Wilma in Berlin. Einmal waren wir sogar bei ihren Eltern in Leipzig gewesen. Still waren die Weihnachtsfeiertage in Berlin in der Tat, denn wenn die Zugereisten bei Mutti in Heilbronn, Münster oder Rostock verköstigt wurden, blieb Berlin ein paar Tage im Jahr den Berlinern überlassen. Auf den Spaßinseln Prenzlauer Berg, Friedrichshain, Mitte und Kreuzberg waren das nun mal nicht so viele. Das erklärte auch die Totenstille rund um den Helmholtzplatz.

Meine Eltern erwarteten mich auch dieses Jahr nicht zur gemeinsamen Bescherung, sie dachten ja, ich feiere mit Wilma in Berlin. Insgeheim hofften sie ja immer mindestens bis zum zweiten Weihnachtsfeiertag, dass ich mich doch noch blickenlassen würde. Wie schön, dass ich ihre Hoffnung in diesem Jahr erfüllen könnte, wenn auch unter anderen Umständen, als sie dachten.

Die Mama und ihre Platzerl, der Papa und seine Weihnachtsgans. Ich freute mich drauf. Das war genau das, was ich jetzt brauchte. Das würde sicher auch der Dr. Riemers so sehen. Und so setzte ich mich in mein Auto und fuhr los in Richtung Bayern. Die ganze lange A9 durch den nicht enden wollenden Osten, dann endlich das alte, noch aus der Vorwendezeit bekannte Gefühl der Erleichterung ab der Brücke der Deutschen Einheit, wenn man die Bundeslandgrenze von Thüringen nach Bayern passiert. Und erst ab da fühlte ich mich auch sicher vor den Fangarmen Berlins und einer ungewollten Begegnung mit Wilma und ihrem Schauspielbubi. Ab der Grenze waren es nur noch knapp 250 Kilometer bis nach Rottenegg.

5
WEIHNACHTEN DAHEIM

«Mama, so wie ich ausschaug, kann ich doch nicht in die Kirche mitgehen.»

«Dem Herrgott ist es wurscht, wie man ausschaut. Außerdem musst du ja nicht so gschlampert gehen. Kannst dich ja noch ein bisserl z'sammrichten.» Und dabei zupfte sie mir den Kragen von meinem Hemd zurecht. Meine Mama war immer schon der fürsorgliche Typ gewesen, und wenn sie sonst auch ein grundgütiger Mensch war, beim Thema christliches Brauchtum verstand sie keinen Spaß und akzeptierte keine Ausreden.

Früher hatte ich mich immer vor der *Christmett'n*, dem mitternächtlichen Weihnachtsgottesdienst, drücken können, aber dieses Jahr schien es kein Entrinnen zu geben. Vermutlich lag das an meiner überraschenden Heimkehr und dem überfallartigen Geständnis, dass es mit Wilma vorbei war. Und freilich meinem desolaten Äußeren. Das schrie ja geradezu nach Seelenrettung. Aber meine Mama ist ja nicht doof. Auch ohne Bartstoppeln hätte die schon beim Haustüraufmachen gemerkt, dass mit ihrem Bub was nicht stimmt.

Gegen zehn Uhr morgens war ich aus einem von

allen guten Geistern verlassenen Berlin weggefahren und um Punkt fünfzehn Uhr stand ich in Rottenegg, Oberbayern, vor der Haustür des Anwesens der Familie Ursula und Georg Herzl und klingelte. Es war ein holzumzäuntes, schönes, mittelgroßes, weißes, zweistöckiges Haus mit einem Vorgarten voller Schnee, mit einer freigeschaufelten Schneise zur Haustür. Es war das erste Anwesen im Ort, wenn man von Süden kam. Das Haus hatte 1947 noch mein Opa bauen lassen, und er und die Oma hatten auch bis zu ihrem Tod drin gewohnt. Mit meinen Eltern und mir.

Ursula Herzl öffnete die Tür, und ein leichter Schreck stand ihr ins Gesicht geschrieben, als sie sagte: «Um Gottes willen, wo kommst du denn her?»

«Aus Berlin, Mama. Mit der Wilma is Schluss, und ich brauch einen Abstand. So ein bisschen, verstehst?» Das nannte man wohl mit der Tür ins Haus fallen.

«Jetzt kommst erst mal rein, bevor's uns kalt in die Wohnung zieht. Und alles Gute nachträglich zu deinem Geburtstag, wir haben dich ja telefonisch nicht erreicht. Ich hab auch noch dein Parfüm für dich.» Meine Mama drückte mich, als käme ich gerade aus dem Krieg heim.

«Das heißt Aftershave, Mama. Parfüm haben die Frauen.»

Wenig später saßen wir am Esszimmertisch bei bereits geschmücktem Christbaum, tranken Kaffee von Eduscho und aßen Vanillekipferl. Wer's nicht kennt, das ist eine beliebte Art von Weihnachtsplätzchen. Recht süß und ein wenig sandig.

Mein Vater saß neben meiner Mutter, ich ihnen gegenüber. Beide schauten sie mich erwartungsvoll an, als würde ich ihnen jetzt gleich mein Herz ausschütten und ihnen vorweinen, was die Wilma für eine gemeine Sau war. Stattdessen ließ ich gleich die nächste Bombe platzen. «Und rausgeschmissen haben die mich auch bei POP TV», sagte ich ihnen. Das Blut wich simultan aus ihren Gesichtern und ließ mich sofort bereuen, das in dieser Deutlichkeit formuliert zu haben. Ich leitete umgehend Beschwichtigungsmaßnahmen ein:

«Also, rausgeschmissen stimmt natürlich so nicht. Wir haben uns im Einvernehmen getrennt. Die sind jetzt auch in so einem Globalisierungsprozess und können sich mich nicht mehr leisten. Und ich bin ja jetzt auch praktisch schon zu alt für deren Zielgruppe und will mich eh mehr auf öffentlich-rechtliches Fernsehen konzentrieren.»

«Oh mei, die Globalisierung», seufzte mein Vater. Aber meine Mama ließ sich nicht so leicht abwimmeln.

«Und jetzt bist du arbeitslos? Wo bekommst du dein Geld her? Du machst doch sonst nichts nebenher», forschte sie nach.

«Mama», ermahnte ich sie. «Erstens hab ich eine Abfindung bekommen, zweitens leg ich ja nach wie vor als Discjockey auf. Und außerdem schreib ich jetzt ein Buch, solange ich hier in Bayern bin.»

«Ein Buch? Hier? Ja, wie lang willst du denn bleiben, Gregoli?»

Gregoli. So nannte sie mich, wenn sie sich Sorgen um mich machte. Oder mich rügte. Mich, den mittlerweile vierzigjährigen Gregoli.

«Na ja, ein paar Wochen, bis ich die wichtigsten Ideen für das Buch zusammenhabe und mich ein bisschen von dem Zusammenbruch erholt habe.»

Ich weiß, ich weiß, ich hätte neben dem emotionalen und dem wirtschaftlichen nicht auch noch den medizinischen Notfall erwähnen sollen, aber jetzt war's auch schon egal. Ich wollte das alles von der Leber haben.

«Was denn für ein Zusammenbruch?», wollte mein Vater wissen. Ganz friedfertig und herzlich saß er da, während meine Mutter sich an der gelb-weiß karierten Tischdecke festkrallte. Ich entschied mich fürs Erste dann doch nur für die halbe Wahrheit: «Na, ich konnte ewig nicht schlafen, und da war ich so erschöpft, dass ich mich zwei Tage ins Krankenhaus gelegt habe, so zum Auskurieren. Deshalb habt ihr mich am Geburtstag auch nicht erreicht.»

Das war Wasser auf die Mühlen meiner Mama: «Weils d' immer so viel durch die Gegend wetzen tust. Und meistens mitten in der Nacht. Des kann auf Dauer ja auch nicht gesund sein. Mit 40. Dass du dich aber auch gar nicht schämst, in dem Alter noch so rumzuspinnen. Jetzt iss erst mal ein paar Platzerl, auf d' Nacht gibt's einen Zander, und dann gehma alle miteinander in die Kirch.»

«Naa, net in die Kirche, Mama», bettelte ich. Aber wie bereits erwähnt: Dieses Jahr gab es kein Pardon. Aus, basta, amen.

Ich weiß nicht, wie viele der Leser dieser Zeilen mit der Tradition eines katholischen Gottesdienstes um die Weihnachtszeit vertraut sind, aber unserer war ein Paradebeispiel: Der Rottenegger Kirchenchor war in Vollbesetzung anwesend und schallte von der Empore sein «In dulci jubilo» hinunter zum Fußvolk, so als gäbe es kein Morgen. Der Organist schlug in die Tasten, als spiele er Schlagzeug, und bei den dramatischen Schlussakkorden der Songs wollte er sie gar nicht mehr loslassen.

Ich musste an früher denken, als mein Opa noch unter uns und oben bei den Chorleuten weilte und mich aus dem ersten Stock observierte. Wehe, ich lachte, schwätzte oder verhielt mich ungebührlich während des heiligen Gottesdienstes. Dann erfolgte eine dermaßen aggressive Kombination aus Husten und Räuspern von oben, dass selbst der Pfarrer seine Fürbitten erschrocken unterbrach.

Den Opa gab's ja schon seit einigen Jahren nicht mehr, und dennoch fühlte ich mich beobachtet, als ich während des Gottesdienstes auf mein Handy schaute, ob Wilma sich nicht vielleicht doch zu einer Weihnachts-SMS hatte hinreißen lassen.

Ich saß im Herrentrakt der Kirche, also in den rechten Bankreihen, vom hinteren Teil des Schiffs aus gesehen. Eigentlich war die Geschlechtertrennung nach Bänken bei uns nicht mehr existent, aber der Rottenegger an sich war halt ein Gewohnheitstier, und so setzten sich die Frauen nach links, dabei die Mädchen ganz nach vorne, und die Männer nach rechts. Aber nur den Altvorderen der Gemeinde, den renommierten Chorleuten und den in der Kirchengemeinde Tätigen war der Zugang zur Empore gewährt.

Man konnte schon auch als Otto Normalrottenegger hinaufgehen, wenn man schief angeschaut werden wollte. Bei mir zum Beispiel wär's egal gewesen, weil man mich ja sowieso schief anschaute. Zum einen, weil ich für die meisten Rottenegger als Fernsehansager einen sehr exotischen Beruf ausübte, zum anderen, weil ich mich bei meinem Jugendsender mit fürchterlich unkatholischen Inhalten wie Sex und Rockmusik beschäftigte.

Fairerweise muss man sagen, dass die meisten Leute im Ort außerhalb der Kirche eher freundlich bis ehrfürchtig waren und sich auch heute Abend nur verstohlenen Blickes in meine Richtung wandten. Von den hysterisch kichernden Mädchen ganz in der vordersten linken Bank mal abgesehen. Die Liebsten waren mir ja eh die Gönnerhaften, die vifen Stammtischbrüder, die einem attestierten, dass man «scho a rechter Hundling» sei und auf jeden Fall wisse, wo der Barthel den Most hole. So einer saß in der Herrenbank neben mir: der Gruber Max, ein gerade noch dem Zeitgeist hinterhergesprungener Ökobauer, der immer ein bisschen nach Schweinestall roch und selbst in der heiligen Weihnachtsmesse dieselben Gummistiefel trug, in denen er vermutlich die Säue fütterte. Er haute mir seinen Ellenbogen in die Seite und flüsterte mir mit einer sehr nassen Aussprache ins Ohr: «Und? Is dir z' Berlin des Schnitzel ausgangen? Muss d' Mama wieder was kochen für ihren Elvis? Oder hast dir's mit die preißischen Weiber verscherzt?»

Elvis, das sagte er immer, der Gruber Max. Das war wohl sein Synonym für Prominenz im weiteren Sinne. Aber sonst hatte er recht. Der Kühlschrank in Berlin war leer, und Preußenweiber waren da auch keine mehr. Und Weihnachts-SMS schrieben die auch nicht, sagte ich zu mir in Gedanken, als plötzlich mein Handy klingelte, und zwar leider nicht in Gedanken. Schlimm genug, dass es die momentane Andacht – wir waren wohl grade beim Verlesen des Weihnachtsevangeliums – mit einem sogenannten Realtone sprengte, zu allem Überfluss war mein aktueller Klingelton «Hell Ain't A Bad Place To Be» von AC/DC. Aber das war wahrscheinlich nur mein notorisch schlechtes Gewissen gegenüber der katholischen Kirche, das mich dieses Detail auf die Goldwaage legen ließ. Viel schlimmer war, dass alle Augen auf den heimgekehrten Berliner gerichtet waren, während der Pfarrer samt Weihnachtsevangelium zeitgleich zum Klingeln verstummt war. Ich drückte hektisch den Anruf weg.

«Zefix, ich hab's doch auf stumm geschaltet», zischte ich zum Gruber Max rüber, der mich tadelnd anschaute. Ich musste an meinen Opa denken. Der hätte vermutlich nicht mehr gehustet, sondern sein Gotteslob vom ersten Stock nach unten auf den Hinterkopf seines Enkels geworfen. Und als ob es mir nicht schon peinlich genug gewesen wäre, richtete nun auch unser geschätzter Hochwürden Pfarrer Fleischer das Wort an mich. Der gemeine Hund, der.

«Wenn unser Fernsehsprecher, der liebe Herr Herzl, die Güte hätte, draußen zu telefonieren, könnte die Gemeinde mit der heiligen Messe unseres Herrn Jesu Christi fortfahren.»

Das war ein ganz klarer Rausschmiss. Das war der gerechte Zorn unseres Herrgottes, der mich da vor der ganzen Gemeinde traf. Und dabei hätte ich schwören können, dass das Scheißding auf lautlos gestellt war. Unter den Augen der nahezu vollzähligen Einwohnerschaft Rotteneggs schlich ich aus der Kirche. Beim Rausgehen bemerkte ich den enttäuschten Blick meiner Mutter und den heimlich amüsierten meines Vaters, der sich offensichtlich ein Lachen verkneifen musste.

So stand ich kurz darauf draußen vor der Kirche, es war stockdunkel, ein kalter Wind pfiff mir in die Ohren, und es hatte angefangen zu schneien. Ich schaute auf mein Mobiltelefon. *Unbekannter Anrufer* stand da unter *Verpasste Anrufe*. Wer immer das war, er hatte hoffentlich einen guten Grund gehabt, mich vor dem halben Landkreis lächerlich zu machen.

Und dann der Fleischer, der falsche Fünfziger. Schon als Kind hatte der mich nicht leiden können. Bei uns in der Grundschule leiteten eigentlich die örtlichen Kapläne den Religionsunterricht, aber ich hatte damals schon die Arschkarte in Form des reaktionären Fleischer gezogen. Die «Fleischfliege», wie wir ihn heimlich nannten – das aber nicht beichteten –, wurde nicht müde, uns in drastischen Metaphern auszumalen, was passierte, wenn man sich nicht an die Zehn Gebote hielt. Aus jetziger Sicht klingt das geradezu surreal, aber der Typ hatte uns ernsthaft Bilder malen lassen, wie wir uns die Hölle vorstellten. Wir natürlich alle so mit Feuer und Mistgabel, und dann kommt der Fleischer und meint lapidar: «Das sind doch nur im übertragenen Sinne die Qualen, die den Sünder in der Hölle erwarten. In Wirklichkeit müsst ihr euch das so vorstellen wie ein nie enden wollendes Zahnweh.»

Das saß natürlich, denn wenn es etwas gab, was ich tatsächlich damals wie heute noch mehr fürchtete als die Hölle, dann war es der Zahnarzt. Kurz bevor der Fleischer nach Rottenegg versetzt wurde, war ich sogar Ministrant gewesen unter einem milden alten Pfarrer namens Probst, ein Sudetendeutscher, den es nach dem Krieg aus dem Lager direkt in die Rottenegger Pfarrkirche verschlagen hatte, so munkelte man. Der war eine Seele von Mensch. Der Fleischer dagegen war sicher in einem früheren Leben bei der Inquisition.

Wo war ich? Ach ja, allein im Schneetreiben vor der Kirche mit meinem Telefon in der Hand. In die Kirche konnte ich jetzt nicht mehr, und so stapfte ich die Hauptstraße zurück in Richtung Ortseingang zum Haus meiner Eltern. Dabei kam ich an dem kleinen Krämerladen der Familie Klankermeier vorbei. Da hatte ich als kleiner Bub immer die Zigaretten für meinen Vater kaufen müssen. Mittlerweile raucht er nicht mehr. Als ich älter war, besorgte ich mir da die Fußballbilder für mein Einklebealbum der Fußball-WM 82.

Die alte Frau Klankermeier war eine dicke und ziemlich grobschlächtige Frau gewesen, aber stets korrekt und zügig, und sie hat jeden Kunden gleich behandelt. Gleich ruppig. Diese Ruppigkeit war natürlich nicht persönlich gemeint, aber ein Dienstleistungsbetrieb auf dem bayerischen Land verschwendete keinen dezidierten Gedanken daran, ob sich die Kunden wohlfühlten. Du gibst mir Geld, ich geb dir Ware – diese Vorgabe war so puristisch wie gerecht. Es konnte sich also niemand beklagen, wenn Frau Klankermeier mal morgens ruppig war, denn es war ja eine rein geschäftliche Ruppigkeit, die nur zugereiste Mystery-Wanderer persönlich nahmen, wenn sie mal nach dem Weg zum Pfad der *Holzliesl* fragten, einer ortsansässigen Geistererscheinung, die Wanderer vom Weg abgebracht haben soll und sie so lange festhielt, bis sie ihre Kleidung umgedreht angezogen hatten.

Das war auch die einzige touristische Attraktion in Rottenegg. Wir lagen mehr oder minder im Flachland, bei uns waren kein klarer Gebirgssee und keine Berge zu finden, und ein Kurort waren wir auch nicht. Sonst hießen wir ja Bad Rottenegg. Es gab wie überall ein paar Wälder, und in einem von denen gab es eben den Wanderweg der Holzliesl.

Aber zurück zur Ruppigkeit: So ist das mit dem Landleben, da kennt und grüßt sich zwar jeder, aber mit überbordender Freundlichkeit hat das nichts zu tun. Deshalb hat es mich in Berlin auch nie gestört, wenn das Dienstleistungspersonal mal einen schlechten Tag hatte. Ich kannte das ja kaum anders, und ich hab auch nie verstanden, warum die Leute aus Stuttgart oder Köln sich immer über den Grant der Berliner beklagten. Ich sah darin vielmehr eine der wenigen Gemeinsamkeiten mit meinem eigenen Volksstamm.

Die ruppige Frau Klankermeier war vor fünfzehn Jahren an Nierenversagen gestorben, nachdem sie Wochen vorher noch im Geschäft angefangen hatte zu halluzinieren. Das hatte dann ihre Tochter übernommen und ein Edeka-Franchise daraus gemacht. Schließlich haben sich aber in den letzten Jahren in den umliegenden Orten die Supermärkte so dermaßen gehäuft, dass keiner mehr zur jungen Frau Klankermeier gegangen ist, weil die auch preismäßig gar nicht mit den Supermärkten konkurrieren konnte. Und als dann der dreihundertste Pennymarkt – ach haltaus, den gibt's auch nicht mehr –, der dreihundertste Lidl in Rottenegg selber aufgemacht hat, ging der Edeka von der Klankermeier jr. sofort pleite, und jetzt funktioniert nur noch der Zigarettenautomat, der an der Hausmauer des ehemaligen Ladens hängt und aus dem ich mir eine Packung roter Gauloises holte.

Die Ladentür ist mittlerweile zugemauert, und im Erdgeschoss, wo früher die Ladenfläche war, wohnt jetzt die Tochter von der jungen Frau Klankermeier, also die ganz junge Frau Klankermeier mit ihrem Mann, der bei dem einzigen Toyota-Händler im Umkreis von 70 Kilometern der Chefmechaniker ist und deshalb auch die alte, also die junge Frau Klankermeier im ersten Stock mitversorgen kann. Weil, die hat nämlich nie geheiratet, obwohl sie ein Kind mit einem Fahrunternehmer vom Rottenegger Volksfest hatte, das ist nämlich die ganz junge Frau Klankermeier, die wiederum selbst schon eine dreijährige Tochter mit dem Chefmechaniker von Toyota hat und eigentlich längst nicht mehr Klankermeier, sondern nur noch Meyer heißt, aber eben mit «ey». Ja, und obwohl ich nur zweimal im Jahr bei meinen Eltern bin und mich auch sonst nicht besonders im Gemeindegossip hervortue, weiß ich das, weil meine Mama mir so was immer am Telefon erzählt.

Würde ich diese Niederschrift in dem Geiste weiterführen, käme ich erst beim vierten Band zu der Stelle, wo ich dem Kuchler … aber zurück zum Wesentlichen. Wesentlich war in jener Weihnachtsnacht, dass ich keinen Haustürschlüssel dabeihatte und eine geschlagene Stunde in der Hundskälte auf der eingefrorenen Hollywoodschaukel im Garten meiner Eltern saß, bis die Herrschaften endlich aus der Kirche nach Hause kamen.

«Hättest halt dein Telefon ausgeschaltet, Gregoli. Jetzt schaut's wieder so aus, als würde dich die Kirche überhaupt nicht interessieren», begrüßte mich meine Mutter.

«Jetzt lass ihn doch, Ursula. Das ist doch dem Stöttner Sepp neulich auch passiert», dämpfte mein Vater.

«Ach geh, Mama, der Fleischer, der scheinheilige Kinderpeitscher, der hat mich doch eh noch nie leiden können. Wer weiß, was der sonst über mich verbreitet», ging ich in die Offensive.

«Du, das stimmt nicht, der Fleischer spricht immer vom erfolgreichsten Sohn der Gemeinde», entgegnete die Mama.

«Aha, aber mich dann an Weihnachten vor der ganzen Gemeinde blöd anreden. Scheinheiliger Depp, scheinheiliger.»

«Jetzt wird ins Bett gegangen», entschied meine Mutter und schloss die Haustür auf. Mein Vater und ich trotteten hinterher. Ich sagte gute Nacht und ging hinauf in das ausgebaute Dachgeschoss, wo sich mein Jugendzimmer samt eigenem Gästebadezimmer befand.

Früher hatten meine Großeltern unten gewohnt und im ersten Stock meine Eltern. Ich hatte, bis ich 12 war, so ein ganz kleines Zimmer im ersten Stock, das jetzt meiner Mutter als Bügelzimmer dient. Dann hat mein Vater das Dachgeschoss für mich ausbauen lassen und mich so schon recht früh die Unabhängigkeit einer eigenen Wohnung schnuppern lassen.

Mein Jugendzimmer war mit 20 Quadratmetern eine recht geräumige Angelegenheit und hatte so meinen Hang zur Ausbreitung von Unordnung gefördert. Als ich fürs Abi gelernt hatte, lag der gesamte Boden voller Blätter, Ordner und Unterlagen, und das über Monate hinweg. Als ich nach der letzten Prüfung nach Hause kam, wälzte ich mich erst mal wie eine Sau in dem Blättermeer.

Unter den Blättern befand und befindet sich auch heute noch ein beiger Teppichboden. Zumindest war er ursprünglich beige. Viele Partys und kleinere gesellschaftliche Anlässe hatten ihr Farbspektrum auf ihm hinterlassen. Ich erinnere mich noch an die besonders ausufernde Geburtstagsfeier zu meinem 18. Schon nach einer Stunde musste der Huber Fips das erste Mal kotzen, und der zuvor zugeführte Eckes Edelkirsch kam nahezu in Originalfarbe auf den Teppich. Meine Mutter kommentierte am nächsten Tag sarkastisch: «Mei, so eine Farbe haben wir bis jetzt noch net g'habt.» Das stimmte, denn von Batida bis Blue Curaçao war der Teppich schon mit diversen Getränken und Farben bestückt worden, aber das klare Rot vom Eckes Edelkirsch war eine ganz neue Nuance in meinem Zimmer.

Ansonsten war der Raum heute ein stummer Zeuge des schlechten Inneneinrichtungsgeschmacks seiner Zeit. Neben einem schmalen, tiefgelegten Bett mit Bettkasten – in dem wohl heute noch alte Hustler-Ausgaben liegen dürften – befand sich darin eine komplette Kieferanbaueinheit, vergleichbar mit den Möbelsystemen von Ikea. Alles hing irgendwie zusammen.

Der Schrank, die Regale und der Schreibtisch waren an den Wänden entlang gebaut, das Bett stand gegenüber in der Ecke neben dem Fenster. Die Dachschräge war mit hellbraunen Deckenholzlatten verkleidet, und an den wenigen Stellen, wo nicht die Kieferanbaueinheit regierte, hingen aus meiner Gruftizeit immer noch Poster von Depeche Mode, The Cure und Joy Division.

Ein besonderes Dekorationsstück war ein Teller mit dem Konterfei von Papst Johannes Paul II., dem ich in meiner Eddingphase eine Sonnenbrille und eine Zahnlücke verpasst hatte. Darunter hatte ich geschrieben: «The Pope smokes dope», sehr zum Missfallen meiner Mama, die mindestens einmal in der Woche zu mir sagte: «Geh, das macht man doch nicht mit unserem Papst.»

Ansonsten hielten sich die Eltern aus innenarchitektonischen Fragen komplett heraus, nur einmal schlug ich noch über die Stränge. Ich hatte einen Ferienjob im Edeka-Fruchthof in Ingolstadt, von wo aus ich Obst, Gemüse und Blumenerde zu den umliegenden Edeka-Läden lieferte. Die Blumenerdenpaletten waren immer mit schwarzer Folie umwickelt, und in meiner Hochgruftizeit hatte ich mal etwa 30 von den Dingern mit nach Hause genommen und in einer Nacht-und-Nebel-Aktion damit die Tapeten und Teile der Kiefernholzanbaueinheit verhängt, sodass das Zimmer aussah wie eine Gruft. Eine Gruft aus Plastik. Als mein Vater das am nächsten Tag sah, war er entsetzt. Es war nicht die Farbe, die ihn erschreckte: «Geh, spinnst du, das schimmelt doch in null Komma nix hier drin.»

Als ich so drüber nachdachte, wann ich das letzte

Mal tatsächlich in meinem Jugendzimmer übernachtet hatte, kam ich auf ein Jahr, das noch nicht einmal mehr den 90ern angehörte. Klar war ich hin und wieder hier gewesen, meistens mit Freundin, und ich hatte auch mit Wilma im ehemaligen Ehebett der Großeltern geschlafen, das nun im Gästezimmer stand, aber alleine in meinem alten Zimmer, das war tatsächlich über zwei Jahrzehnte her. Das Bett war ja auch viel zu klein für zwei Leute, obwohl man sich damals natürlich auch irgendwie hineingezwängt hatte mit dem Damenbesuch. Vielleicht bilde ich mir das ein, aber so sicher wie an diesem Weihnachtsabend hatte ich mich schon Jahre nicht gefühlt, als ich zementschwer von den ganzen Plätzchen der letzten Stunden und den Strapazen der letzten Wochen in mein lediglich ein Meter breites Jugendbett und einen zwölfstündigen Schlaf sackte.

Meine Mama merkte schon sehr genau, dass ich in ganz schlechter Verfassung war, deshalb spannte sie mich nicht großartig in die Weihnachtsfestivitäten ein und ersparte mir die Routine des einen oder anderen Verwandtschaftsbesuchs.

Normalerweise wäre am ersten Weihnachtsfeiertag das Mittagessen bei Tante Marta ein Pflichttermin gewesen, aber da ich in den letzten Jahren sowieso nicht an Weihnachten zu Hause gewesen war, würde mich auch keiner vermissen. Man erwartete lediglich, dass ich am zweiten Weihnachtsfeiertag zu Hause mit am Tisch saß, wenn Gans und Knödel serviert wurden und der Onkel Norbert aus München zu Besuch kam. Das war aber ganz in meinem Sinne, denn der Onkel Norbert war nebst meinen Eltern der große Lichtblick in der Verwandtschaft und mit Abstand einer der lebenslustigsten Typen, die ich je getroffen hatte. Ich freute mich auf dieses Weihnachtsessen, denn das pietätlose Herumwitzeln vom Norbert an Weihnachten gehörte zu den wenigen Feiertagstraditionen, die ich in Berlin vermisst hatte. Die Wilma hatte ihn ja kennengelernt, als ich sie mal mit nach Bayern genommen hatte, und beide waren ganz entzückt voneinander.

Der Onkel Norbert war 59 und trug einen Bart wie Jürgen von der Lippe und breite Koteletten dazu. Das war von seinem Siebziger-Chic übrig geblieben. Die Haare waren weißgrau, immer noch voll und ganz akkurat nach hinten gekämmt, sodass er eine kleine Tolle trug. Das war voll okay, denn Onkel Norbert war ja auch Friseur.

Friseurmeister sogar. Friseursalonbesitzer noch dazu. Und nicht so einer, wie man sie heute aus Berlin kennt, mit Nummernziehen und wo der Salon wie eine Werkstatt aussieht, sondern ein richtiger gelernter Bader. Ein Bader, wie der Friseur früher hieß, war ja nicht nur für die Haare zuständig, sondern durfte auch Zähne ziehen oder schröpfen. Im Grunde war ein Bader zu einem kleinen Allgemeinarzt und Minichirurgen ausgebildet worden, und da dieses umfassende Berufsprofil erst in den späten 60er Jahren abhandenkam, genoss der Norbert noch die ursprüngliche Ausbildung eines Baders in München.

Dort fing er nach der Lehre bei einem bekannten Schwabinger Friseursalon an und arbeitete sich mit Charme und Ehrgeiz nach oben, sodass ihm der kinderlose Inhaber das Geschäft nach seinem Tode Anfang der achtziger Jahre überließ. Schon zuvor war der *Friseursalon Hülsinger* ein von der Schwabinger Schickeria hoch frequentiertes Etablissement, und unter dem Norbert lief das Geschäft sogar noch besser. Mehr und mehr Künstler, Schauspieler und Salonlöwen ließen sich in dem verhältnismäßig kleinen Laden – der Norbert wollte nie expandieren – die Haare schneiden und sich vom Norbert den neusten Tratsch und die besten Witze erzählen.

So gelangte letztlich auch der Norbert selbst in die besseren Kreise seiner Klientel, bewahrte sich allerdings eine ironische Distanz zu diesen Leuten. Stolz war er dennoch darauf, Prominenten wie Uschi Glas, Helmut Fischer, der Veronica Ferres und sogar schon dem Stoiber die Haare geschnitten zu haben. Die Anekdoten dazu gab es dann auch ein paar Mal im Jahr zu hören, wenn der Onkel Norbert seine Schwester, meine Mutter, besuchte. Am lustigsten fand ich die, wo der Norbert den Walter Sedlmayr bedient und der sich wie selbstverständlich in den Stuhl setzt und der Norbert dann zu ihm sagt: «Ja, was soll ich jetzt machen? Schnauzbart föhnen, oder was?» Jedem anderen wäre der Sedlmayr wahrscheinlich an die Gurgel gesprungen, aber der Onkel Norbert hatte so eine Art, die man nicht übelnehmen konnte. Alles, was der Norbert zu jemandem sagte, klang wie ein freundliches «Nix für ungut, war nur Spaß», so gemein es auch ursprünglich war.

Es versteht sich von selbst, dass der Norbert auch uns allen die Haare geschnitten hat. Seitenscheitel für meinen Vater, kurze Dauerwelle für meine Mama, und bei mir war's meistens hinten kurz und vorne lang.

Allerdings ist dem Norbert auch der größte Fauxpas meiner persönlichen Frisurenhistorie geschuldet. Als früher Depeche-Mode-Fan wollte ich in den Achtzigern genau dasselbe Flat-Top wie Dave Gahan haben. Mit blondierten Spitzen und ausrasierten Schläfen und Nacken, sodass die Haare von oben aussahen wie ein goldumrahmtes Dreieck. Jetzt hatte ich aber das Problem, dass meine Haare auch mit Gel und Spray nicht so stramm nach oben standen wie die von Dave Gahan, also fragte ich den Onkel Norbert um Rat. Und der hatte sofort den Masterplan: Er würde mir eine Dauerwelle machen und die Haare dann ganz kurz schneiden, sodass keine Locken aufkamen, die Haare aber widerborstig nach oben stünden.

Was dabei rauskam, war eine einzige Demütigung. Nicht nur, dass man die Haare gar nicht so kurz schneiden hätte können, dass sie sich nicht mehr lockten, auch das mit dem punktgenauen Blondieren war wohl nicht unbedingt Norberts Sache, sodass ich am Ende einen blond-schwarz gefleckten Lockenkopf trug und ungefähr aussah, als hätte mir ein Marabu auf den Kopf geschissen. Wahlweise auch wie eine dieser Hausfrauen in den 80er Jahren, die, als sie den Friseur baten, mal etwas «Flottes» zu schneiden, aussahen, als hätte eine Katze auf ihrem Kopf Junge bekommen. Aber selbst nachdem er mich in den «Schneckerlprinzen» – O-Ton Norbert – verwandelt hatte, konnte man ihm nicht böse sein.

Wie jedes Jahr an Weihnachten war der Norbert alleine gekommen. Er war zwar ohnehin eingefleischter Junggeselle, aber hin und wieder brachte er eine seiner Liebschaften mit – meistens blonde Sekretärinnen um die vierzig –, die, glaub ich, alle Kette rauchten wie er selbst auch.

Für mich war der Norbert nicht nur der galante Spaßvogel der Familie, sondern auch ein enger Vertrauter. All die Themen, die ich nie mit meinen Eltern besprechen wollte, die Frauen- und die Sexgeschichten, die Drogeneskapaden, konnte ich mit dem Norbert teilen. Er war nicht nur der Lebemann in der Verwandtschaft, ihm waren durch seine Jahre als Inhaber eines Schwabinger Szenesalons auch die Prominenz und ihre Burleske geläufig, und er war häufig ein Teil davon. Das machte ihn zu dem einzigen Menschen in meiner Familie, dem ich meine dekadentere Seite, aber auch meine emotionalere zumutete.

Gerade Weihnachten war es Tradition, dass der Norbert ein bisschen länger als die Eltern bei mir sitzen blieb und wir anfingen, Schnaps zu trinken oder auch mal einen Spliff zu rauchen. Selbst in meiner Berlin-Zeit hatte ich den Norbert jedes Mal besucht, wenn ich in München zu tun hatte, und ihm auch fast jede meiner Exfreundinnen vorgestellt. Am besten kannte er die Wilma. Insofern war Norberts traditionelles Eintreffen an jenem zweiten Weihnachtsfeiertag ein Ereignis, dem ich entgegenfieberte, denn es würde das erste Mal sein, dass ich mit jemand über alles sprach, was in Berlin vorgefallen war, von der Trennung bis hin zum versehentlichen Selbstmordversuch. Die Eltern hatten dem Norbert nicht gesagt, dass ich da war, und so war er dermaßen erfreut, dass er mich gleich wahnsinnig fest drückte und mir einen Kuss auf die Stirn gab.

«Gretsch, mein Lieblingsneffe. Geh, lass dich drücken. Was ist denn mit dir los? Was machst du denn in der Provinz? Hat dich die Wilma zum Teufel gehauen?» Der Norbert lachte laut und drückte mich weiter, aber schon nach wenigen Sekunden hatte er wohl an dem Gesicht meiner Mutter, die hinter mir stand, abgelesen, dass er mit der scherzhaften Wilma-Bemerkung nicht so ganz danebengelegen hatte.

«Ach du Scheiße, Gretsch, die is wirklich weg, die Wilma? Ja verreck, was ist denn da passiert?» Ich verdrehte die Augen:

«Da reden wir später drüber. Jetzt gibt's erst mal die Gans», tat ich ganz gastgeberhaft souverän, auch wenn mich schon wieder ein böser Herzschmerz durchzuckt hatte bei der Vorstellung, wir hätten jetzt alle zusammen mit Wilma Weihnachten feiern können. Nach dem Essen zog sich mein Papa seinen Mantel an.

«Wo gehst du denn hin?», wollte ich wissen.

«Wir ham doch immer diese Schafkopfrunde mit dem Wetzel, dem Gruber und dem Pfarrer Fleischer.»

«Mit dem Deppen spielst du Karten», konnte ich mir nicht verkneifen. Ich meinte natürlich den Fleischer.

«Ja, sogar an Weihnachten spielen die Karten. Sogar unser Hochwürden», seufzte meine Mutter.

«Aha, ist das keine Sünde, an Weihnachten Karten spielen?», motzte ich weiter.

«Kommst mit, Norbert? Der Gruber kann's eh nicht gescheit», fragte mein Papa.

«Na, ich bleib beim Junior. Ein andermal aber gerne.» Und das konnte man dem Norbert glauben, war er doch selbst ein passionierter Schafkopfspieler. Diese regionale Abart von Skat genießt ja in Bayern einen ähnlichen Ruf wie Schach. Das ist quasi Kartenspielen für kontemplative Schlitzohren. Ich selbst kann nur das Spiel Watten, das zwar ein paar einfache Taktikelemente beinhaltet, ansonsten aber auf reinem Glück basiert. Mein Vater hat mal versucht, mir Schafkopfen beizubringen – vergeblich. Ich hab noch nicht einmal die Verteilung der Karten am Anfang der Runde verstanden. Mein Vater war eigentlich kein typischer Spieler und schon gar kein Zocker, ich denke, es war die strategische Komponente, die ihn reizte.

So blieben wir also zu dritt, und nachdem meine Mutter ins Bett gegangen war, konnten der Norbert und ich endlich Klartext reden. In aller Ruhe erzählte ich ihm von dem Rauswurf bei PTV, dem letzten Gespräch mit Kuchler, dem Fremdgehen von Wilma, meinem Discoinferno und der anschließenden Überdosis. Geduldig und manchmal lächelnd hörte er sich das Ganze an und stellte dann eine Frage:

«Und warum bist jetzt in Rottenegg, Gretsch?»

«Mei, ein bisschen Abstand, ein bisschen den Kopf freibekommen, ein bisschen Ruhe und das Buch schreiben.»

«Lass das aber nicht zu viel Abstand werden, Junior. Ich glaube nicht, dass deine Zukunft hier in diesem finsteren Teil Oberbayerns liegt. Du hast schon immer eher in die Stadt gehört.»

«Nein, nein, das ist ja nur wegen der Gesundheit und damit ich ohne Ablenkung das Buch schreiben kann. Na ja, und a wengerl auch wegen der Wilma.»

«Ich versteh das schon, ein bisschen davonlaufen darf man ja manchmal, aber man muss irgendwann auch wieder umkehren und sagen, das schau ich mir jetzt nochmal an, auch wenn's wehtut. Erst dann kann man von mir aus sagen: Jetzt zieh ich aufs Land. Tut mir leid, dass ich so daherg'schaftl. Ich bin auch nicht grad der Meister im Sich-mit-Dingen-Auseinandersetzen.» Norbert sah aus, als würde er still in sich hineinlächeln.

«Nein, ich bin dir ja auch dankbar, Nobs. Mit meinen Eltern kann man ja über so was nicht reden.»

«Naa, bloß net. Wenn du deiner Mutter was von der Überdosis erzählst, kann die keine Nacht ihres restlichen Lebens mehr ruhig schlafen.»

Und so tranken wir und rauchten vor der Haustür noch einen Joint, den der Onkel Norbert schon fertiggedreht aus München mitgebracht hatte, danach setzten wir uns vor den Fernseher. Auf POP TV lief die Wiederholung von *Popstudio Berlin*. Faris moderierte und hampelte vor der Kamera herum. Ich war zu bekifft, um mich aufzuregen. Wir schauten noch ein wenig die Clips mit den nackten Sportlerinnen auf DSF und gingen dann zu Bett. Am nächsten Morgen fuhr der Norbert nach dem Frühstück wieder nach München, und ich blieb noch eine Weile in Rottenegg.

6
DORFDISCO

Die Weihnachtsfeiertage gingen vorbei, und ich telefonierte einige wichtige Leute und vermeintliche Freunde ab, damit sie mich die nächsten Wochen in Ruhe ließen. Ihnen allen erzählte ich von diesem Buch, an dem ich schon fieberhaft arbeitete und an dem schon ein bestimmter Verlag konkretes Interesse angemeldet hatte. In Wahrheit gab es noch keinen Verlag – auch wenn mein Manager Konnie schon im Plural von interessierten Verlagen sprach –, keine Idee und nicht den Hauch eines Anflugs von Muße, um etwas niederzuschreiben.

Ich wollte ja ein Abrechnungsbuch mit dem Sender und der ganzen Musikindustrie schreiben, aber zum einen war ich noch viel zu erschöpft, zum anderen bestand fast mein gesamter Freundes- und Gönnerkreis aus Leuten, die in dieser Branche ihr Geld verdienten und die ich zwangsweise hätte mit anscheißen müssen, wenn ich authentisch bleiben wollte. Ich war mir sicher, dass mir da ein Kompromiss einfallen würde, aber im Moment erschien mir das noch alles zu mühsam.

Meine Wohnung in Berlin überließ ich erst mal einem Freund und schickte ihm per Post den Schlüssel zu. Meiner Putzfrau kündigte ich telefonisch, was mir irgendwie leidtat, immerhin hatte sie mir vielleicht das Leben gerettet. Ich beschloss, ihr noch einen Strauß Blumen zukommen zu lassen und sie und ihren Mann nach meiner Rückkehr mal schick zum Essen auszuführen. Dabei fiel mir wieder ein, dass Frau Nowak ja auch bei Wilma wischte. Ach verdammt, ich wollte den Namen noch nicht einmal mehr in Gedanken in den Mund nehmen. Schlimm genug, dass ich in jeder Minute mindestens zehn Sekunden an sie dachte, denn das läppert sich auf einen Tag gesehen ja ganz schön.

Am 29. Dezember hatte ich mich so weit erholt, dass ich bereit war, mich dem gesellschaftlichen Angebot Rotteneggs zu öffnen. Ich hatte genau einen alten Schulfreund im Ort, dem ich auch heutzutage noch etwas abgewinnen konnte, und das war der Edgar Brandl oder auch «Brandy», wie wir ihn früher gerufen hatten, oder «Bransche», wie er im Fußballverein hieß. Für mich war er nur der Eddie.

Der Eddie war einer der wenigen gewesen, die so gut waren, dass sie schon in der A-Jugend einen Transfer schafften, also quasi abgeworben wurden. In seinem Fall vom HSV Rottenegg zum ESV Ingolstadt. Aber zum Thema Fußball komm ich später noch ausführlicher, wenn es wieder wärmer ist in Rottenegg. Jetzt muss ich zuerst über den Brandl Eddie erzählen.

Der Eddie war eine Klasse unter mir gewesen, aber er war weit über seine Altersstufe hinaus bekannt für sein Schandmaul, seine hanebüchenen Streiche und seinen Schlag bei den Frauen, sogar den älteren.

Ich kannte den Eddie schon seit dem Kindergarten, und da Eddies Eltern nur ein paar Häuser von meinen weg wohnten und wir ab dem Gymnasium im selben Bus nach Ingolstadt zur Schule fuhren, blieben wir die dicksten Freunde. Mein Vater nannte uns immer «de zwoa Oarschbacka», was so viel heißt wie «die zwei Arschbacken». Das war aber keineswegs despektierlich gemeint, sondern als eine Art Kampfname zu verstehen, weil wir permanent unter einer Decke steckten.

Bei der doofsten Aktion, die der Eddie je gebracht hatte, war ich jedoch nicht zugegen. Neben dem Haus der Brandls stand damals noch ein alter Elektroladen. Da gab es alles von Waschmaschinen bis Stereoanlagen, und auch ein VHS-Videokassetten-Verleih war dabei, für den man einen geheimnisvollen roten Samtvorhang passieren musste, um in den hinteren Teil des Ladens zu gelangen. In dem Geschäft gab es zufälligerweise genau die Wunschstereoanlage vom Eddie, und jeden Tag, wenn er aus dem Haus ging und wieder zurückkam, musste er an dem Schaufenster vorbei.

«Das Ding hol ich mir demnächst», pflegte er zu sagen, und selbstverständlich dachte ich dabei an eine Art Sparvorhaben. Der Eddie meinte das aber nur allzu wörtlich: Er schmiss eines Nachts die Scheibe ein, schnappte sich die Anlage und trug sie in sein Zimmer, wo er sie kurz anschloss, um den Sound zu überprüfen, und dann in sein Regal stellte und eine Decke darüberhängte.

Am nächsten Tag stand die Polizei im Hause Brandl

und befragte den Eddie zu dem Vorfall. Der verhaspelte sich wohl, daraufhin durfte sich der Dorfpolizist Johann Finkenzeller, ein gutmütiger Kerl, mit Erlaubnis von Eddies Vater im Zimmer umsehen und fand auf Anhieb die geklaute Stereoanlage. Da der Eddie erst vierzehn war, musste er unzählige Stunden das Jugendheim putzen, bis er wieder schuldfrei war – eine Anlage hat er von seinen Eltern so schnell nicht bekommen.

Mittlerweile ist der Eddie im Besitz von zwei oder drei Bang-&-Olufsen-Systemen, und mit der Polizei hatte er seitdem auch nichts mehr zu tun, soweit ich weiß. Damals sah er einfach nur blondlockig, schlaksig und irgendwie verwegen für sein Alter aus, heute ist er ungemein gutaussehend, ungefähr 1,90 m und trägt sein ergrauendes Haar in George-Clooney-Länge, sodass seine Locken kaum mehr auffallen. Sein dunkler Teint kann am hauseigenen Solarium oder auch an seiner kleinen Finca im Osten Mallorcas liegen. Verheiratet ist der Eddie mit einem alten Schulschwarm von mir, der Sylvie Matthes, aber dazu komme ich später.

Genau diesen Edgar Brandl rief ich am 29. Dezember an, um mich mit ihm zu verabreden. Ich wusste, dass der Eddie einem spontanen Bier unter alten Freunden nicht abgeneigt war und seine Frau hin und wieder auch gerne mal nicht in seine Freizeitaktivitäten einplante. Das kam mir im Moment ganz gelegen, denn so scharf war ich nicht auf eine Beisitzerrolle in trauten Pärchenmomenten.

«Brandl.»

«Eddie, servus, ich bin's, der Grex.»

«Wer?»

«Der Herzl Grex, kennst mich nimmer?»

«Ach, der Herzl Grex, unser Mann vom Fernsehen. Ja sauber, servus.»

«Du, ich bin grad ein paar Tage in Bayern, da wollt ich dich fragen, ob wir heut Abend ein Bier trinken wollen. Vielleicht bei der Tina?»

«Ja, das klingt doch pfundig. Ich frag mal meine ..., ach Schmarrn, des machma. Um achte bei der Tina. Gfrei mi, Grex.»

«Ich mich auch, Eddie, bis später!»

Und so saß ich um Punkt acht – ich bin selbst in Zeiten schlimmster Erschütterung noch ein sehr pünktlicher Mensch – im Pilspub *Bierbrunnen*, im Volksmund auch *Bei der Tina* genannt. Dazu muss man wissen, dass besagte Tina früher die dicke Wirtin vom Pilspub war. Es hat ihrem Vater, dem Zitzel Tom gehört, der damals in derselben Örtlichkeit einen kleinen Getränkemarkt betrieb.

Als der Zitzel Tom mit 57 an einem Herzinfarkt gestorben war, gestaltete die Tina den Getränkemarkt in eine Kneipe, ein sogenanntes Pilspub, wie man in den Achtzigern sagte, um. Im Rest der Republik würde man unser Pilspub wohl als klassische Eckkneipe bezeichnen: komplett in dunklem Holz, Vertrag mit der lokalen Brauerei, mit einer schieren Übermacht von braunen bleikristallenen Aschenbechern und dem obligatorischen einarmigen Banditen.

Das Besondere an dem Rottenegger Pilspub war aber, dass sich hier vorwiegend die Jugend aus Ort und Peripherie einfand und eben nicht die alten

Sturmlebern. Die saßen kartenspielend beim *Littich-Wirt*, dem richtigen Gasthaus in Rottenegg, wo es auch was zu essen, neuerdings einen Raucherraum und schon immer einen Billardtisch gab. Außerdem genug Platz für zwei Stammtische, einen für die Alkoholiker und der andere für den Schützenverein, wobei es da zu Überschneidungen kam.

Bei der Tina war's eher klein und klaustrophobisch, vor allem wenn geraucht wurde und man von der Theke nicht mehr die zwei Meter bis zum Fenster sah. Allen voran hat die dicke Tina selbst drei Schachteln am Abend durchgeschossen, wenn sie gearbeitet hat.

Die Tina mit ihren dicken Brüsten. So manch ein angesoffener Mädchenaufreißer aus Rottenegg und Umgebung durfte zu späterer Stunde beherzt in ihr Dekolleté hineingreifen. Die Jungs schlossen meistens Wetten ab, ob die Tina sie auch greifen ließ. Denn die war da selbst zu später Stunde noch recht wählerisch. Als stummer Mitläufer oder hässlicher Brillenbubi brauchte man gar nicht auf die Titten von der Tina zu hoffen. Die ließ nur die Angeber, die Aufreißer ran, die besten Hengste in ihrem Stall. Auf diese Weise und in ihrer exponierten Stellung als Wirtin und einzige Bedienung vom Bierbrunnen bewahrte sie sich auch als Frau ein bisschen den Nimbus der Begehrten, auch wenn sie mit ihrer blonden kurzen Dauerwelle und dem massiven Körperbau weiß Gott keine Schönheit war. Aber abends im Pub blieb die Tina die Königin der Rottenegger Nacht.

Ich selbst bin der Tina und ihrer Oberweite nie besonders nahe gekommen. Ich gehörte nie zu den ganz coolen Jungs, und ab meiner Gothic-Phase hätte ich wohl eh Hausverbot bekommen, aber wie man sich denken kann, gehörte der Brandl Eddie zu den Erlesenen, die der Tina nicht nur einmal relativ nahegestanden haben. Man kann sogar sagen, dass die Tina den Eddie als ihren Vertrauten behandelte, als eine Art Consigliere. Das ging so weit, dass man *Bei der Tina* Persona non grata war, wenn man es sich mit dem Eddie verscherzt hatte.

Mittlerweile war die Tina nicht mehr im Dienst. Das war bedauerlich und hatte auch bedauerliche Gründe. Sie war jetzt 55 und hatte – ganz der Papa – schon mit 50 ihren ersten Herzinfarkt hinter sich. Ihr Mann, ein ruhiger Pole namens Karol, führte das Pub, und er war zwar wirklich liebenswert, aber weder besonders redselig, noch hatte er Riesenbrüste.

Es war in diesem Winter ohnehin fast vorbei mit dem Pilspub, zumal nicht mehr wirklich viel los war *Bei der Tina*, weil sich die Jungen lieber in Ingolstadt oder in irgendwelchen Vereinsheimen herumtrieben und Hip-Hop hörten. Zudem war ein Pizzalieferservice-Franchise mit einem lukrativen Angebot auf die Tina und den Karol zugekommen. Während ich also diese Zeilen niederschreibe, gibt es das *Bei der Tina* schon gar nicht mehr, dafür könnte man sich jetzt von meinen Eltern aus eine Pizza bestellen, und in 15 Minuten wäre sie da.

Als der Eddie um Viertel nach acht hereinkam, begrüßte er nicht nur mich, sondern auch den Karol mit einem überschwänglichen Handschlag, und quasi mit der nächsten Bewegung deutete er ihm zwei Bier an, obwohl ich mein erstes noch nicht einmal bis zur Hälfte ausgetrunken hatte.

«Grex, du Sauhund, erzähl mal, was führt dich nach Rottenegg? Mehrere Tage willst du gleich bleiben. Da stimmt doch was nicht. Hat dich deine Alte daheim rausgehauen?»

«Haha, also, ganz so wild ist es nicht. Aber so ähnlich schon.»

Aber wie man das so kennt unter uns bierseligen Bayern, hielten wir uns nicht lange mit Allgemeinplätzen wie Beziehung, Beruf oder Familie auf, sondern gingen gleich in medias res, das Heraufbeschwören der guten alten Zeiten in Rottenegg. Vom Ministrantenamt über die katholische Landjugend bis hin zum Fußballverein wurden alle Stationen gemeinsamer ruraler Sozialisation abgerufen und dabei die wichtigsten Ereignisse jener Coming-of-Age-Phasen herausgegriffen: die *Saureisch*. Oder hochdeutsch: die intensiven Erlebnisse des Besoffenseins, besonders beliebt jene, wo man irgendetwas oder irgendwen vollgekotzt, jemand verprügelt, sich nackt in der Öffentlichkeit ausgezogen oder ein hässliches Mädchen aus dem Dorf gevögelt hatte.

Mir gingen da schon nach wenigen Minuten die Anekdoten aus, dem Eddie hingegen überhaupt nicht. Wir lachten viel, und irgendwann war's halb zwölf, und der Eddie schlug Folgendes vor:

«Du, Grex, etz, wo ma grad so schön zusammensitzen, könnte man doch eigentlich auch noch ins *Oasis* fahren, oder? Ich fahr», entschied der Eddie.

«Aber du bist doch saubsuffa», hielt ich nicht minder besoffen dagegen.

«Macht nix, mein Fünfer hat doch ein Navi. Der fährt praktisch von selber dahin», schrie mir Eddie ins Ohr und haute bei sich selbst applaudierendem Gelächter wie irr auf den Tresen. Der Karol lächelte uns sanft zu. Und so fuhren wir ins *Oasis*, das keineswegs ein Britpopclub war, sondern die sieben Kilometer entfernte Großraumdisco, die mittlerweile längst *La Cabana* hieß, aber früher eben noch *Oasis*, benannt in grauer Vorzeit, als die Brüder Gallagher noch genauso wenig im Fernsehen waren wie ich.

Man musste dem Eddie lassen, dass er auch besoffen eine übersichtliche Fahrweise an den Tag legte, wenn auch eine flotte. Man kennt ja diese Fahrer, die eigentlich dauernd zu schnell und latent aggressiv fahren, bei denen man sich aber völlig sicher fühlt. Und vielleicht gaukelte mir mein Rausch auch nur ein Sicherheitsgefühl vor, immerhin hatte ich nach fünf Halben schon ganz schön die Lampen an.

Wir fuhren auf der B16, eine relativ gerade Strecke, die zum Schnellfahren und Überholen einlud, was sich wegen der ganzen LKWs oft als ziemlich risikoreich erwies. Auf solchen Strecken dabatzt es – wie man bei uns sagt – ja auch heute noch gerne betrunkene Discoheimfahrer, deren Gedenkkreuze dann den Wegesrand säumen. Besonders Motorradfahrer sind diesbezüglich eine gefährdete Spezies, weil sie nicht nur oft besoffen fahren, sondern gerne auch von besoffenen Autofahrern von der Straße geräumt werden. Ich alleine kenne zwei Leute aus meinem Dorf, die auf dieser Strecke nicht älter als 24 geworden sind.

Das *Oasis* liegt von Rottenegg aus gesehen an der B16 in Richtung Abensberg. Genauer gesagt befindet es sich im Gewerbegebiet von Rockolding – kein

Witz beabsichtigt, das Kaff heißt wirklich so –, und aus einer einst alleinstehenden einstöckigen Discothek war im Lauf der 90er Jahre ein Multiplex für Großraum-Entertainment geworden. Das *La Cabana* bestand jetzt aus einem Kino, einem Bistro und einem Loungecafé. Dem Club selbst hatte man einen Pool auf dem Dach und einen separaten Raum mit Billardtischen und Spielautomaten spendiert.

In den 90ern florierte das alles wohl auch ganz gut, aber mittlerweile rentierte sich nur noch die Disco selbst, das Bistro hatte ein kroatischer Pizzabäcker mit Straßenverkauf übernommen, und für das Kino wurde gerade ein neuer Betreiber gesucht, der letzte Film war dort vor 5 Jahren gelaufen.

Früher hingegen war das *Oasis* eine klassische, puristische Chartdiscothek gewesen. Die neuesten Hits wechselten sich ab mit schimmelnden Rockklassikern wie «Smoke On The Water», «Radar Love» oder «Stairway To Heaven». Am Samstagabend gab es so gegen 11 immer die große Discofoxrunde mit Schlagern und Stimmungsliedern, das war meistens der Zeitpunkt, an dem wir uns an die Bar setzten und anfingen, Schnäpse zu trinken. Durch die Foxrunde führte ein eigens dafür angestellter Fox-DJ mit motivierenden Ansagen wie: «Und jetzt schnappt sich jeder Bursch ein Mädel, und dann geben wir so richtig Gas.» Kurz darauf war die Tanzfläche voll, die Theke dagegen nicht mehr so, und wir konnten ungestört mit den Bedienungen flirten.

Der Parkplatz des *La Cabana* beziehungsweise *Oasis* war auch immer wieder Schauplatz zünftiger Schlägereien gewesen, in deren Mittelpunkt leider auch allzu oft meine damaligen Gruftikumpel und ich standen. Es gab außer dem Laden ja sonst nichts, und so warteten wir stets geduldig den ganzen Abend auf die annehmbaren Songs aus den Charts, also so etwas wie Soft Cell, Visage oder Depeche Mode, um dann dazu zu tanzen. Worauf wiederum die Dorfprolls warteten. Sie stellten sich dann absichtlich so beschissen auf die Tanzfläche, dass man gar nicht anders konnte, als sie ab und zu mal anzurempeln. Dann ging meist alles ganz schnell. Einem Schubser folgte meist die Ansage: «He, gehma 'naus, du scheiß Pfarrer!»

«Pfarrer» nannten sie uns wegen unserer schwarzen Klamotten und umgehängten Rosenkränze, die Begriffe «Gothic» oder «Grufti» waren ihnen selbstredend nicht geläufig. Wir sahen anders aus und waren deswegen irgendwie komisch, also gab es als Ausdruck ländlicher Beschränktheit und Intoleranz regelmäßig was aufs Maul, auf ebenjenem Parkplatz.

Wir hatten nur am Anfang den Fehler begangen, uns zu wehren. Das zog das Ganze nur unnötig in die Länge und machte es schmerzhafter. Später haben wir klaglos ein paar Watschn oder Schwinger eingesteckt und haben es uns dann auf dem Boden gemütlich gemacht – womit die Sache meistens nach fünf Minuten erledigt war, denn selbst die grobschlächtigsten Barbaren ließen daraufhin gelangweilt von einem ab, und man konnte wieder reingehen und weitertanzen.

So etwas würde heute garantiert nicht passieren, und so spazierten der Eddie und ich vom Parkplatz gutgelaunt Richtung Eingang.

Der Türsteher des *La Cabana*, ein bulliger Mensch

in einem schlechtsitzenden Anzug, freute sich sichtlich, uns zu sehen. Den Eddie begrüßte er mit Handschlag und nannte ihn in gebrochenem Deutsch Freddy Krüger. Drinnen spielten sie gerade «S.O.S.» von Rihanna und gingen dann zu Usher über, diesem Song mit dem nervtötenden Keyboard. Nicht, dass ich «Poison» von Alice Cooper und «Livin' On A Prayer» von Bon Jovi hinterhertrauerte, aber diese schleichende Urbanisierung der Dorfdiscos war mir suspekt. Ich hatte R'n'B und Hip-Hop lange Zeit für ein reines Großstadtphänomen gehalten, aber das war natürlich naiv gewesen.

Ich stand mit Eddie Brandl an der Theke, und wir bestellten uns jeweils zwei Warsteiner. Ein Warsteiner wäre ja schon schlimm genug, aber zum einen gab's nichts anderes, zum anderen war an dem Tag Doppeldecker-Time im *La Cabana*, da wurde kurzer Prozess mit der alkoholischen Zögerlichkeit gemacht, denn man verkaufte zwei Pils zum Preis von einem. Da das zweite aber auch gleich von der Thekenkraft geöffnet wurde, musste man sich mit dem ersten beeilen, damit das zweite nicht abgestanden schmeckte. Eine andere Variante war die berüchtigte «Rüscherl-Time», wo man für den Preis von einem Rüscherl – einem Kurzen aus Asbach Uralt und Cola – gleich drei bekam. Aber das gab's Gott sei Dank nur am Freitag.

Innerhalb kürzester Zeit hatten wir unseren Rausch um das Präfix «Voll-» erweitert und begannen zu tanzen. Die jungen Dorfpomeranzen hatten ja eh schon die ganze Zeit ungläubige Blicke auf mich geworfen, aber jetzt, wo ich in voller Fahrt einen Schritt nach vorne und einen nach hinten auf der Tanzfläche tat, wurden sie mutig und sprachen mich an.

«Servus, du bist doch der Gregor Herzl von PTV! Was machst'n du bei uns im *Cabana*?», kreischte mich eine Brünette mit riesigen Ohrringen in ordinärem Niederbayerisch an.

«A bisserl tanzen und Bier trinken», brachte ich noch hervor, bevor sie mir ihre Zunge in den Hals steckte.

«Mei, des hab ich jetzt gebraucht. Hat's dir gefallen?», schrie sie mir ins Ohr.

«Schon irgendwie», schrie ich zurück.

«Und den nächsten Song widmen wir unserem Rottenegger Original und berühmten PTV-Moderator Gregor Herzl! Schön, dass du da bist», ertönte es plötzlich aus den Lautsprechern, und ich wäre am liebsten unsichtbar geworden. Jetzt muss man wissen, dass die DJs im *Oasis* manche Songs noch selbst ansagten oder wichtige Servicemeldungen vornahmen wie: «Ab elf ist bei uns wieder Happy Hour, jeden Caipi gibt's da für 2,50. Der schwarze Audi mit der Nummer IN GT 669 bitte wegfahren.»

Der Song, den man für mich spielte, war etwas von Linkin Park. Nette Typen, wie ich mich aus Interviews erinnerte, aber ziemlich unspannende Musik. Ich konnte nicht mehr weitertanzen. Eddie nahm mich zur Seite.

«Du, Grex, der Sascha würd dich gern was fragen.»

«Wer is'n des, der Pascha?», lallte ich ihn an.

«Das ist der DJ!» Eddie lallte komischerweise nicht. Er nahm mich bei der Hand und führte mich zu DJ Sascha.

«Servus, Pascha», sagte ich.

«Mensch, des is eine Riesenehre, Gregor – ich darf doch du sagen? –, dass du dich bei uns mal blickenlässt. Du bist doch auch ein DJ, magst mal eine Runde auflegen?»

«Liwa nich.» Ich hielt mich am DJ-Pult fest.

«Logisch legst du auf, das ist doch überhaupt keine Frage nicht.» Dieser Pascha ließ sich gar nicht aus der Ruhe bringen.

Unmotiviert stellte ich mich hinters Pult und begann, in der CD-Sammlung vom DJ Sascha zu wühlen, während der mich schon per furchtbar übersteuertes Mikrophon ankündigte.

«Und nach dem nächsten Song feiern wir eine Premiere im *La Cabana*. Unser Gast aus Berlin und gleichzeitig aus Rottenegg, der bekannte Moderator aus dem Musikfernsehen, Gregor Herzl, legt ein paar Lieder für uns auf. Hau nei, Gregor!»

Applaus brandete auf, und alle Augen waren auf mich gerichtet, als ich die erste brauchbare CD aus dem Alukoffer zog. Depeche Modes *Music For The Masses*. Eddie nickte mir aufmunternd zu. DJ Sascha wollte mir die CD aus der Hand nehmen: «Welche Nummer mogst du denn haben?»

«Ich kann das sssselbst», sagte ich und schob die CD zunächst in den DVD-Player. Sascha blieb freundlich und half mir, das richtige Deck zu finden. Ich stoppte aus Versehen den bereits laufenden Song und nach zehn Sekunden Stille fing «Behind The Wheel» an. Fast abrupt hörten die Leute auf zu tanzen. Hä? Das war doch Musik aus den Achtzigern, da sprang doch in Berlin jeder Depp auf die Tanzfläche.

Sascha wollte helfen: «Leg doch mal das auf, was

du in Berlin so auflegst. Hast du keinen iPod dabei, den wir anschließen können?»

«Logisch hab ich einen iPod dabei. Aber das ist ganz schön technomäßiges Zeug. Ich glaub nicht, dass das hier gut ankommt, Pascha.»

«Freilich, alles, was du auflegst, kommt gut an. Wir haben ja hier auch schon mal eine Technoparty gehabt, wo die Leute super drauf waren», motivierte mich DJ Sascha.

Ich fummelte besagten MP3-Player aus der Innentasche meiner Jacke und startete eine von DJ Toby vorkompilierte Sammlung von Technohits, die ich gern am Ende des Abends durchlaufen ließ, wenn ich schon am Einpacken war und die Leute eh nix mehr checkten.

«Musst nur noch einfaden», sagte ich zum DJ Sascha.

«Alles klar, Gregor. Merci», sagte Sascha, aber das nun folgende Elektrogehämmer schockierte die Leute dermaßen, dass selbst das Mädchen, das mir die Zunge in den Mund gesteckt hatte, fluchtartig die Tanzfläche verließ.

«Des is ja echt ganz schön hart», musste der DJ Sascha zugeben.

«Da gwohnt man sich dran», merkte der DJ Gregor an.

«Einen Song noch, dann schalt ich wieder um, okay?» DJ Sascha sah mich flehend an.

«Mir wurscht, machst einfach, wie du meinst. Aber merci fürs Auflegenlassen.» Ich war nicht sauer, ich war einfach nur betrunken. Sascha war auch nicht sauer.

«Saugern. Wir haben ja auch immer so einen

Eighties-Abend am Mittwoch. Vielleicht magst du da ja mal auflegen. Des is ja auch so ein bisschen elektronisch.»

Auf der Tanzfläche passierte etwas Merkwürdiges. Ein paar Leute, die ob meiner Elektroschocks das Weite gesucht hatten, näherten sich wieder an wie scheue Rehe. Zwei, drei suchten sogar nach dem Beat und begannen sich zunächst noch vorsichtig auf der Tanzfläche zu bewegen, so als wäre da Glatteis, doch plötzlich wurden es immer mehr, und innerhalb von fünf Minuten war die Tanzfläche voll, und die Leute klatschten und jubelten mir zu. Ich setzte schnell den Kopfhörer auf und tat so, als würde ich weiter auflegen. Sascha tätigte eine erneute Durchsage:

«Und weil's euch so gut taugt, gibt der Gregor jetzt noch eine Zugabe. Wollts ihr noch eine Zugabe?», brüllte er ins eh schon verzerrende Mikro, und die Leute brüllten ein Ja zurück. Die mit der Zunge in meinem Mund kam an die DJ-Kanzel und wuschelte mir durch die Haare.

«Bist du ein super DJ, das gibt's doch gar nicht», sagte sie, und dann setzte sie sich halb aufs Mischpult, beugte sich – die Füße in der Luft – zu mir hinüber und gab mir noch einen Zungenkuss. Die Leute auf der Tanzfläche verloren grad auch alle Hemmungen.

Ich muss im Nachhinein zugeben, dass dieser Abend auch ohne coole Leute und Designerdrogen den besten Auflegeabenden meiner DJ-Karriere ziemlich nahekam, vielleicht auf seine Weise sogar besser war. Und das, obwohl ich nur den iPod laufen ließ und geschäftiges Reglerschieben simulierte, den Kopfhörer auf dem Kopf. Wenig später tanzte ich hinter der Kanzel herum.

DJ Sascha erschien gar nicht traurig, dass er nicht mehr auflegen durfte, er hatte Spaß bei Ansagen wie: «Auf geht's, alle miteinander. Throw your hands in the air.» Er war glücklich, die Leute waren glücklich, und ich war's auch, wenn ich ehrlich bin. Ich vermute, auch der Eddie war glücklich, denn auch wenn meine Erinnerung an diesen Abend nicht die verlässlichste ist, glaubte ich ihn mit einem Mädchen in Richtung Toiletten verschwinden zu sehen. Mit einer, die ihn schon beim Reinkommen auffällig laut und herzlich begrüßt hatte.

Als ich um fünf Uhr früh hinter dem Mischpult hervorgekrochen kam, war ich dann allerdings wirklich so besoffen, dass der Eddie mich auf dem Weg zum Auto stützen musste. Mein Knutschie mit den großen Ohrringen wollte mich zwar mit nach Hause nehmen, aber der Eddie wehrte sie ab und fuhr mich heim. Keine Ahnung, wie er das gemacht hat, nach zehn Bier und einer unbekannten Anzahl an Schnäpsen, zudem hab ich auch die meiste Zeit auf dem Rücksitz geschlafen.

Irgendwann bin ich kurz wach geworden, und mir war wahnsinnig schlecht. Ich wollte eigentlich still und heimlich aus dem Fenster kotzen, aber zum Glück von Eddies Lederbezügen waren wir schon daheim, ehe meine Kotze und der Fahrtwind gemeinsame Sache machen konnten.

«Servus, Grex. Soll ich dir noch die Tür aufschließen?», hatte der Eddie mich noch gefragt.

«Naaahein, alles supa» oder etwas in der Art sagte ich und hielt mich so lange am Hoftürl fest, bis der

BMW vom Eddie außer Sichtweite war. Dann fiel ich in den Schnee und lag erst mal eine Weile im Straßengraben vor unserem Haus. Kann sein, dass ich auch kurz eingeschlafen bin.

Als ich mich erhob, fühlte ich mich gleich viel besser. Ich versuchte, den Haustürschlüssel irgendwie ins Schloss zu bekommen, doch das Drecksding stellte sich im wahrsten Sinne des Wortes quer. Ich legte mich nochmals zurück in den Schnee und wartete ein paar Minuten. Danach funktionierte das Aufschließen fast reibungslos. Ich fiel zunächst die Treppe in den zweiten Stock hoch und dann ein paar Stufen wieder runter. Das weckte meine Mutter auf.

«Jessas, Gregor, bist du's?», kam es aus dem Schlafzimmer.

«Alles klar, Mama, hab dich lieb. Gut Nacht», beruhigte ich sie.

«Bist bsuffa?!», rief mein Vater.

«Nah, nur hing'fallen», plärrte ich zurück.

Endlich oben angekommen, mühte ich mich ins Badezimmer und kotzte erst mal ins Klo, aber ich vergaß zu spülen. Dann ging ich ins Bett und fuhr eine Stunde Karussell mit dem Fuß aus dem Bett gestreckt, bevor ich nochmals ins Bad ging, um ins Klo zu kotzen, und mich dabei wunderte, wer da vor mir schon am Werke gewesen war. Danach konnte ich dann schlafen.

Dass ich durch den Treppensturz meine Eltern aufgeweckt hatte, war eine weise Entscheidung gewesen, denn so konnten sie meinen Zustand und mein Schlafdefizit erahnen und ließen mich am Samstag ganz entgegen alten Gewohnheiten bis zum Mittag ausschlafen.

«Hast dich übergeben, gell?», sprach mich meine Mutter auf den säuerlichen Geruch im Bad an, denn ich hatte offensichtlich auch beim zweiten Schüsselgang vergessen zu spülen. Dennoch war mir die Angelegenheit nicht wirklich peinlich. Es erfüllte mich vielmehr mit angenehmer Nostalgie, nach so langer Zeit mal wieder einen Abend im *Oasis* kotzend bei meinen Eltern beendet zu haben. Zudem hatte ich gleich eine nagelneue Anekdote für den Eddie parat, wenn wir uns wiedersahen.

Dabei fällt mir die beste Kotzgeschichte aller Zeiten ein: Ein Schulfreund von uns, der Charlie Hummel, muss wohl einst so einen Rausch gehabt haben, dass er, als er versuchte, auf dem Fensterbrett noch eine zu rauchen, aus dem offenen Fenster seines Zimmers im Parterre in den Vorgarten gefallen war. Er war dann wohl dort eingeschlafen und kurze Zeit später verwirrt wieder aufgewacht. Im Suff hatte er nicht gemerkt, wo er sich befand, und wollte geistesgegenwärtig zum Fenster hinauskotzen, da er aber ja schon draußen war, kotzte er quasi in sein eigenes Zimmer hinein und wunderte sich am nächsten Morgen sehr. Ich könnte mich heute noch kugelig lachen über diese Geschichte.

Der Abend mit dem Brandl Eddie hatte, abgesehen von einem höllischen Kater, bei uns beiden einen so guten Eindruck hinterlassen, dass wir ein paar Tage später bei ihm zu Hause Silvester feierten. Als ich mich zu Fuß auf den Weg zu Eddies fürstlichem Anwesen am Rande vom Rottenegger Moos aufmachte –

von hier aus konnte man das gesamte, größtenteils radikal flurbereinigte Land in Richtung Ingolstadt überblicken –, fiel mir wieder dieses Mädchen ein, mit der der Eddie an unserem Discoabend aufs Klo oder sonst wohin verschwunden war. Die Sylvie, Eddies Frau, wusste ganz sicher nichts von solchen Entgleisungen.

Die Sylvie war eine der wenigen *Damen* bei uns aus der Gegend. Sie stammte aus dem Nachbarort Manching aus der altehrwürdigen Brauereifamilie Matthes, und der Eddie war «nur» der Sohn eines Malermeisters mit eigener Firma, der damals ganz Rottenegg angemalt hatte. Aber der Eddie mit seinen langen blonden Locken und der großen Klappe hat sie sich damals geschnappt.

Hätte keiner geglaubt, dass der Papa von der Sylvie, der alte Matthes, sich je mit so einem Mittelschichtler wie dem Eddie zufriedengeben würde. Aber nicht nur zufrieden war er, die beiden freundeten sich in Windeseile an, der Eddie half dem alten Matthes, die Brauerei zu einem Rekordpreis zu verkaufen, der Matthes wurde Bürgermeister von Manching und verschaffte dem Eddie die ersten richtig dicken Ausschreibungen für sein damals noch junges Architekturbüro. Die Sylvie rückte gegenüber der Geschäftemacherei ihrer beiden Männer in den Hintergrund und spendierte dem Eddie und seinem Schwiegervater aber ganz nebenbei zwei Kinder beziehungsweise Enkel.

Ich fand die Sylvie schon in der Schule super. Sie wirkte zwar immer wie etwas Besseres als wir gemeinen Rottenegger, aber das geschah ja nicht aus Arroganz, sondern aus ihrer anerzogenen noblesken

Zurückhaltung. Ihre dunkelblonden Haare waren immer wundervoll ausgekämmt, und wenn die Mädels in der Schule vom Sport kamen, hatten sich die Haare von der Sylvie immer dermaßen süß zu Locken hochgezogen, dass ich manchmal daheim beim Hören von Heavy-Metal-Balladen (z.B. «Love Hurts» von Nazareth) an sie dachte, selbst wenn ich grade andere Freundinnen hatte.

Dass der Eddie letztlich die Sylvie abbekommen hat, hab ich aber fair gefunden. Der Eddie war einfach der Chef bei uns, war am größten, sah am tollsten aus, hatte die besten Sprüche und als Erster einen Vollbart. Ich dachte immer, dass die Sylvie da schon ganz gut aufgehoben sei. Schmarrn, die Wahrheit ist, dass ich schon immer ein bisschen neidisch auf den Eddie war. Dass er die Sylvie mittlerweile offenbar ganz routiniert beschiss, bedrückte mich ein bisschen, aber das durfte ich mir freilich nicht anmerken lassen.

Es wurde dennoch ein schöner Abend. Die Sylvie hatte Pasta mit frischem Trüffel gekocht, der Eddie hatte einen teuren Wein aus der Toskana aus dem Keller geholt, die Kinder waren woanders beim Feiern, und gegen eins ging die Sylvie ins Bett. Sie hatte sich übrigens sehr gefreut, mich wiederzusehen. Ich bildete mir damals ein, dass ihre Umarmung sogar ein bisschen zu innig ausfiel, fast wie ein kleiner Hilferuf. Als der Eddie und ich uns noch den letzten Schluck Grappa einverleibten und auf die langsam weniger werdenden Feuerwerkskörper drüben in Manching blickten, legte er mir den Arm auf die Schulter.

«Du, Grex, ich find das gut, dass du jetzt länger bei uns bleibst. Und ich glaub, die Sylvie freut sich auch.»

«Ich weiß ja noch gar nicht, ob ich länger bleib», entgegnete ich geschmeichelt.

«Logisch bleibst», sagte der Eddie.

7
ALTE GEWOHNHEITEN

Es ist merkwürdig, wie schnell die Wochen vergingen, bis es wieder ein Stückchen wärmer wurde, und wie schnell ich eine Art Routine in meinem neuen alten Zuhause entwickelte.

Ich stand so gegen neun auf und machte mich in aller Gemütsruhe fertig. Dann bereitete mir die Mama ein Frühstück zu, und ich beeilte mich auch nicht mit Frühstücken und Zeitunglesen. Bei uns im Haus gab's ja nur den CSU-nahen *Donaukurier*, den ich anfangs fad fand, aber schnell gewöhnte ich mich an diese staubige Sachlichkeit und die detailgenaue Lokalberichterstattung. So gegen elf zog ich mich auf mein Zimmer zurück, checkte Mails und schaute mich im Netz um. Ich hatte letztes Jahr kurz vor Weihnachten von der Telekom einen DSL-Anschluss bei meinen Eltern legen lassen und meinem Vater mein altes Notebook geschenkt, weil er sich doch so für Nachrichten im Netz interessiert.

«Weil man ja einer Zeitung alleine nichts glauben kann, und ich kauf doch keine drei Zeitungen.» So hatte ich jetzt auch Internetzugang, fing aber nicht viel damit an, außer regelmäßig Wilma zu googeln oder ihren Namen ins Suchfeld bei YouTube zu schreiben und mir Videos mit ihr anzuschauen. Da gab es ja die verrücktesten Fans, die dann Oben-ohne-Szenen von ihr reinstellten oder einen Talkshowauftritt mit kurzem Rock.

Das war das Blöde, wenn man sich von einer halbwegs bekannten Schauspielerin getrennt hatte: Das Internet war ein multimedialer Selbstbedienungsladen an Devotionalien und Demütigungen. In letztere Kategorie fielen beispielsweise Fotos vom roten Teppich einer Filmpremiere, über den Wilma dann gerade mal vier Wochen nach unserer Trennung mit Daniel Schürmann geschritten war. Schlampe, greisliche.

Gegen Mittag war so häufig der erste Tagestiefpunkt erreicht, und es wurde nicht viel besser, weil ich im Anschluss versuchte, meinen Frust in das Manuskript zu meinem Abrechnungsbuch über PTV und die Musikindustrie zu stecken. Ich schrieb zwar Dinge auf, aber ich blieb viel zu lange im Sumpf musikwissenschaftlicher Details stecken, und eigentlich rechnete ich mit niemand ab, sondern ergötzte mich an Anekdoten meiner eigenen Biographie, besonders an den Interviews mit den Größen des Geschäfts von Madonna bis hin zu persönlichen Highlights wie Slayer oder Nick Cave. Nach zwei Stunden sinnlosen Hin-und-her-Überlegens und zwei Seiten Schreiben ließ ich es dann auch meistens gut sein und half ein bisschen im Haushalt.

Ab und an fuhr ich mit meinem Vater, der gegen kleines Schwarzgeld ein paar Leuten aus der Umgebung Dinge am Auto reparierte, durch die Gegend. Autos interessierten mich, und ich verbrachte gerne Zeit mit meinem Vater, weil seine ruhige Art eine wahnsinnig therapeutische Wirkung auf mich hatte. Auch wenn wir so gut wie nie über Wilma, die Drogen, Berlin oder PTV redeten, schien er das meiste zu wissen, und ein simples «Wird schon» von ihm baute mich mehr auf als drei Wochen bei Dr. Riemers.

Abends schaute ich dann fern mit meinen Eltern und ging entweder früh zu Bett oder traf mich noch mit dem Eddie im Pilspub. Berlin und meine dortigen Bekannten vermisste ich nicht. Der Kuchler hatte mal angerufen, aber ich war nicht rangegangen. Meine DJ-Freunde und die paar netten verbliebenen ehemaligen Arbeitskollegen hielt ich per Mail auf dem Laufenden, und so waren alle zufrieden damit, dass ich scheinbar eine kleine Auszeit genommen hatte. Die meisten schienen sogar vor Neid zu erblassen, wenn ich ihnen von meinem beschaulichen Landleben berichtete. Geld war vorerst auch kein Problem, denn da war die Abfindung, und ich war ein sparsamer Mensch und hatte eh nicht schlecht verdient in den letzten Jahren. Ich hatte ja auch keine Ausgaben bis auf die paar Halben Bier und die Schnäpse im Bierbrunnen.

Es war zwar nicht so, dass ich gerade die beste Zeit meines Lebens verbrachte, dafür war Wilma noch zu tief in mir drin, aber ich war zumindest angenehm umwattet, so, als wäre ich auf einem zutiefst entspannenden Valiumtrip hängengeblieben: Landleben als Downer. Und schleichend, fast ohne es zu merken, integrierte ich mich ins gesellschaftliche Leben Rotteneggs. Je näher der Frühling rückte, desto wärmer wurde mir in der Mitte der Dorfgemeinschaft.

Eines Abends traf ich meinen alten A-Jugend-Trainer Erwin Kirschner *Bei der Tina*. Der Kirschner war immer mein Lieblingstrainer gewesen, seit ich Fußball spielte. Er war derjenige, der mir am meisten zugetraut hatte und mich deshalb zum Stammstürmer nach Eddies Abgang beim HSV Rottenegg – Heimatsportverein hieß das, und auch das Vereinslogo sah ein bisschen nazimäßig aus – befördert hatte. Der Kirschner war nur vier Jahre älter als ich, aber damals war das natürlich eine maßgebliche Ewigkeit und er dadurch eine Respektsperson.

Kirschner war Fahrlehrer, aber er war weder damals noch heute ein Driller, sondern eher rational und sanft im Umgang mit seinen Spielern. Dennoch nutzte seine Freundlichkeit damals niemand aus, denn erstens war der Mann ja unser zukünftiger Fahrlehrer, und zweitens gab es diese seltenen Momente, wenn der Kirschner die Schnauze voll von den Sperenzchen eines Spielers hatte und ihn einfach mal bei Schneeregen zwanzig Mal um den Fußballplatz herumlaufen ließ.

Der Kirschner war selbst ein Ass auf dem Platz gewesen, ein Mittelfeldspieler mit gottgleicher Übersicht, und so trainierte und spielte er auch heute noch mit großer Begeisterung. Er war der Spielertrainer der AH, also der «Alten Herren» Rotteneggs, und als ich ihm im Laufe unseres bierseligen Gesprächs erzählte, dass ich vorhatte, noch einige Wochen in Rottenegg zu bleiben, lud er mich ein, bei der AH mitzutrainieren, was ich nur allzu gerne annahm.

So kam also ein weiterer Punkt zu meiner Wochenroutine in Rottenegg hinzu: Das Fußballtraining am Mittwochabend und bald auch das Ligaspiel in der

C-Klasse – die lag noch weit unter der Kreisliga – am Sonntagmittag, quasi als Vorband der Hauptmannschaft des HSV Rottenegg, der «Ersten», wie man bei uns sagt.

Zu einer weiteren festen Einrichtung wurde nicht nur der Discobesuch mit dem Eddie, sondern das Auflegen im *Oasis*. Zunächst tat ich das noch ähnlich suffbedingt wie beim ersten Mal, aber es gefiel mir, und die Clubbetreiber fingen an, mir tatsächlich Geld zu geben. Dafür durften sie auch mit meinem Namen auf ihren Flyern und Plakaten werben, was wiederum dafür sorgte, dass eine Menge Leute jeden zweiten Freitag ins *Oasis* einritten und tanzten, es kamen sogar viele von denen, die ansonsten ausschließlich auf die Clubs in München schworen.

Die Urban Night am Freitag musste also *Elektro Herzl* weichen, wie ich meinen Technoabend selbst benennen durfte, eine Hommage an Elektro Biederer, den Laden, den der Eddie seinerzeit «ausgeraubt» hatte. Die besser aussehenden Mädchen aus dem Großraum versammelten sich jeden Freitag um mein DJ-Pult, und die eine oder andere war auch knutschwillig. Es gab auch solche, die mich mit aufs Klo oder zu sich nach Hause nehmen wollten, aber das waren meistens die eher nicht so hübschen, und ich war auch noch so Wilma-fixiert, dass ich mich ein bisschen zierte, auch wenn ich an meinem dritten Abend auf dem Parkplatz hinter der Discothek mit so einer gefärbten Rothaarigen ein wenig intim wurde.

Aber es war ja nicht nur wegen der Frauen schön, vielmehr freute ich mich aufrichtig darüber, dass ich hier in der Coolness-Diaspora ein wenig Pionierarbeit leisten konnte und statt des Scooter-Geballers ein wenig mondänen Clubsound nach Rottenegg brachte. Mittlerweile denke ich eher, dass ich die Provinz da mit etwas infiziert hatte, was ihr weder gut zu Gesicht noch gut zu Gesundheit stand, aber damals fühlte ich mich wie ein Gründungsvater in der Neuen Welt.

Die Belegschaft verdankte mir freilich auch gestiegene Umsätze, und entsprechend zuvorkommend behandelte man mich. Neben einem überdurchschnittlich hohen DJ-Gehalt von 750 Euro pro Abend gab es einen Mojito nach dem anderen frei Haus, selbst wenn ich nicht auflegte, und es gab immer jemand, der mich nach der Schicht nach Hause fuhr oder sogar vorher abholte. Zudem bot man mir regelmäßig Kokain an. Zunächst war ich ein bisschen überrascht, dass man hier so etwas parat hielt, aber es war ja auch mehr als naiv zu glauben, moderner Drogenkonsum beschränke sich auf Ballungsräume. Meistens lehnte ich sogar ab, aber hin und wieder konnte ich es doch nicht lassen und war angenehm überrascht, wie sauber und wirkungsvoll das Koks hier zu sein schien.

Es war Mitte März, als ich das erste Mal morgens aus dem Fenster meines Jugendzimmers auf die ergrünende Wiese hinter unserm Haus blickte und mich dabei ertappte, mir den Sommer in Rottenegg vorzustellen. Berlin erschien mir wie ein lange zurückliegender Albtraum. Langsam, aber sicher ging es auch mit meinem Buch vorwärts, selbst wenn es nun eher ein musikjournalistischer Rückblick mit versöhnlicher Note wurde.

Ich fühlte mich von Tag zu Tag besser, legitimierte ich meinen Aufenthalt in Rottenegg doch dank des Buches mit kreativer Arbeit, betätigte mich sportlich beim HSV Rottenegg, erholte mich an der gesunden Landluft, ging im *Oasis* einem kleinen, aber lukrativen Nebenerwerb nach und pflegte nicht zuletzt die Annäherung an mein Elternhaus.

8
FRÜHLINGSGEFÜHLE

Es war wohl so Mitte April, und die ersten ernsthaften Anzeichen von Frühling zeigten sich. Die Gärten und Hecken in Rottenegg blühten auf-die-Plätze-fertig-los, und am Ortsrand, wo der Eddie seine Residenz hatte, war das Rottenegger Moos mit Blumen übersät – ein Augenschmaus. Das Fußballspielen machte jetzt auch wieder ohne Handschuhe und lange Unterhosen Spaß, ich hatte mich zu einem unverzichtbaren Teil der HSV-Offensive entwickelt und kam bisher auf einen selbst errechneten Durchschnitt von 1,2 Toren pro Spiel, Freundschaftsspiele mitgerechnet.

Durch meine Auftritte im Fußballverein und in der Discothek war ich von der lokalen Berühmtheit im Berliner Exil zur lokalen Berühmtheit zum Anfassen geworden. Ständig lud mich jemand irgendwohin und zu irgendwas ein, und eigentlich kam ich kaum zum Schreiben vor lauter gesellschaftlichen Pflichten. Der Eddie und ich waren oft zusammen anzutreffen, und mein Dad meinte: «De *zwoa Oarschbacka* san wieda beinand.» Sogar während Eddies Arbeitszeit lungerte ich manchmal in seinem Büro herum, was seine Kunden wohl als Erlebnisbonus wahrnahmen.

Es hätte zum entsprechenden Zeitpunkt kaum besser laufen können, und ich fühlte mich auch geistig und körperlich wieder wacher. Dennoch erdete mich der Mühlstein Wilma, den ich mit mir umherschleppte. Ein Tag konnte noch so schön gewesen sein, ein Abend noch so feucht-fröhlich, es konnten mir noch so viele Herzen zufliegen und der Schweinebraten meiner Mama noch so herzhaft munden, ich lag nachts immer noch allein und ohne Wilma in meinem Jugendzimmer und verspürte ein Loch in mir, in das Hunderte von *Oasis*-Bekanntschaften hineinpassten, ohne es auch nur im Ansatz zu stopfen.

Ich hätte das Thema Wilma ja gerne verdrängt, aber zum einen gestaltete sich das nicht so einfach, wenn sie in jeder dritten *Gala* und in jedem dritten *Exclusiv*-Magazin vorkam, zum anderen musste ich mir offen eingestehen, dass ich sie immer noch irrsinnig liebte und sie sofort zurückgenommen hätte, hätte sie mich nur oft genug um Verzeihung gebeten. Nämlich genau einmal. Dementsprechend unaufgeschlossen war ich gegenüber den Avancen der meisten Landpomeranzen hier, und dementsprechend groß war im Umkehrschluss wiederum meine Sehnsucht nach Wilma.

Und trotzdem passierte Mitte April etwas, das meine Perspektiven diesbezüglich ein bisschen veränderte. Meine liebe Frau Mama, in tiefer Sorge um das seelische Wohlergehen ihres Sohns, stellte mir ein junges Mädchen zu Verkupplungszwecken vor. Und das ging so:

Meine Mutter war sehr gut mit Frau Wetzel, der Frau unseres örtlichen Busunternehmers, befreundet. Natürlich kannten die beiden sich schon ewig, aber richtig kennengelernt hatten sie sich erst beim

Rottenegger Frauenabend, einer relativ neuen gesellschaftlichen Einrichtung, bei der sich Frauen jeder Altersgruppe aus Rottenegg jeden zweiten Mittwoch im Pfarrgemeindeheim trafen und nach einer mir nicht bekannten Agenda frauenrelevante Gesprächsthemen abarbeiteten, um den Abend in ein geselliges Beisammensein münden zu lassen, bei dem offensichtlich auch das ein oder andere Gläschen Eierlikör im Spiel war. Zumindest war meine Mama immer sehr beschwingt nach solchen Sitzungen.

Frau Wetzel war so eine Art Vorstand dieser Gruppe, und das passte auch zu ihr, war ihr Mann doch als Busunternehmer offensichtlich reich genug geworden, um zweimal im Jahr samt Familie auf die Malediven zu fliegen und sich jedes Jahr einen neuen Ferrari zu leisten. Wetzel-Reisebusse sah man tatsächlich überall in ganz Bayern herumreisen, wenn nicht sogar in der gesamten Bundesrepublik.

Aber das Aufsehenerregende am Wetzel Karl waren nicht seine vielen Busse oder Ferraris, sondern eine höchst merkwürdige Sammlerleidenschaft. Der Mann sammelt Panzer. Richtig gelesen: Panzer und Amphibienfahrzeuge militärischer Natur, deshalb wurde der Karl auch gerne im Volksmund *Panzerkarl* genannt. Nachdem der Wetzel drüben in Manching ein neues Gelände zur Unterbringung seiner Busse gemietet hatte, fing er an, Panzer in seiner leerstehenden Bushalle in Rottenegg einzulagern.

Ich kenn mich mit Panzern überhaupt nicht aus, aber da waren wohl schon ein paar Raritäten aus dem Zweiten Weltkrieg, aber auch ein paar nagelneue und voll funktionstüchtige Exemplare dabei. Offiziell nennt sich das Ganze *Bayerisches Militärmu-*

seum Rottenegg und kostet nur zwei Euro Eintritt, inoffiziell vermutet man aber, dass der Wetzel Karl ein nicht geringes Zubrot durch das Hin-und-her-Schachern von Panzern – und vielleicht auch Ferraris – mit Balkanzündlern und anderen Heimlichrüstern verdiente. Was man aber weiß, ist, dass er die Dinger an Filmproduktionen aus der ganzen Welt verlieh.

So gerissen der alte Wetzel auch sein mochte, so sanftmütig wirkten seine Kinder. Sein Sohn Andi war ein kreuzbiederer Steuerberater, der nur hin und wieder in der Busfirma als Finanzheini mitarbeitete und ehrenamtlich *Rottenegg-ort.de*, eine der hässlichsten Websites auf der ganzen Welt, als Webmaster betreute und selbst layoutete.

Wetzels 24-jährige Tochter Johanna arbeitete bei der Rottenegger Sparkasse am Schalter, stand aber kurz vor der Beförderung zur stellvertretenden Filialleiterin. Auch sie schien auf den ersten Blick schafbrav, ein blonder Engel mit Dauerlächeln. Das Einzige, was dazu nicht passte, war ihre Liaison mit dem Hinrainer Lukas, einem recht grobschlächtigen Motorradrocker aus dem Nachbarort Obermettenbach.

Dann gab es da noch aus Wetzels erster Ehe einen Sohn namens Christoph, der war aber vor zehn Jahren nach Brasilien ausgewandert und saß dort angeblich wegen Drogenbesitzes in São Paulo im Gefängnis, aber nix Genaues wusste man nicht. Diesen Informationsstand verdankte ich natürlich ausschließlich meiner Frau Mama. Jener Frau Mama, die eines Tages nicht nur ihre neue gute Freundin Frau Wetzel, sondern auch gleich deren Tochter Johanna mit zu uns zum Abendessen brachte.

Dass meine Mama dabei nichts Gutes im Schilde

führte, konnte ich mir denken, hatte sie in den letzten Wochen doch öfter versucht, das Gespräch auf Wilma zu lenken und zu erörtern, warum ich nicht eine «bodenständige» Frau zur Freundin haben wolle. Meine Mama, die mir in Anbetracht meiner zwar durchweg hübschen, aber eben auch nicht ganz unanstrengenden Freundinnen in Problemsituationen stets lapidar die gleiche Weisheit unterbreitete: «Merk dir eins, Gregor: Schönheit vergeht, Hektar besteht.» Ich will meiner Mutter zwar nicht unterstellen, dass sie in puncto Aussteuer den Reichtum vom Panzerkarl im Hinterkopf hatte, aber erstaunlich war es allemal, mit welcher Bestimmtheit sie die Johanna für mich auserkoren hatte.

Und so saßen wir also beim Abendessen – meine Familie und ich und die beiden Wetzel-Frauen. Serviert wurde eine sogenannte Südtiroler Jause, bestehend aus in der Pfanne gerösteten Maroni mit Speck und Brot und einem Tomaten-Mozzarella-Salat als Zugabe. Der offizielle Grund für Johannas Anwesenheit nebst ihrer Mama: Sie war schon immer ein ganz großer Fan von mir gewesen und wollte die Gelegenheit nutzen, mich endlich persönlich kennenzulernen. Dementsprechend verkrampft verlief auch das Tischgespräch. Ein Auszug:

Frau Wetzel: Jetzt frag doch mal den Gregor, was du ihn immer fragen wolltest.

Johanna: Jetzt lass mi doch erstamal essen, Mama.

Frau Herzl: Kannst den Gregor alles fragen, der beißt ja nicht.

Ich: Ich kann selber reden, Mama.

Frau Wetzel: Sie müssen wissen, meine Tochter war immer ein ganz großer Fan von Ihnen.
Ich: Sie dürfen auch gerne du sagen, Frau Wetzel.
Frau Wetzel: Mei, das ist aber lieb von Ihnen.
Frau Herzl: Schmeckt's Ihnen denn bei uns, Johanna?
Johanna: Ja, ganz gut schmeckt's mir, Frau Herzl.
Ich: Jawohl, Mama, die Maroni sind ein Gedicht.
Johanna: Is mir ein bisschen peinlich, dass die Mama mich jetzt so als Fan angepriesen hat, Gregor. Ich wollt halt nur mal sagen, dass mir deine Sendung, also das Popstudio Berlin, immer wahnsinnig gut gefallen hat. Die Art, wie du mit den Gästen umgehst, das ist ein bissal frech, aber trotzdem mit Respekt. Und wen du schon alles getroffen hast. Einmal war doch sogar die Madonna da. Wie war denn das?
Ich: Mei, das war halb so wild, bla bla bla bla.

Und wie es halt so ist, haben das zum Essen servierte Bier und der Himbeergeist als Digestif uns allen ein wenig die Stöcke aus dem Hintern gezogen, und ich gab bald eine Batterie an Anekdoten aus der Showbranche zum Besten, natürlich nur die jugendfreien, solange noch Erzieher anwesend waren. Irgendwann wurde aus der geselligen Runde ein Zwiegespräch zwischen mir und der Johanna, sodass uns kaum auffiel, dass die älteren Herrschaften schon ins Bett gegangen waren oder sich auf den Nachhauseweg gemacht hatten.

Zu Beginn des Abendessens war ich noch erschrocken über die Provinzialität des Mädchens gewesen, aber ihr aufrichtiges Interesse an meinem Beruf, ihre charmante Logik und nicht zuletzt ihr engelsgleiches Aussehen verbanden sich mit einer höchst angenehmen Trunkenheit, und als ich Johanna so gegen zwölf zur Tür brachte, war ich angeheitert und, nun ja, interessiert genug, und so verabredeten wir uns fürs Wochenende zum Kaffeetrinken in Ingolstadt.

Leicht irritiert von ihrem frischen Parfüm, das ein wenig nach Rasierwasser roch, ging ich in die Küche und machte mir noch ein Bier auf. Mit der Flasche Bier lag ich dann im Bett und versuchte mir vorzustellen, wie es wäre, mit der Wetzel Johanna zu schlafen. Irgendwie kam ich mir dabei aber schäbig vor, und schon bald changierten meine Gedanken zu Sex mit Wilma, der Königsdisziplin des Hirnficks.

Je mehr ich an Wilma dachte, desto gewöhnlicher, grober und unattraktiver erschien mir Johanna. Schließlich wurde die Sehnsucht nach Wilma so unfassbar groß, dass ich fast willenlos ihre Nummer anrief und wie in Trance dem Freizeichen lauschte. Vielleicht roch sie den Ärger, vielleicht schlief sie schon, vielleicht dachte sie, wer nach Mitternacht anruft, kann nichts Gutes im Schilde führen, vielleicht war sie auch einfach nicht da, oder er ging jetzt grundsätzlich an ihr Telefon, oder aber es war jetzt sogar seines, auf jeden Fall antwortete mir nach dem zehnten Klingeln nicht Wilma, sondern Daniel Schürmann.

«Hallo», sagte Daniel Schürmann, und ich schwieg.

«Gregor?», fragte Daniel Schürmann.

«Äh, hallo, ist die Wilma da?» Es war idiotisch, das zu fragen, aber ich war eh schon bis auf die Knochen gedemütigt, und wenn ich jetzt verschreckt aufgelegt hätte, wäre es mir nur noch peinlicher gewesen.

«Nein, Gregor», Schürmann klangt jetzt ekelerregend väterlich, «Wilma ist grad nicht da, aber ich kann ihr was ausrichten. Soll sie dich zurückrufen?»

«Nein, ich meld mich wieder. Danke, Daniel», sagte ich und legte auf. «Danke», sagte ich auch noch zu diesem Arschloch. Das war mein endgültiger Untergang. Jetzt hatte ich Brief und Siegel, dass die beiden ein trautes Paar waren. Und bei dem Affen, mit dem sie mich beschissen hatte, stand ich nun auch noch da wie ein Jammerlappen, der um Viertel nach zwölf seine Exfreundin im Suff anruft.

Ich wollte wirklich, wirklich sterben. Noch besser, mich einfach auflösen. Einfach weg sein, als hätte es mich nie gegeben. Spurlos aus der Geschichte genommen, von der Festplatte gelöscht, einfach eingeschlafen und nicht mehr da.

Das letzte Mal, als ich solche Gedanken hatte, hatte ich mich aber mit Schlaftabletten umgenietet und war in der Psychiatrie gelandet, deshalb brauchte ich dringend eine Schlafstrategie, die keine Drogen beinhaltete. Ich machte mir noch ein Bier auf und trank es in zwei Zügen aus. Danach war ich ein bisschen müde. Ich schloss meine Augen und dachte an Johanna Wetzel.

Die Tage bis Samstag vertrieb ich mir unter anderem damit, mir eine denkbare Affäre mit Johanna schönzureden. Ich kannte sie ja noch nicht wirklich gut, aber sie schien mir loyal und zuverlässig zu sein, nicht ganz dumm und tatsächlich sehr hübsch, wenn man sich ein bisschen den Sparkassen-Chic wegdachte. Auch wenn sie an dem Abend in unserem Haus eine etwas weitere weiße Bluse und eine Jeans getragen hatte, konnte man sich schon denken, dass die Frau eine sehenswerte Figur ihr Eigen nannte. Klar, die verwegene Mode Berlins oder Londons hatte sie nicht drauf, aber wer brauchte das denn schon? Einen knappen Rock und andere nicht ganz unhippe Kleidungsstücke gab es auch im Ingolstädter H&M, da hat der Zeitgeist durch solche Filialen auch ein bisschen seinen Radius über die Großstädte hinaus erweitern können.

Eigentlich war der Abend ja ganz nett gewesen, auch wenn ich ganz entgegen meinen Gewohnheiten nur über mich geredet hatte. Immerhin interessierte sich die Gute überaus aufrichtig für mein Tun auf dieser Welt, was man von Wilma nicht behaupten konnte. Die war nur beschäftigt mit ihrer Schauspielerei. Im ersten halben Jahr unserer Beziehung, als sie noch nicht diesen stetigen Zuwachs an Popularität gewohnt war, hatte sie mich noch bewundert, weil ich mich so gut mit Musik auskenne und das auch noch im Fernsehen kundtun durfte. Am Ende kam es mir aber eher so vor, als würde sie mich sanft belächeln. Ja, mein Freund moderiert, sagte sie vermutlich, und dann nach einem peinlichen Schweigemoment: bei PTV, diesem Musiksender.

Für Leute wie Wilma und zugegebenermaßen noch ein paar andere war Musikfernsehen nicht mehr cool und ein Moderator als Freund kein Statussymbol mehr. Aber ich würde es dem feinen Fräulein Schwarzer schon zeigen, wer hier ausgedient hatte. «Gregor Herzl, Bestsellerautor, Topjournalist und Sportmoderator bei den Öffentlich-Rechtlichen», würde der Klappentext auf meinen zukünftigen Publikationen lauten. Vielleicht gab man mir irgendwann auch eine eigene Late-Night-Show, hinein in die Fußstapfen von Harald Schmidt.

Diese Demütigung am Telefon durch das Arschloch Schürmann hatte mich nur noch entschlossener gemacht, Wilma zu beweisen, dass ich der Mann mit Perspektive war und nicht so ein dahergelaufener Jungschauspieler mit Hundeblick wie der Warmduscher Schürmann. Aber vor dem großen Rachefeldzug würde ich mich hier in Rottenegg ein bisschen entspannen, mein Buch zu Ende schreiben und mit Johanna Wetzel Spaß haben.

Mit diesem Vorsatz fuhr ich am Samstag nach Ingolstadt rein, um mich im Schlosscafé mit ihr zu treffen. Das Schlosscafé war so eine Art traditionelles Kaffeehaus, das aber in den letzten Jahren einen Wandel zu einem etwas schickeren, jüngeren Publikum durchgemacht hatte. Den Betreibern gehörten auch ein paar Läden in München, und vermutlich wirkte deshalb das Schlosscafé mitunter auch etwas münchnerisch. Topbedienungen, auf die besonders der Eddie schwor, und eine mehr oder minder internationale Cuisine mit Portionen, die ein Fünfjähriger mit einer Gabel weggeputzt hätte.

Der Eddie und ich hatten mal ein ganzes Jahr Hausverbot im Schlosscafé, weil wir die Klos mit Punkersprüchen bereichert hatten. Das war auf dem Höhepunkt meiner berühmt-berüchtigten Edding-Phase, aus der auch der Papstteller in meinem Jugendzimmer stammte. Das Hausverbot wurde schließlich aufgehoben, als der Eddie sich mit einem der Barkeeper anfreundete, den er vom Fußballspielen beim ESV Ingolstadt kannte.

Der Eddie war im Übrigen auch ein Bewunderer von Johanna Wetzel, um nicht zu sagen, er hielt sie für den «schärfsten Hasen von ganz Rottenegg». «Wenn du da nicht zugreifst, Grex, dann gehörst herghaut», lautete sein unmissverständlicher Rat an mich.

Johanna setzte sich gerade an einen Tisch, als ich ankam, nur um sich sofort wieder zu erheben, um mich zu begrüßen.

«Servus, Gregor, schee, dass d' da bist», sagte sie auf Bayerisch. Bei dem Abendessen unter Bajuwaren war mir ihr Dialekt gar nicht so aufgefallen, aber jetzt war ich erneut ein bisschen vor den Kopf gestoßen. Ein Mädchen, das bayerisch spricht, hatte ich seit der Kollegstufe nicht mehr gedatet.

«Ich freu mich auch, dass es geklappt hat», entgegnete ich betont hochdeutsch, und Johanna merkte sofort, warum ich das tat.

«Des is scho supa, dass du so perfekt Hochdeitsch konnst. Ich könnt mich noch so anstrengen, aber man hört mir's einfach an», sagte Johanna verschämt. Nun muss man wissen, dass mir seit jeher von einigen Leuten aus der Medienbranche mein bayerischer Akzent vorgehalten wird, insofern tat es ganz gut, mal als perfekter Hochdeutschsprecher bezeichnet zu werden. Entsprechend unbescheiden fiel auch meine Antwort aus:

«Ach, das lernt man eben in meinem Geschäft. Und wenn ich in Berlin so daherbayer, versteht mi ja koaner», stieg ich wieder ein wenig herab vom Thron der Hochsprache.

«Du, eins wollt ich mal fragen, Gregor. Was Privates. Darf ich?»

«Mach ruhig, ich hab nix zu verbergen.»

«Wenn du jetzt so lange in Rottenegg bist, vermisst dich da nicht deine Freundin? Du bist doch mit der

Wilma Schwarzer zusammen. Oder nicht? Die kenn ich aus dem Til-Schweiger-Film.»

Johanna sah mich dabei so liebreizend unschuldig an, dass selbst ob der schmerzhaften Fragestellung nicht der übliche Groll auf Schürmann in mir aufkam:

«Na ja, wir haben uns schon letztes Jahr getrennt. Hat nicht funktioniert auf Dauer. Aber ist nicht mehr so schlimm. Und bei dir?» Die Frage war ein bisschen scheinheilig, weil ich von meiner Mama ja wusste, dass Johanna sich grade und endgültig von ihrem Rüpelfreund aus Obermettenbach getrennt hatte.

«Na ja, das hat dir doch deine Mama sicher erzählt, dass ich nicht mehr mit dem Lukas zusammen bin. Das war eine ganz schön harte Trennung.» Es war süß, wie sie das «r» in Trennung rollte, und ich hatte gleich ein schlechtes Gewissen wegen der heuchlerischen Frage: «Oh, sorry, nein, ich hab nur gewusst, dass da irgendeine Trennung war, aber nicht, von wem. Ich weiß ja gar nicht, wer der Lukas ist», log ich.

«Ach, wir hatten schon auch eine schöne Zeit, aber der ist immer so ausgeflippt und hat Eifersuchtsanfälle bekommen, wenn er nur mal eine halbe Stunde nicht gewusst hat, wo ich bin. Und er selber, der Depp ...», das «Depp» sagte sie fast liebevoll, «... war oft ein ganzes Wochenende mit seinen Kumpels verschwunden. In der Tschechei beim Saufen oder so. Aber reden wir nimma drüba. Das tut noch ein bisschen weh.»

Diese Art von Ehrlichkeit wirkte betörend auf mich. Sie war gar keine typische Dorftrulla, die bei einem wie mir die ganze Zeit auf Supergaudi machte, sondern eine selbstbewusste, aber auch zerbrechliche

Person. Ein wenig naiv und ein bisschen zu viel Dialekt, aber sonst wirklich ganz liebenswert.

Johanna sah an diesem Nachmittag sehr gut aus. Sie trug eine weiße Bluse und einen tatsächlich recht modernen dunkelroten Cardigan darüber. Einen Jeansrock und darunter Leggings und Ballerinas. Das war für Rottenegger Verhältnisse fast punkig, dachte ich zuerst, aber als ich mich im Café so umschaute, bemerkte ich, dass die jungen Leute in Ingolstadt eigentlich fast genauso herumliefen wie die in Berlin.

Zurück zu Johanna: Das Schönste an ihr waren, neben ihren ganz weichen blonden langen Haaren, die Beine. Grazil war das passende Attribut, und es machte mich ein bisschen nervös, wenn sie diese Beine übereinanderschlug. Ihre Augen waren groß und aufleuchtend grün, ihr Mund dagegen ganz schmal. Nach bürgerlichen Maßstäben war sie eine Killerblondine, das hätte auch der Eddie so unterschrieben.

Um vierzehn Uhr hatten wir uns getroffen und uns so ins Gespräch vertieft, dass wir nicht nur vergessen hatten, unsere Kaffees auszutrinken, sondern auch, wie spät es schon war. Um siebzehn Uhr beschlossen wir, einen Wein zu trinken, und der Wein befruchtete unsere Unterhaltung so sehr, dass wir nach zwei weiteren gegen zwanzig Uhr vom Stadtcafé zum Mexikaner in der Altstadt abwanderten, wo unser Gespräch sich langsam, aber sicher zu einem handfesten Flirt entwickelte. Johanna wollte wissen, ob ich es leicht mit Frauen habe in meinem Beruf, und bestand darauf, sich ein paar Anekdoten dazu anzuhören. Ich versuchte mein Möglichstes, mich nicht allzu sehr als

Checker darzustellen, obwohl die Versuchung groß war.

«Mensch, Gregor, bin ich am Ende auch nur so eine hysterische Ziege, die dir hinterherläuft?», fragte sie mit einer ganz wundervollen sanften Ironie und machte große grüne Augen. Ich strich ihr kurz über die Haare und gab ihr einen Kuss auf die Wange: «Schmarrn, du bist die hübscheste und unhysterischste von allen Ziegen.»

«Mei, du Depp», lachte Johanna und schob meinen Kopf spaßhaft zur Seite. Nachdem ich die Rechnung bezahlt hatte, fragte ich Johanna, ob ich sie nach Hause fahren sollte, immerhin hatte sie ja schon eine halbe Flasche Wein getrunken.

«Aber du doch auch, Gregor», säuselte sie mir ins Ohr und kam mir dabei angenehm nahe.

«Stimmt. Ich hatte ja sogar noch einen braunen Tequila mehr als du», entgegnete ich und dachte an die willkürlichen Alkoholkontrollen auf der B16, vor denen mich meine Mama immer warnte, in die komischerweise der Eddie aber noch nie geraten war, obwohl er abends öfter besoffen als nüchtern unterwegs war. Ich wollte eigentlich auch noch gar nicht nach Hause, zumal Johanna mir immer besser gefiel.

«Pass auf, Johanna. Wir gehen jetzt noch ins *Mo*, essen und trinken noch was, und dann nehmen wir uns ein Taxi. Das zahl ich dann auch.» In Gedanken sah ich uns schon knutschend und fummelnd durch die oberbayerische Nacht im Taxi fahren. Johanna malte sich offenbar einen ganz anderen Verlauf des weiteren Abends aus:

«Nein, sei mir nicht bös, Gregor, aber ich kann echt nix mehr trinken. Autofahren ist dumm, ich seh's ein, aber wenn wir ein Taxi nehmen, stehen unsere Autos in Ingolstadt. Lass uns doch rüber ins *Rappensberger* gehen, und du lädst mich auf eine Übernachtung ein.» Johanna lachte laut und fast ein wenig vulgär für ihre Verhältnisse. Sie musste echt ziemlich einen sitzen haben. Ich war einigermaßen baff und mit einem Mal jeglicher ziviler Ideen für die weitere Abendgestaltung beraubt worden, dafür hatte ich ein paar neue, weniger zivile hinzugewonnen.

«Gut, dann gehen wir jetzt ins *Rappensberger*», sagte ich, stand auf und gab Johanna meine Hand, damit sie sich daran hochziehen konnte.

«Bin ich dir zu frech?», fragte sie mich beim Verlassen des Restaurants und steckte mir gleichzeitig ihre Zunge in den Mund. Sie schmeckte nach dem Vitello tonnato, aber das war nichts Schlimmes, denn das hatte ja hervorragend geschmeckt.

Es war ungefähr dreiundzwanzig Uhr, als wir im *Rappensberger* eincheckten. Das *Rappensberger* war in Sachen Hotels das erste Haus am Platz. Von außen edel-altstädtisch und bayerisch mit der typischen treppenhaft ansteigenden Spitzfassade, innen gediegene Holzeinrichtung, eine gar nicht mal so unpassende Mischung aus traditionell und modern. Ich hatte hier schon ein paar Mal gewohnt, wenn ich im *Suxul*, einem kleinen Elektroclub, zum Auflegen gebucht worden war. Am Empfang saß ein älterer Herr mit lichtem Haar und einer runden Brille. Offenbar erkannte er mich nicht.

Wir nahmen ein Standardzimmer für einundachtzig Euro die Nacht, und oben im dritten Stock auf unserem Zimmer angekommen, nahm ich mir ein Bier aus der Minibar. Ich stellte mich ans Fenster, schaute auf die Altstadt von Ingolstadt und versuchte, nicht an Wilma zu denken. Ich würde eventuell gleich das erste Mal Sex mit einer anderen Frau haben. Nach drei Jahren Wilma.

Johanna hatte sich die Jacke und die Bluse ausgezogen und schmiegte sich von hinten an mich, legte ihre Arme um meine Hüfte und küsste meinen Nacken. Langsam kam ich auf andere Gedanken. Wir küssten uns, und dann zog sie mich aufs Bett und knöpfte mir sofort die Hose auf. Gerade noch schüchtern wie frisch von der Klosterschule und jetzt total enthemmt und fast schon versaut, und das in der kurzen Zeit – kaum zu fassen. Es war, als wollte sie in diesem Moment all ihre Provinzialität abstreifen und mir beweisen, dass sie zumindest im Bett mit allen großstädtischen Wassern gewaschen war. Das war trotz meines Suffs ein sehr intensives Erlebnis.

Als es endlich zum eigentlichen Sex kam, war ich längst von ihr überzeugt. Johanna war nicht laut, aber sie war leidenschaftlich und ungekünstelt. Bei weitem nicht so apathisch wie Wilma und nicht so übertrieben pornoesk wie die Hühner aus den Technoläden. Nach dem Sex schliefen wir auch noch beide tadellos synchron ein, zumindest kam es mir so vor, und der nächste Morgen hatte eine fast groteske Selbstverständlichkeit, wie man sich *guten Morgen* sagte, sich nach dem Zähneputzen nochmals intensiv küsste und dann gemeinsam zum Frühstücksbuffet hinabstieg. Das Frühstück im *Rappensberger* war jetzt nichts Besonderes, aber es gab frische Weißwürste und Brezn, dazu Cappuccino und nicht nur Kannenkaffee. Eine andächtige Frühjahrssonne schien durch die Fenster herein.

«Hoppala», sagte Johanna irgendwann, ohne dass etwas Hoppalawertes passiert wäre. Ich schaute sie fragend an.

«Des is scho wuid, also wild, dass des jetzt so schnell mit uns gegangen ist.»

«Ja, ziemlich wild. Und ziemlich schön», sagte ich und meinte es in dem Moment auch so ähnlich.

«Des is süß von dir», hauchte sie und beugte sich über den Tisch, um mir einen Kuss zu geben. Ich verspürte eine merkwürdige Mischung aus Fremdscham und Geborgenheit, etwas, das meine Beziehung zu Johanna auch weiterhin bestimmen sollte. Als wäre das nicht ich selbst, dem es da grade so gut ging, als würde ich einen Roman über jemand wie mich lesen.

Jetzt kann man sich ja denken, dass mein Tête-à-Tête mit Johanna Wetzel im *Rappensberger* nur der Auftakt zu einer längeren Serie von Dates war. An jenem Sonntagmorgen sind wir in getrennten Autos zurück nach Rottenegg gefahren und haben ein paar Tage gewartet, bevor wir uns wiedersahen. Ich war erst zögerlich, doch am Mittwoch darauf rief ich sie an, und wir gingen erneut essen, es blieb beim Knutschen. Am Wochenende waren wir Einkaufen in Ingolstadt, und sie kam mit zum Kaffeetrinken zu meinen Eltern. Danach gingen wir auf mein Jugendzimmer und hatten Sex in dem furchtbar kleinen Bett.

Sex im Jugendzimmer war für mich eine aufregende Sache. Selbstverständlich fühlte ich mich wieder ein bisschen wie mit sechzehn, und jedes sich dem ausgebauten Dachgeschoss nähernde Geräusch ließ uns innehalten. Dabei wussten meine Eltern nicht, wie nahe ich und die junge Frau Wetzel uns schon gekommen waren. Ein paar Wochen später wären sie nicht mehr im Traum auf die Idee gekommen, so wie an diesem Tag an die Tür zu klopfen und dann direkt die Klinke herunterzudrücken, nur um bestürzt festzustellen, dass die Tür abgeschlossen war. Und dabei wollte uns die Mama nur zum Abendessen zu Tisch bitten.

Nach regelmäßigen Verabredungen zum Essen, Einkaufen, Kaffeetrinken und zum Sex konnte man mich und Johanna gut und gerne als Paar einstufen. Im Ort hatte sich das auch schon herumgesprochen und wurde überwiegend wohlwollend aufgenommen, schließlich war die Liaison auch von unseren Müttern eingefädelt worden. Allerdings vermied ich längere Besuche bei Johannas Familie, hatte ich doch einen Heidenrespekt vorm Panzerkarl, der mich ziemlich argwöhnisch betrachtete, wenn ich die Johanna zu Hause abholte. Aber im Grunde genommen dürfte selbst der Panzerkarl froh gewesen sein, dass seine Tochter nicht mehr mit dem Hinrainer Lukas verkehrte.

Rückblickend war der Beginn meiner Beziehung zu Johanna eine schöne Zeit, aber ich nahm das Mädchen trotz allem nicht als Partnerin auf Augenhöhe wahr. Sie vertrieb mir die Zeit auf die denkbar schönste Weise, aber ich kümmerte mich nicht um ihre Bedürfnisse. Ich redete wohl oft über Wilma und Berlin und interessierte mich nicht für das, was Johanna tat und mochte. Ihre Tätigkeit in der Sparkasse verdrängte ich eher, und auch sonst blieb sie mir außerhalb der Körperlichkeiten fremd.

9
DER MEDIENBALL

Das Leben in Rottenegg hatte mit Johanna eine weitere integrale Komponente hinzugewonnen, und meine Gedanken an Berlin und Wilma verflüchtigten sich zusehends. Leider auch meine Bereitschaft, mich mit meiner musikjournalistischen Vergangenheit zu beschäftigen, und so kam meine Schreiberei arg ins Stocken.

Manchmal, wenn ich nachmittags nicht weiterwusste, besuchte ich Johanna in der Bank und ging danach auf den Fußballplatz, wo ich mit ein paar Jungs aus Rottenegg Elferrittern spielte. Das war eine Art Elfmeterschießen mit Punktvergabe, bei dem ich so gut wie immer verlor, weil man dabei auch ins Tor musste und ich dafür einfach zu klein war. Wenn ich dann wieder nach Hause kam, hatte ich erst recht keine Lust mehr, an dem Buch weiterzuarbeiten.

Irgendwann Mitte Mai kam ich zu dem Entschluss, dass es so nicht weitergehen konnte, und rief bei meinem Manager Konnie an, um mich zu motivieren. Er hatte sich länger nicht mehr bei mir gemeldet, weil er angeblich gerade dabei war, mit zwei interessierten Verlagen zu verhandeln. Von einem Vorschuss von 30 000 Euro war zuletzt die Rede gewesen.

Hätte Konnie mir jetzt eine konkrete Summe, einen konkreten Verlag und einen konkreten Abgabetermin genannt, wäre ich sicher wieder besser ins Schreiben reingekommen. Stattdessen ließ der Penner sich erst mal fast eine Woche nicht von mir erreichen, bis er mich an einem Freitagabend, kurz bevor ich ins *Oasis* musste, offenbar schon reichlich angeheitert wissenließ, dass sich niemand für mein Buch interessiere und ihm eh alles egal sei, weil ihn seine Freundin Sandy, ein 19-jähriges Mädel aus Chemnitz, das ein Praktikum bei dem Verlag machte, den Konnie für mein Buch klarmachen wollte, verlassen habe.

Das sagte er alles so beiläufig, als wäre er nie mein Manager gewesen. Ich wusste natürlich, dass Konnie ein übler Slacker sein konnte, aber er regelte seit Jahren meine Verträge mit PTV und hatte dabei stets gute Honorarerhöhungen rausgeholt. Zudem war er gleichzeitig und eigentlich mein Steuerberater, und das war für mich das Wichtigste. Nichts mit dem ganzen Finanzmist zu tun zu haben. Ich redete ja noch nicht einmal gern über Geld. Das war in der Familie Herzl ohnehin schon immer verpönt gewesen.

Konnies destruktive Information zur Situation traf mich mehr, als ich gedacht hatte. Nicht wegen allzu großer literarischer Ambitionen, sondern weil ich im Grunde meines Herzens ein ängstlicher Materialist war, der langsam seine Felle davonschwimmen sah. Woher sollte ich denn jetzt mein Geld bekommen? Ich moderierte nicht mehr, das Buch lag auf Eis, und vom Auflegen alleine konnte ich nicht leben. Ich kam ins Grübeln, ob ich die geruhsame Existenz in Rottenegg nicht unterbrechen sollte, um mich in

Berlin mal mit ein paar alten Freunden aus der Medienbranche zu verabreden, um meinen Marktwert zu testen. Irgendwer wusste doch immer jemand, der einen Moderator brauchte, und wenn's für irgend so einen Schmarrn im Internet war, den jetzt alle machten.

Doch allein die Vorstellung, mich ins Auto zu setzen und bei der Anschlussstelle Ingolstadt-Süd auf die A9 zu fahren, ließ mich erschaudern. Berlin war Wilma-Country und die Hauptstadt des Burnouts. Berlin verhieß noch immer nichts Gutes, und wer wusste, ob es das je wieder tun würde? Und warum sollte ich mein Seelenheil so willfährig aufs Spiel setzen, wo es mir hier im Schoße meiner Angehörigen und vor allem im noch viel tolleren Schoß von Johanna so gut ging? Grüblerisch und mürrisch fuhr ich am Samstagabend zum Eddie, wo mir Sylvie die Tür mit den Worten aufmachte:

«Servus, mein lieber Grex, is ja leider ein kurzes Vergnügen heute.»

«Warum?», fragte ich. «Ich dachte, wir essen heute mit dir und den Kids.»

«Viel besser», hörte ich den Eddie aus dem Gästebadezimmer im Erdgeschoss. «Wir sind heute beim Ingolstädter Medienball eingeladen, du und ich. Das hatte ich ganz vergessen.»

«Aha.» Ingolstädter Medienball klang ein bisschen wie ein Widerspruch in sich.

«Und was soll da passieren?»

«Na ja, da sind halt die ganzen Leut von *IngoTV*, und ich glaub, sogar ein paar bekanntere Schauspieler.»

«Schauspieler? Was denn für Schauspieler? In Ingolstadt gibt's doch keine Schauspieler. Also keine vom Fernsehen, oder?», warf ich ein.

«Na ja, der Chef, der Kögelmeier, hat ein paar so Halbpromis eingeladen. Zum Beispiel diese Wilma Schwarzer, ich weiß jetzt nicht, ob du die kennst.» Mir stockte der Atem.

«Haha, hab ich dich schön derbleckt! Auf geht's, jetzt fahren wir dahin.» Ich entspannte mich nur sehr, sehr langsam wieder.

«Du Arschloch, du blödes. Ich hab außerdem gar nichts Passendes an.»

«Ach geh, du schaust super aus. Das Sportliche steht dir eh am besten», sagte Eddie und ließ sich von Sylvie den Kragen seines Hugo-Boss-Jacketts richten.

Und so ließen wir das gute Essen von Sylvie zurück und fuhren in Eddies BMW nach Ingolstadt zum jährlichen Medienball, präsentiert und finanziert von *IngoTV*. Ich wäre lieber bei der Sylvie geblieben oder zur Not auch zur Johanna gegangen, aber der Eddie war sich ganz sicher, dass ich da gut aufgehoben sein würde. Der Ball fand im Stadttheater statt, wo damals, lange vor der Modernisierung, auch mein Tanzkursabschlussball war. Eddie ließ seinen Wagen von einem Einparkboy wegfahren, ein Service, den ich in Bayern bisher so auch nur aus den Münchner Nobelhotels kannte.

Der Eddie trug einen beigen Anzug und piekfeine dunkelbraune Stiefeletten dazu, ich eigentlich nur ein Hemd, eine Jeans und Sneakers, doch der feine Herr Brandl hatte mir nochmals versichert, dass das nicht förmlich werden würde. Eine glatte Lüge, wie sich schon im Foyer erwies, denn ich war weit und breit der Einzige, der keinen Anzug anhatte. Die Frauen in Roben, aufgedonnert wie beim Wiener Opernball, und die Typen überwiegend in Nadelstreifen. Alle sahen überkandidelt aus, zumal wir uns ja nun nicht auf dem Deutschen Filmpreis befanden. Schon als ich mit dem Eddie das Foyer durchquerte, grüßten mich eine Menge fremder Leute und sagten so Sachen wie: «Mensch, der Gregor Herzl, schön, dass Sie's einrichten konnten.»

«Du, Eddie», sagte ich zum Eddie. «Zwei Fragen hätte ich:

a) Hast du mich hier etwa angekündigt, und

b) warum gehst du als Architekt eigentlich auf einen Medienball?»

«Kann ich dir beides beantworten, mein lieber Grex.

a) Ja, hab ich, und

b) kenn ich den Kögelmeier Kilian, den Geschäftsführer, ganz gut, weil ich dem ein Haus in Gerolfing hingestellt hab. Vielmehr eine Villa. Zufrieden?»

So ganz zufrieden war ich nicht, aber da ich jetzt schon mal hier war, bediente ich mich am Buffet, ließ mir ein Glas Champagner bringen und nickte aufmunternd fremden Leuten zu, die wiederum mir aufmunternd zunickten. Schließlich und unvermeidlich stellte mich der Eddie dem Kilian Kögelmeier, dem Chef des Ingolstädter Regionalfernsehens, vor.

Der Kögelmeier sah nicht aus, wie ich mir den Chef eines Regionalsenders vorstellte. Er war klein, ungefähr Mitte 50, hatte graue, militant nach hinten gegelte Haare, einen dünnrasierten Oberlippenbart, und er trug eine randlose Designerbrille. Sein Anzug war definitiv nicht von der Stange, aber schön war er auch nicht. Der Mensch sah einfach nur teuer und schmierig aus. Und auch ein bisschen tuntig. Darüber hinaus war er offenbar völlig begeistert, mich zu sehen:

«Mensch, das ist ja eine Riesenfreude, Sie mal persönlich kennenlernen zu dürfen. Da sind Sie quasi der bekannteste Sohn der Region, und wir haben uns noch nie die Hand geschüttelt. Freut mich außerordentlich. Und toll sehen Sie aus. Hab ja Ihren Geschmack immer bewundert. Dieses sportliche Outfit lässt einen gleich zehnmal entspannter wirken als die ganzen Lackaffen in ihren Casinofracks.» Er lachte sein dünnes, gepresstes Lachen, das ich noch öfter im Leben hören sollte. Es war eine Art antipodisches Lachen zu dem schrillen Gemecker von Kuchler. Sympathischer wurde es dadurch nicht.

«Ja, freut mich auch, Herr Kögelmeier», entgegnete ich peinlich berührt. Der Mann war ja gar nicht zu bremsen in seiner Euphorie.

«Wissen Sie, wir haben ja bei *IngoTV* ganz viel vor in diesem Jahr. Trotz mauem Kapital in der Werbeindustrie haben wir in Ingolstadt ein stattliches Venturekapital von Sponsoren aus der Region an Land gezogen, sodass wir uns jetzt ein paar progressivere Formate erlauben können. Zum Beispiel würden wir gerne so eine Art Personality-Show aufziehen, hochwertig produziert. Wir sind da grade an ein paar bayerischen Charismatikern dran. Werner Schmidbauer zum Beispiel oder dem Günther Grünwald, der stammt ja auch aus Ingolstadt. Wussten Sie das?»

Ich wusste, um ehrlich zu sein, noch nicht einmal, wer der Günther Grünwald war, aber ich glaubte zu wissen, worauf das hinauslief.

«Und jetzt können Sie sich vielleicht schon denken, was ich gleich sagen werde, Herr Herzlinger.»

«Herzl heißt er», korrigierte der Eddie.

«Ja freilich, ich Depp. Herr Herzl, können Sie sich vorstellen, so eine Personality-Show zu moderieren? Mit allen Freiheiten? Mit Musik und Gästen aus der Region, aber auch mit Ihrem berühmten Humor und Ihrer Popkultur? Könnten Sie sich das vorstellen? Also so grundsätzlich erst mal?»

«Äh, also grundsätzlich würd ich eher sagen …», stammelte ich, aber der Kögelmeier ließ mich gar nicht ausreden.

«Und wir reden hier freilich von einer Gage von um die 5000 Euro pro Sendung, nicht dass Sie denken, wir wollen Sie für einen Apfel und ein Ei. Haha, die Berliner und die Münchner denken immer, dass wir hier nix zahlen können in Ingolstadt. Dabei ist es genau umgekehrt.»

Ich schluckte. Bisher hatte ich pro Dreh maximal 1500 Euro verdient, und wenn ich dann Kögelmeiers Zahl mal vier nahm und quasi ein Monatsgehalt für eine wöchentliche Sendung simulierte, dann wurde mir wirklich ein bisschen schwindelig. Grade als ich noch sagen wollte: «Das ist ein sehr freundliches Angebot, Herr Kögelmeier, aber ich stecke mitten in den Vorbereitungen zu meinem ersten Buch», kommt der mit so einer Summe daher.

Und dann fiel mir wieder ein, dass sich das Buch ja mit dem gestrigen Telefonat eh erst mal erledigt hatte. Und so sagte ich etwas anderes zu Kögelmeier: «Wissen Sie, Herr Kögelmeier, mir geht es nicht in erster Linie ums Geld, mir geht es da eher um die Qualität einer Sendung und ein gutes Team. Ich arbeite zwar grade intensiv am Manuskript zu meinem ersten Buch, aber ich kann ja mal ganz unverbindlich bei Ihnen im Sender vorbeischauen, solange ich in der Region bin.»

«Jawohl, das ist doch ein Wort, Herr Herzl. Wir schauen uns wie gesagt grade noch ein paar andere Moderatoren an, aber dann wollten wir uns in der nächsten Woche auch schon entscheiden. Vielleicht noch als zusätzlicher Anreiz: Wir sind dabei, einen Lizenzvertrag mit TV München zu schließen, sodass wir einen kleinen Slot bei denen bekommen, wo wir einzelne Formate auch in München ausstrahlen könnten. Rufen Sie am Montag früh einfach bei meiner Sekretärin, der Alex Schneider, an, dann machen wir einen Termin für die Woche. Ich würd mich sehr freuen, wenn wir da zusammenkämen.»

Das Geld und die Aufwartung, die mir gemacht wurde, schmeichelten mir mehr, als ich das wollte. Später am Buffet drängte mich auch der Eddie, das unbedingt zu machen. Bei der Gage und dem Hofiertwerden könne man doch nicht nein sagen. Und wo ich doch eh grade in der Gegend sei. Ich hatte dennoch so meine Zweifel, aus nachvollziehbaren Gründen.

«Geh, Eddie, wie schaut'n das aus, wenn ich als einigermaßen bekannter Moderator vom Musikfernsehen plötzlich beim Regionalfernsehen auftauch? Da mach ich mir ja meine eigene Marke kaputt.»

Eddies Verständnis hielt sich jedoch in Grenzen: «Zuallererst kriegt des doch eh kein Schwanz mit, dass du jetzt fürs Ingolstädter Fernsehen moderierst, selbst wenn's ins Münchner Kabelnetz eingespeist wird. Und dann, mein lieber Freund und Kupferstecher …» Ich wusste, jetzt kommt was Unangenehmes: «Dann überschätzt du nämlich ganz schön deine eigene Marke, das sag ich dir. Du bist bei PTV rausgeflogen, und keiner hat's gemerkt. Du bist aus Berlin weg, und keiner hat's gemerkt. Bursche, wenn du so weitermachst, bist du bald ganz raus aus dem Mediengeschäft, und keiner hat's gemerkt. Und du bist keine dreißig mehr.»

«Du spinnst wohl, Eddie. So kannst du doch nicht mit mir reden. Geh zu deinen Schickifreunden und lass mich in Ruhe. Hau ab!» Ich verstand nicht, warum der Brandl, der Arsch, so unter die Gürtellinie schlagen musste.

«Ja sorry, war vielleicht etwas herb ausgedrückt, ich will ja nur nicht, dass du dir so eine Chance entgehen lässt», versuchte es Eddie nochmals auf die Versöhnliche.

«Ach, leck mich am Arsch, Eddie, misch dich einfach nicht in meine Angelegenheiten», sagte ich und drehte mich zum Buffet, bis ich sicher war, dass er weggegangen war.

Ich war erschrocken über meinen eigenen Jähzorn. Was mich so verletzte, war ja nicht die unfreundliche Direktheit vom Eddie, mich verletzte vielmehr, dass er vermutlich recht hatte. Den ganzen Tag über nach dem Telefonat mit Konnie hatte ich schon dieses miese Gefühl, als hätte ich mein Haltbarkeitsdatum überschritten. Mein Telefon vibrierte. Es war eine SMS von Johanna, die lautete: «Ich vermiss dich total. Kommst du später noch?» Ich hatte grade keine Lust zurückzuschreiben, und vorbeischauen wollte ich heute auch nicht mehr bei ihr. Sie wohnte ja noch bei ihren Eltern, zwar wie ich im ausgebauten Dachgeschoss, aber man musste in der Früh immer durch den Büroeingang vom Panzerkarl gehen, wenn man rauswollte. Und überhaupt war ich heute eh leicht genervt von Johanna und ihrer Anhänglichkeit.

«Sie sind doch der Gregor Herzl», sagte plötzlich jemand Weibliches hinter mir. Ich drehte mich um, und da stand eine sehr gut aussehende dunkelhaarige Person, die ich aus dem Regionalfernsehen kannte. Immer wenn ich abends mit meinem Vater vor dem Fernseher saß, schaute er die Nachrichten von *IngoTV*.

«Sie sind doch die Frau von den *Ingo-News*, gell?», sagte ich.

«Hochhuth, Sarah Hochhuth. Angenehm», sagte sie in feinstem Hochdeutsch.

«Herzl, Gregor, ebenfalls angenehm. Sie kommen aber nicht aus Ingolstadt, das ist mir schon bei den Nachrichten aufgefallen. Nicht der Hauch eines Akzents. Wir Bayern können das nie verbergen.»

Sarah Hochhuth lachte: «Erwischt. Ich bin eine Zuagroaste oder wie das hier heißt. Ich komm aus Hannover, bin aber schon fünf Jahre hier in Ingolstadt.» Sie machte eine Pause, in der sie mich anlächelte. Unfassbar weiße Zähne, die Frau Hochhuth.

«Ich hab gehört, wir werden bald Kollegen», fuhr sie fort.

Ich antwortete nicht gleich, hatte die Frage gar nicht richtig verstanden, sah sie nur fasziniert an. So weiße Zähne und das Haar so amtlich glänzend und wellig. Alles war so gesund an ihr. Die Berliner Medienleute wirkten immer ein wenig abgerissen.

«Ja, Kollegen … Ich weiß noch nicht, vielleicht», antwortete ich.

«Ich find das ja total super, Gregor. Darf ich Gregor sagen? Ich bin die Sarah.»

«Ja klar, Sarah. Freut mich.» Ich gab ihr die Hand, und sie drückte ganz schön fest zu für eine Frau.

«Gefällt's dir denn in Bayern?», wollte ich wissen. «Ihr Niedersachsen seid ja von einer ähnlichen Gemütsruhe, hört man immer wieder.»

«Ich find's sehr nett hier in Ingolstadt, der Job ist supertoll, aber manchmal ist's auch ein bisschen langweilig. Am Wochenende bin ich eigentlich viel in München. Mal im *P1* oder nur so mit Freunden im *Schumanns*. Mit wem bist du denn hier, Gregor?», fragte sie immer noch mit dem gleichen Lächeln.

«Ach, den kennst du vermutlich nicht. So ein Architekt aus dem Kaff, aus dem ich komm, aus Rottenegg.»

«Ach, der Eddie Brandl? Das ist dein Freund?» Etwas an dem, wie sie *Eddie Brandl* sagte, gefiel mir nicht. Das hatte so eine Exfreund-Konnotation. Ich wollte zudem irgendetwas sagen, was mich souverän und weltmännisch auf dieser Provinzbühne aussehen ließ, aber Sarah Hochhuth war schneller:

«Komm, lass uns aufs Klo gehen und koksen. Sonst schlaf ich noch ein.»

Ich war so überrumpelt, dass ich nur ein «Logisch. Bin dabei» herausbrachte und mich auf dem Weg zur Toilette fragte, ob dieser lockere Umgang mit Drogen in der Provinz nicht viel schlimmer als in Berlin war. In Berlin verband ich das mit der Elektroszene, das gehörte zwar dazu, aber selbst da war es keine ausgesprochene Selbstverständlichkeit, mit wildfremden Menschen aufs Klo zum Koksen zu gehen. Zumindest nicht vor acht Uhr morgens.

Ich würde die folgenden Szenen ja gerne etwas weniger klischeehaft beschreiben, aber es geht leider nicht. Deshalb notiere ich einfach: Wir gingen aufs Herrenklo – das war Sarah Hochhuths Idee –, koksten, knutschten, und sie blies mir einen und musste dabei die ganze Zeit kichern. Sie ging danach auf die Damentoilette, um sich zurechtzumachen.

Wir trafen uns am Buffet wieder, diesmal bei den Desserts, und während sie sich so einen Pannacotta-Fingerhut nahm, legte sie mir ihren Ellenbogen auf die Schulter – weil sie nämlich ein kleines Stück größer war als ich – und sagte vergnügt: «Hach, endlich ist mal was los hier. Das war doch superlustig gerade, oder?»

«Ja, war schon lustig», sagte ich und dachte daran, wie Sarah Hochhuth während des Blowjobs so rumgekiekst hatte. Als wär's so lustig, mir einen zu blasen. Dann tauchte der Eddie hinter ihr auf.

«Hast dich wieder beruhigt?», fragte er, noch ohne Sarah Hochhuth wahrzunehmen. Die erkannte jedoch sofort die Stimme und drehte sich um.

«Aha, der feine Herr Brandl lässt sich blicken. Das ist ja ein seltenes Vergnügen.» Das war unverhohlenes Beleidigtsein von Frau Hochhuth.

«Ach komm, jetzt hör auf mit dem Grampf, Sarah. Das ist längst ausdiskutiert», sagte der Eddie in einer unfassbaren Arroganz zu der gar nicht mehr vergnügten Sarah Hochhuth und nahm mich zur Seite. In dem Moment bewunderte ich ihn. Ich meine, so schäbig es war, die Sylvie zu betrügen, so wenig ließ er sich doch von Frauen die Butter vom Brot nehmen. Nicht so wie ich, der bei der Wilma derzeit komplett ohne Butter dastand. Sarah Hochhuth verschwand aus meinem Blickfeld, während jetzt der Eddie seine Hand auf meine Schulter legte.

«Pass auf, Grex, das tut mir leid mit vorher. Aber jetzt komm mit. Der Kögelmeier hat ein paar Cheerleader vom ERC aufgetrieben und lädt alle ins *Peaches* ein. Da kommst du jetzt mit. Wenn der Kögelmeier die Spendierhosen anhat, dann geht's rund. Und lass die andere Kuh stehen, die macht eh nur Ärger, glaub mir. Komm jetzt, es geht sofort los.» Eddie hatte es recht eilig, wie mir schien. Der ERC, das war der Ingolstädter Eishockeyverein, aber ich wollte noch was anderes vom Eddie wissen:

«Hattest du was mit der Hochhuth, oder wie jetzt?»

«Na und, das ist Schnee von gestern. Jetzt reiß dich los.»

Ich war nun in der Zwickmühle. Wenn ich jetzt so nonchalant ging, hatte ich mir schon vor dem Arbeitsantritt bei *IngoTV* eine unangenehme Antagonistin geschaffen, immerhin war Sarah Hochhuth neben ihrer Moderatoren-Tätigkeit auch die Chefredakteurin, und ich hatte ja grad beim Eddie gesehen, wie sie war, wenn sie jemand etwas nachtrug. Andererseits war sie mir auch zu merkwürdig, um den Rest des Abends mit ihr zu verbringen, da erschienen mir der Eddie, die Cheerleader und die Spendierhosen vom Kögelmeier die spaßigere Alternative zu sein, auch wenn das *Peaches* ein Drecksladen war. Ich ging wieder zurück ans Buffet, wo Sarah Hochhuth sich gelangweilt leere Pannacotta-Becherchen auf die lackierten Fingernägel steckte.

«Aha, haben die Herren ausgetuschelt.»

«Du, Sarah, der Eddie will unbedingt fahren, und ich bin doch sein Mitfahrer.»

«Fahren. Ins *Peaches* fahren, meinst du doch damit. Mit dem Kögelmeier und den Cheerleader-Schlampen. Das Prozedere kenn ich. Aber fahr ruhig mit, Gregor, mein Mann kommt eh gleich noch auf den Ball. Aber wir ziehen mal wieder eine Line zusammen, oder? Vielleicht in Zukunft auf dem Büroklo. Nein, war nur ein Spaß, euch einen schönen Abend.» Sie schien überhaupt nicht beleidigt zu sein, aber ich war wegen der Erwähnung ihres Manns auch zu erstaunt, um auf Nuancen ihrer Stimmungslage zu achten.

«Tschau, Sarah», sagte ich, und sie hatte sich schon abgewandt. Dann drehte sie sich nochmal kurz um, und sie sprach eigentlich zu laut, weil sie schon ein paar Meter von mir weg stand: «Du schmeckst ganz gut, Gregor.»

«Meine Herren, was für eine merkwürdige Alte», sagte ich zu Eddie, als wir in sein Auto einstiegen und Richtung *Peaches* fuhren.

«Das kannst du laut sagen. Hättest die mal im Bett erleben sollen. Die hat so dermaßen herumgeschrien, dass ihr italienischer Nachbar geklingelt hat und gefragt hat, ob alles in Ordnung ist. Und die Italiener, die sind ja nun wirklich einiges an Radau gewohnt.» Ich sagte nichts zu Eddies Ausführungen, sondern rauchte eine, allerdings bei offenem Fenster, denn Rauchen war beim Eddie im Auto strikt verboten.

Das *Peaches* war eigentlich ein Laden für Wichsfressen. Da wollte man echt nicht tot überm Zaun hängen, das war, als würde man in Berlin auf eine dieser

Business-Afterwork-Partys gehen. Allerdings war ich nach dem Medienball schon ziemlich enthemmt, was solche Leute betraf, und vielleicht hatte ich auch im Hinterkopf, den Kögelmeier samt seinen 5000 Euro pro Sendung nicht zu vergraulen.

Im *Peaches* angekommen, wurde der Abend schnell ziemlich tabulos. Die Cheerleader vom ERC Ingolstadt tanzten aufreizend auf den Lautsprechern oder auf dem Tisch unserer kleinen VIP-Lounge, zu der laufend Kellnerinnen mit Wodka- und Champagnerflaschen im Wert zwischen 200 und 1000 Euro kamen, aus denen Kögelmeier den Cheerleadern und seinen Geschäftsfreunden nachschenken ließ.

Außer den Cheerleadern, Eddie und mir waren noch ein paar Ingolstädter Industrielle dabei, von denen ich nur den Pressesprecher von Audi kannte, sowie der stellvertretende Oberbürgermeister Werner «Wickerl» Wachter, ein notorischer Säufer und Weiberheld, sagt man in Rottenegg. Dabei war Wachter tagsüber ganz der brave CSU-Scherge und Ehemann einer gar nicht so hässlichen Russland-Deutschen namens Darja.

Wickerl Wachter war der Antipode zum formstrengen Wirtschaftstüftler Hans Ferstl, seines Zeichens Oberbürgermeister von Ingolstadt. Jederzeit eine Beleidigung der örtlichen SPD oder einen Tiefschlag gegen Ausländer auf den Lippen, hatte Wachter den politischen Weg eines Populisten statt den eines akribischen Arbeiters genommen. Seine Bierzeltansprachen waren immer die lautesten und seine Witze immer die derbsten. Er war höchstens Ende dreißig, und vielleicht hätte er bei der CSU auch auf Bayernebene was reißen können, wäre er bei den Parteifreunden nicht als zügellos verschrien. So erzählte mir das der Eddie zumindest, denn mich hatte die kommunale Politik bei uns ja noch nie interessiert, von Berlin aus schon gar nicht.

Apropos Eddie: Der schäkerte grade mit einer Cheerleaderin herum, die höchstens siebzehn sein konnte, und fünf Minuten später sah ich die beiden auch knutschen. Werner Wachter, der seinerseits eine mir unbekannte ältere Blondine im Arm hatte – für einen Cheerleader war sie wohl fünfzehn Jahre zu alt –, knuffte mich in die Seite: «Schaug ihn an, den Brandl. Das ist ein richtiger Reißer. Der war schon immer der Allerschlimmste.» Ich nickte. Eine Cheerleaderin namens Mariana wollte mich zum Tanzen auffordern, aber ich winkte ab. Kögelmeier schrie mir ins Ohr: «Nicht dass Sie denken, dass es bei uns immer so zugeht. Das ist nur wegen dem Medienball. Da drehen immer alle ein wenig durch. Aber ist doch schön, mal zwischendurch diese junge elastische Haut zu fühlen, oder?»

«Jaja», schrie ich zurück und dann dem Eddie ins Ohr, der links neben mir mit der Cheerleaderin saß:

«Jetzt hör auf, du Depp. Du bist verheiratet. Und heimfahren tun wir jetzt auch.»

«Ach geh, Grex, du Spießer. Komm, schnupfen wir noch was. Ich hab was da.»

«Nein, mir reicht's jetzt, ich will hier raus. Bin müde und fertig.» Mir war das wirklich eine Spur zu schmierig hier. Eddie gab wohl nach, weil er noch ein schlechtes Gewissen wegen seiner Ansprache von vorhin hatte.

«Von mir aus, du Waschlappen.» Eddie küsste

nochmals kurz das nie und nimmer schon 18-jährige Mädchen und ließ dann von ihr ab. Die sprang sofort auf die Tanzfläche, als hätte sie der Eddie nur mit seiner Zunge festgehalten. Ich verabschiedete mich von ein paar Herren von Audi, dem Werner Wachter und dem Kilian Kögelmeier, bevor ich mich mit dem Eddie auf den Heimweg machte. Im Auto sprachen wir wenig, aber bevor mich Eddie zu Hause absetzte, fragte er noch:

«Und, machst jetzt den Job bei *IngoTV*?» Und ich sagte: «Glaub schon. Gute Nacht.»

10
DER HELD VON ROTTENEGG

Eigentlich hatte ich ja gedacht, dass meine neue Freundin Johanna ganz aus dem Häuschen sein würde wegen der Moderationstätigkeit bei *IngoTV*. Vor allem bei der Aussicht auf mein fürstliches Gehalt. Aber da täuschte ich mich.

«Ehrlich, Gregoli, willst du das wirklich machen? Die sind doch so schmierig da. Das passt doch gar nicht zu dir. Der Eddie Brandl hat mich vor zwei Jahren auch mal auf diesen Medienball mitgenommen, und ich fand das ganz schön dekadenziös.»

«Dekadent meinst du. Noch hab ich ja nicht zugesagt. Ich fahr da morgen mal hin und schau mir das Konzept für den Piloten an.»

«Welchen Piloten? Versteh ich nicht», hinterfragte Johanna nicht zu Unrecht meinen Fernsehjargon.

«So nennt man die erste Folge einer Sendung. Nach der entscheidet man dann, ob das Ding in Serie geht.»

In der Woche nach dem Medienball fuhr ich nach Ingolstadt und wurde ohne Warten in das Büro von Kilian Kögelmeier vorgelassen, der mit Sarah Hochhuth über eine Kalkulation gebeugt war.

«Ah, der Gregor, schön, dass du da bist. Die Sarah kennst du ja schon», duzte er mich freundschaftlich, was wohl die gemeinsame Cheerleadersause bewirkt hatte.

«Ah, der schöne Gregor. Grüß dich Gott», begrüßte mich Sarah Hochhuth auf eine unangenehm pseudobayerische Art. Kögelmeier fuhr fort:

«Wir sitzen eh grade über der Kalkulation der neuen Show. Das geht sich alles gut aus. Wir haben das Set schon gebaut, und ein paar Rubriken stehen auch schon, aber am besten, wir zeigen dir mal das Studio, und dann bespricht Sarah mit dir das restliche Konzept. Bin mir sicher, dass dir das gefallen wird.»

Und so ließ ich mir in den folgenden Stunden ein Sendekonzept vorstellen, das eine Mischung aus Harald Schmidt und einem regionalen Kerner war. Sollte ich die Sendung moderieren, würde ich zu Beginn eine Art Stand-up wie in den Late Night Shows machen. Danach folgten News aus der Region, von Sport bis hin zu Kultur, die humoristisch von mir kommentiert würden. Das konnte also ein vor Ort aufgezeichneter Kommentar zum Spiel FC Ingolstadt 04 gegen Jahn Regensburg oder auch ein Bericht von der Ben-Becker-Bibellesung im Theater Ingolstadt sein. Dann waren die Gäste dran, ob das jetzt jemand von Audi, der Oberbürgermeister von Ingolstadt, von mir aus auch Ben Becker oder die gerade 100 gewordene Erna Pflüger aus Eichstätt war. Mindestens zwei Leute, die was zu erzählen hatten, sollte ich in einer kleinen Talkrunde vereinen.

Am Ende wollte man speziell mit meiner Personalie eine Musikrubrik verknüpfen, in der ich meinen Plattentipp der Woche vorstellte, also irgendwas aus dem erweiterten Mainstream, kein Technovinyl, schließlich arbeitete man ja auch mit dem örtlichen Media Markt zusammen. Am Ende sollte laut Kögelmeier eine Personality-Show aus der Region entstehen. Das reizte mich trotz des hohen Maßes an Lokalkolorit, denn bisher hatte ich Sendungen zwar moderiert, aber kein Konzept auf PTV war je um meine Person herumgestrickt worden. Ich würde also tatsächlich auch beruflich gefordert sein.

Man führte mich herum, zeigte mir den Sender samt der Kantine und stellte mich dem Team vor. Je mehr Zeit verstrich, desto mehr hatte ich das Gefühl, die Sendung mit mir sei längst beschlossene Sache. Ich war noch nie so hofiert worden wie hier. Es hätte mich nicht gewundert, wenn man mir jetzt an Ort und Stelle gleich mein eigenes Büro gezeigt hätte. Und sobald man den Dunstkreis von Kögelmeier und Sarah Hochhuth verließ und sich mit Volontären und Redakteuren unterhielt, entkam man auch der Schmierigkeit, die ich beim Medienball kennengelernt hatte. Klar saßen hier keine durchgeknallten Vögel wie bei PTV rum, aber es wirkte immerhin alles angenehm besonnen, und es herrschte ein freundlicher Umgangston.

Im Zuge dieser Erkundungstour durfte ich auch an einer Redaktionssitzung teilnehmen und erschrak zunächst einmal zutiefst über den Lautstärkepegel in dem Konferenzraum. Da saßen zehn Leute an einem Tisch, acht davon machten sich schweigend Notizen, und zwei diskutierten sanft über die korrekte Einbindung eines Werbebumpers. Niemand schrie sich an, niemand lümmelte demonstrativ gelangweilt in seinem Stuhl herum, und statt Pizzaschachteln und angerissenen Gummibärchen-Tüten stand ein unangeschnittener Streuselkuchen auf dem Tisch.

Was ich auf den ersten Blick als beängstigend beamtisch empfand, stellte sich sehr schnell als konzentrierte Arbeit an der konkreten Sache heraus. Niemand fiel dem anderen ins Wort, und man holte sich in den verschiedensten Angelegenheiten meine Expertise ein. Ich überspielte natürlich das ein oder andere Mal meine Ahnungslosigkeit in Sachen klassisches Fernsehen mit smarten Empfehlungen wie «Da würde ich einfach den Groove entscheiden lassen». Was man halt im Laufe der Jahre bei so einem Jugendsender aufgeschnappt hatte. Am Ende der Redaktionskonferenz fühlte ich mich sehr geschmeichelt, und eine Autorin namens Ulrike schnitt mir auch noch ein Stück Streuselkuchen ab und legte es mir auf einen Teller. Der Streuselkuchen schmeckte herausragend.

Als ich nach ein paar Stunden wieder in Kögelmeiers Büro zurückkehrte, war ich eigentlich so weit, für ihn zu arbeiten. Zumindest testweise.

«Ausgezeichnet, Gregor. Dann machen wir nächste Woche einen Piloten und strahlen den in zwei Wochen aus. Wenn alles passt, wovon ich jetzt mal ausgeh, gehen wir in weiteren zwei Wochen in Serie. Erst mal drei Monate jede Woche, und dann sehen wir weiter, ob's uns Spaß macht. Was hältst du davon, Gregor?»

Ich hielt da einiges von, denn ich hatte ein gutes Gefühl, was Arbeitsweise und Arbeitsaufwand anbelangte, und ich wollte das gute Geld, das sie mir auch schon für den Piloten voll auszahlen würden. Ich war ja außerdem nicht an den Sender gebunden. Selbst wenn wir in Serie gingen, hielt sich der Imageschaden nach drei Monaten in Grenzen. Man konnte es ja immer noch als eine Art Lokalpatriotismus verkaufen. *PTV-Moderator hilft Heimatsender*, das klang doch gar nicht so schlecht.

Und so kam ich genau eine Woche später bestens vorbereitet zurück zu *IngoTV*, und wir drehten die erste Folge meiner Personality-Show mit dem Titel *Herzlichst* – bei dessen Erwähnung es mir allerdings immer ein bisschen kalt den Rücken hinunterlief. War Kögelmeiers Idee, und er hielt sie für so brillant, dass ich nicht intervenieren wollte. Die Aufzeichnung an sich lief gut. Ich hatte mir einen Eröffnungsmonolog ausgedacht, bei dem ich das aktuelle Bundesligageschehen kommentierte und dann einen Bogen schlug zum blamablen Gekicke des FC Ingolstadt in der Regionalliga und einen Witz darüber machte, dass es in Ingolstadt keine kanadische Eisdiele gäbe. Das war der Bogen zu meinem ersten Gast Glen Goodall, dem deutsch-kanadischen Ingolstädter Eishockeystar. Der zweite in der Runde war der Ingolstädter Politiker Horst Seehofer, damals noch nicht bayerischer Ministerpräsident. Er überraschte mich direkt zum Gesprächseinstieg mit einer Anschuldigung:

«Sie haben uns ja alle ein bisschen angeschwindelt, Herr Herzl!»

«Ich? Wieso?», entgegnete ich einigermaßen perplex. Was will er denn von mir, der alte Fuchs?

«Na, Sie erzählen doch überall, dass Sie Ingolstädter sind. Dabei sind Sie doch aus Rottenegg!» Das Publikum kicherte, denn so, wie er das sagte, klang es, als wäre mein Heimatort so eine Art Vorstadtghetto. Was so falsch ja gar nicht war, wenn man mal ehrlich ist. Trotzdem konnte ich das nicht auf mir sitzenlassen.

«Moment mall! Ich bin in Ingolstadt geboren, genau wie Sie. Und abgesehen davon sind kleine Schwindeleien auch Politikern nicht ganz fremd.» Trotz der Plattheit dieses Konters applaudierte das Volk nun mir.

«Da haben Sie jetzt leider auch wieder recht», pflichtete mir der Horstl bei. «Wenn ich da allein an die jüngsten Äußerungen der hiesigen SPD-Vertreter denke, muss man in der Tat den Eindruck haben, dass Schwindeln zum politischen Handwerkszeug gehört.»

Herrlich, wie am Stammtisch. Er weiß halt, wie's geht, der Seehofer. Und dieser Seitenhieb war ihm offenbar auch eine Herzensangelegenheit, nachdem die SPD in den letzten Wochen eine kleine Schmuddel-Kampagne gegen ihn gefahren hatte.

«Wobei Ihre CSU in diesen Tagen auch nicht wirklich einen Lauf hat, wenn ich mir da die sinkenden Umfragewerte so anschaue!», legte ich unter Murren im Publikum nach. Was dem Horstl natürlich die Möglichkeit eröffnete, die Gründe hierfür der großen Schwester CDU unterzujubeln und über Angela Merkel zu schimpfen – was in der Zuschauerschaft selbstverständlich saugut ankam.

Das war dann auch der Zeitpunkt, an dem ich einmal mehr feststellen musste, dass es vollkommen sinnlos ist, mit Politikern über Politik zu reden. Also schwenkte ich um auf Fußball und Privates. Am Ende lief der Talk auf ein nahezu bierseliges Ende hinaus, wie sich das eben so gehört im bayerischen Lokalfernsehen und überhaupt ganz generell in Bayern.

Auch der Rest der Sendung verlief reibungslos, denn ich war dank meiner regelmäßigen *Donaukurier*-Lektüre bestens präpariert, selbst wenn es um staubtrockene Themen wie die Verkehrsberuhigung der Ingolstädter Altstadt und die Umstrukturierungen in der Defensive des ERC ging.

Es war nicht schwer, sich auf die Sendung und alle nachfolgenden vorzubereiten, denn die *Herzlichst*-Redaktion leistete ganze Arbeit. Alles, was ich tun musste, war zwei Tage vor der Sendung ein Riesendossier lesen und am Mittag vor der Aufzeichnung bei der Probe anwesend sein. In den ersten Sendungen versuchte man wohl noch, die Themen und Gäste halbwegs auf mich zuzuschneiden, doch im Laufe der Zeit wurden sie immer marginaler. Mich störte das eigentlich nicht, solange man mir nicht in meine Moderation redete.

Es gab sogar eine Sendung, in die ich ein eigenes Thema einbrachte. Die einzige zeitgemäße Bar in Ingolstadt sollte geschlossen werden, weil die Besucher nachts, wenn es dort zu voll wurde, gerne gegenüber an die Kirchenmauer «bieselten» (dt. pinkelten). In der Sendung waren der Oberbürgermeister, der diensthabende Kaplan Feichtmeyer und der Besitzer der Bar eingeladen und diskutierten einen Kompromiss. Ich muss zugeben, dass das Thema nicht besonders gut bei der Redaktion ankam, und auch die Zuschauerpost hielt sich in Grenzen.

Ansonsten unterstützte mich das Team in jeder Hinsicht, es gab sogar richtig guten Kaffee aus der teuren italienischen Maschine, die man fürs Catering der Show extra angeschafft hatte, die Maskenbildnerin schenkte mir jede Woche eine Nackenmassage, es wurde viel gelacht, und nach der Aufzeichnung gab es Bier und Brezn. Es waren die harmonischsten Drehs, die ich je hatte. So wie hier stellte ich mir die Arbeit bei den Öffentlich-Rechtlichen vor. Organisiert und gemütlich. Und saugut bezahlt.

Als ich am Abend meines ersten Arbeitstages nach Rottenegg zurückkehrte, war ich gänzlich mit mir im Reinen. Ich holte Johanna ab und fuhr mit ihr nach Manching zum Griechen, danach verbrachten wir eine ausufernde Nacht zusammen. Als ich am nächsten Nachmittag bei ihr am Bankschalter vorbeischaute, sah sie ein bisschen in sich zusammengesackt aus. Ich Gott sei Dank nicht, denn ich hatte ja ausschlafen können.

Und so folgte nach dem kurzen Tief wegen des Buches ein absolutes Hoch, denn der Pilot wurde angenommen und ausgestrahlt, und der Seriengang war beschlossene Sache. Am Tag der Ausstrahlung des Piloten saß ich mit meinen Eltern und Johanna zu Hause vorm Fernseher. Als das *Herzlichst*-Logo das erste Mal auftauchte und ich unter Applaus das Studio betrat, beobachtete ich meine Eltern. Die beiden hatten ein wässriges Leuchten in den Augen, wie ich es lange nicht gesehen hatte. Ich glaube, dass sie damals das erste Mal wirklich den Beruf ihres einzigen Sohnes begriffen haben und noch nie so stolz auf mich gewesen sind.

An diesem Abend waren wir aber offensichtlich nicht die Einzigen in Rottenegg, die sich die erste Folge von *Herzlichst* ansahen. Es hatte sich – vermutlich auch dank meiner Mama – im ganzen Ort verbreitet, dass ich beim Regionalfernsehen meine eigene Show hatte, zumindest wurde ich am Folgetag überall darauf angesprochen. Beim Bäcker, im Supermarkt und natürlich abends im *Oasis*. Es war merkwürdig, aber plötzlich machten sich gegenüber meiner Person ein gewisser Lokalpatriotismus und eine geradezu festliche Anerkennung bemerkbar, die ich während meiner PTV-Zeit nie gespürt hatte. Ich war der Held von Rottenegg und wurde bald mit Vergünstigungen überhäuft. *Bei der Tina* bekam ich mein Bier umsonst, und auch im Zeitschriftenladen Göppel schenkte man mir die Tageszeitung.

Ich erinnere mich an den Tag, als der *Donaukurier* dieses große Interview mit mir veröffentlichte und die Zeitung in Rottenegg schon ab zehn ausverkauft war. Am selben Tag war in derselben Zeitung ein Bericht über die Frauengruppe von Rottenegg, als Beispiel für ein neues weibliches Selbstbewusstsein auf dem Land. Der Bericht zeigte meine Mutter in ihrer Gruppe neben der Frau Wetzel, wie sie für den *Donaukurier* posierte. Ein paar Seiten weiter hinten stand ein Artikel zur Ehrung des Trachtenvereins Rottenegg, der irgendein Jubiläum feierte und in dem mein Vater Kassenwart war. Auch davon gab es ein Foto, und so schafften es an einem Tag alle drei Mitglieder der Herzls mit Bild in die größte Zeitung der Region. Das Telefon stand nicht mehr still an diesem Vormittag, und generell hatte ich das Gefühl, dass von da an auch meinen Eltern Aufwartungen gemacht wurden, die es so früher nie gegeben hätte.

Johanna war genauso stolz auf mich, und ich versprach ihr, sie bald mal zu einer Aufzeichnung mitzunehmen. Es gab noch ein paar schwache Momente, in denen ich mir wünschte, Wilma könnte sich davon überzeugen, was für ein wertvoller Teil unserer Gemeinde ich hier geworden war, aber eigentlich fühlte sich der Verlust in jenen Tagen nicht mehr ganz so schlimm an. Ich hatte ja Johanna. Ich mochte sie mittlerweile wirklich sehr, und unser prima Sex war zu einem unverzichtbaren Teil meines Alltags geworden.

Gelegentlich verglich ich sie wohl dennoch im Stillen mit Wilma. Dagegen stank die gute Johanna schon ein bisschen ab, so leid mir das tat. Wilma mit ihren roten Haaren, mit ihrer weißen Sommersprossenhaut und der Geschmeidigkeit in den Bewegungen, wie man sie eben nur bei ausgebildeten Schauspielerinnen findet. Und ihre Stimme: diese sanfte Stimme mit diesem leichten Kratzen ganz unten im Hals. Dagegen dann Johanna, mit ihrem Bayerisch, ihrer mittelfrequenzigen Stimmlage ohne bassiges Schnurren, ohne elegante Höhen, immer versucht, den Dialekt zu unterdrücken. Nein, stimmlich konnte sie nicht mit Wilma mithalten. Rein objektiv gesehen war sie vermutlich sogar hübscher anzuschauen als diese, aber ihr fehlte es an der fatalen Komponente in der Ausstrahlung – etwas, das Gefahr symbolisierte, das man aber dennoch unbedingt haben musste.

Sicher tu ich der Johanna jetzt im Nachhinein unrecht, und sicher hab ich ihr auch damals unrecht getan, denn ich war anfangs oft zurückweisend, sagte Verabredungen ab und nutzte ihre Gutmütigkeit mit faulen Ausreden aus, wenn ich keine Lust hatte, sie zu treffen. Am schlimmsten war es wohl für sie, wenn sie sich meine Wilma-Geschichten anhören musste. Meistens war das Fernsehen daran schuld. Das ging dann ungefähr so: Auf Phoenix läuft eine Dokumentation über Sizilien als Reiseland. Und ich natürlich auf die Zwölf:

«Da bin ich mit der Wilma auch schon mal gewesen. In so einem kleinen Ferienhaus am Strand, in der Nähe von Syrakus. Total lauschig.» Oder so:

Auf RTL läuft ein Film mit Jürgen Vogel und Wilma Schwarzer. Und ich bin so frei und gebe Anekdoten von den Dreharbeiten zum Besten:

«Pffft. Der Jürgen Vogel ist gar nicht so cool, wie er immer tut. Der hat die Wilma auf dem Set damals dermaßen angegraben, dass sie mich gebeten hat, sie demonstrativ am Ende des Drehtages abzuholen, damit der Jürgen sieht, wo der Hammer hängt.»

Manchmal waren es auch nur banale Sentimentalitäten, getarnt als abfällige Bemerkungen, die einem bei einem dieser Haustierformate herausrutschten: «Ich hab das immer abartig gefunden, aber die Wilma steht tatsächlich auf Nacktkatzen. Bescheuert, oder?»

Aber erstens durchschaute selbst ein junges Mädchen vom Land wie Johanna so etwas sofort, und zweitens stellte jede weitere Wilma-Anekdote nur noch deutlicher zwei Tatsachen in den Vordergrund: a) wie sehr diese mich immer noch beschäftigte und b) wie meilenweit sie in ihrem gesellschaftlichen Status als Schauspielerin und Prominente der Johanna überlegen war. Im Vergleich zur berühmten und exaltierten Wilma muss die Johanna sich ja wie ein Niemand vorgekommen sein.

Im Nachhinein frage ich mich, wie sie das so lange hat ertragen können. Aber zu der Zeit, als ich der Held von Rottenegg war, blieb sie vermeintlich treu an meiner Seite. Und wenn ich jetzt so zurückdenke an den Abend vorm Fernseher mit Johanna und meiner Familie, dann muss ich zugeben, dass ich seltener im Leben glücklich gewesen bin als an dem Tag der Erstausstrahlung von *Herzlichst* bei *IngoTV*.

Als zwischendurch mal wieder mein Lieblingsonkel Norbert aus München vorbeikam und wir das erste Mal in dem Jahr im Garten grillten und zu zweit noch auf ein Bier auf den Gartenmöbeln meiner Eltern zusammensaßen, fragte er mich, wie es mir so ginge und wie es mir gefiel, so lange am Stück in Rottenegg zu bleiben. Ich erzählte ihm von der Sendung, der hohen Gage und dass ich Johanna, die ich ihm am frühen Abend bereits vorgestellt hatte, gut leiden konnte. Ich bin mir auch jetzt noch sicher, dass er sich freute, dass es mir wieder besserging, dennoch kam nach ein paar Bier ein wenig Argwohn in ihm hoch.

«Mag schon sein, dass es dir jetzt grade toll geht, Gretsch. Weil du vieles richtig gemacht hast. Du versuchst die Wilma hinter dir zu lassen, du gibst dir selber mit einem neuen, außerordentlich hübschen Madel eine Chance, du arbeitest ein bisschen und verdienst dabei eine Menge. Das ist alles ganz heilsam. Aber am Ende darf aus deiner Kur hier kein

Niederlassen werden. Komm schon, Junior, das Kaff hier ist doch unter deinem Niveau. Wir reden von Rottenegg. Für dich sind so Städte wie Berlin da, wo man sich durchbeißen muss, und dann am Ende hat man was erreicht. In Rottenegg oder Manching auf die Kacke zu hauen ist nicht so schwierig. Versteh mich nicht falsch, ich sag nicht, dass du ein Feigling bist. Du hast dich im richtigen Moment zurückgezogen, aber das kann kein Rückzug auf Dauer sein. Schau, Gretsch, ich bin auch gern hier, aber nach zwei Tagen vermiss ich mein Münchner Leben, weil es so unvorhersehbar ist und auch ein wenig chaotisch. Das ist ein Chaos, das Leute wie wir brauchen und Leute wie hier nicht wollen. Das ist nicht immer gesund, aber es passt zu uns. Es gibt halt Stadtleut und Landleut. Und du bist keiner von den Landleuten, glaub mir.»

Dieses Gespräch mit Onkel Norbert hatte mir zu denken gegeben. Ich wusste schon, dass die Motivation für meinen Rottenegg-Aufenthalt eigentlich reinster Eskapismus war. Aber aus der ursprünglichen Motivation zu fliehen hatte sich doch etwas völlig anderes entwickelt, nämlich ein neues Zugehörigkeitsgefühl zu meiner Heimat und eine Art Seelenruhe, die ich zuletzt in Berlin nicht gekannt hatte. Mittlerweile hatten wir Juni, ich war fast ein halbes Jahr in Rottenegg, und es ging mir gut. Das war doch ein Indizienbeweis für ein korrektes biographisches Vorgehen, oder? Der Norbert war immerhin selbst ein Rastloser, mit seinen ganzen Affären und seiner Münchner Schickeria. Vielleicht gönnte er mir mein Erweckungserlebnis nicht.

Erweckung, Erwachen, das waren schon große

Worte, aber damals dachte ich so. Für ein paar kurze Wochen war ich so dermaßen im Einklang mit der Welt in Rottenegg und Umgebung, dass ich mir nicht vorstellen konnte, je wieder anders zu leben. Die heilende Wirkung, die ich Rottenegg zuschrieb, lag auch sicher daran, dass es mein Heimatort war, ich hätte sicher nicht in Geiselhöring den gleichen Spaß gehabt. Ich dachte, ich hätte das Konzept von Herkunft, Heimat und Zugehörigkeit das erste Mal in meinem Leben richtig verstanden.

11
AM SEE

Als der Sommer sich seinem Höhepunkt näherte, fing es ganz langsam und schleichend an, bergab zu gehen. Wenn ich heute eine Art Wendepunkt bestimmen müsste, also an dem der Scheitelpunkt meines Glücks in Rottenegg erreicht worden war und diese unvorhersehbare Talfahrt begann, würde ich wohl den Nachmittag mit Johanna am See wählen. Gar nicht, weil irgendetwas besonders Schlimmes passiert war, sondern weil von da an ein allgemeines Unwohlsein und Misstrauen gegenüber diesem Ort in mir zurückblieb, das sich bis zum heutigen Tag, an dem ich das aufschreibe, nicht mehr gelegt hat.

Es war jetzt Anfang Juli, und die Wetterkapriolen vom Juni schienen vorüber, endlich stabilisierte sich eine geradlinige Sommerhitze, die einen förmlich dazu zwang, eine Nasszelle in der Umgebung aufzusuchen. Wie den Leitnerweiher, eine von mehreren ehemaligen Kiesgruben, die nach ihrer Ausschöpfung einfach zum Badesee umfunktioniert worden waren. Davon gab es allein in der näheren Umgebung ein Dutzend, und ich erinnerte mich, dass ich als Kind keine andere Art von größerem Gewässer kannte, bis meine Eltern mit mir an den Gardasee fuhren, als ich acht war.

Der Leitnerweiher war mit dem Auto von Rottenegg etwa fünfzehn Kilometer weg. Johanna und ich packten eine Kühlbox mit Bier, Cola Light und Fleischpflanzerl zusammen und fuhren los. Der Weiher war keineswegs ein Geheimtipp, wir wussten, dass wir dort nicht in trauter Zweisamkeit sein würden. Im Gegenteil, es war dort fast ein bisschen wie im Ingolstädter Freibad. Da lagen Leute aus der Umgebung auf Handtüchern auf der Uferwiese, grillten oder spielten Volleyball im flachen Wasser. Es gab dort keine Gastronomie, aber im Sommer kam mehrmals am Tag ein Eiswagen vorbei, der auch Getränke und Mikrowellen-Hotdogs anbot.

Ich war in Berlin nie ein Fan von öffentlichen Bädern und Seen gewesen, zu groß war die Wahrscheinlichkeit, dass ich dort wegen zahlreicher Vertreter der PTV-Zielgruppe nicht so wirklich meine Ruhe haben würde. Hier am Leitnerweiher lagen vielleicht fünfzig Leute herum, und meine Popularität war eine ganz andere. Es mag schon sein, dass mich in Relation zur Menge der Anwesenden mehr Leute kannten als im Strandbad Wannsee, aber die Bekanntheit hier war unaufgeregt und nachbarschaftlich, etwas, das ich sehr genoss. Ich war eben auch kein Teenie-Idol mehr, man respektierte mich als neuerdings heimatverbundenen, geerdeten Moderator einer halbwegs seriösen Talkshow. So grüßte ich beim Überqueren der Liegewiese ein paar Leute aus der Ferne, schüttelte jemand im Vorbeigehen die Hand, aber hatte nicht das Gefühl, in meiner Privatsphäre beschnitten zu sein.

Johanna sah phantastisch aus im Bikini, und an dem Tag war ich eh schwer verliebt in sie. Wir küssten uns auf unseren Strohmatten, alberten im Wasser herum und unterhielten uns ziemlich aufrichtig über ihren allmächtigen Vater, den Panzerkarl, und wie er seine Familie über Jahrzehnte seinen geschäftlichen Interessen untergeordnet hatte. Durch dieses längere, persönliche Gespräch fühlte ich mich ihr sehr verbunden, und vielleicht war es nur ein Gefühlsüberschwang, aber irgendwann sagte ich zu ihr:

«Sag mal, Johanna. So wie's aussieht, bleibe ich ja eine Weile in Rottenegg. Und wir sind jetzt ja auch schon fast zwei Monate zusammen. Meinst du, es wär einen Versuch wert, zusammen eine Wohnung zu nehmen? Vielleicht in der Stadt, oder wir mieten uns ein kleines Haus am Moos in der Nähe vom Eddie?»

Ich konnte selbst kaum glauben, was ich da sagte. Zusammenziehen? Nach zwei Monaten? Ich, der gegenüber Wilma noch stoisch dafür plädiert hatte, dass man selbst in einer festen Beziehung nicht seinen Freiraum aufgeben darf?

«Wenn's nicht klappt, sind wir innerhalb von zwei Wochen ja wieder ausgezogen.»

Ich bin mir im Nachhinein nicht mehr so ganz sicher, aber ich glaube, ich meinte das zu jenem Zeitpunkt ziemlich ernst und war selbstverständlich davon ausgegangen, dass Johanna von der Idee begeistert war.

«Hui, Gregor, des kummt aber jetzt a bisserl überraschend. Eiso ...» Wenn sie nervös war, sprach sie mehr Dialekt.

«Sorry, ich wollte dich nicht überfahren, du kannst

ja einfach mal drüber nachdenken», schaltete ich einen Gang zurück.

Johannas Gesichtsausdruck wandelte sich von verblüfft zu ernst.

«Ach Gregor, das meinst du doch gar nicht ehrlich, oder? Wir treffen uns seit zwei Monaten und schlafen miteinander, aber so richtig ernst war's dir doch nie. Es ist halt gemütlich für dich, dass 's mich gibt, aber so ein richtiges Verliebtsein hab ich da nicht g'spürt.»

Mein Überschwang war erst mal ausgebremst, denn ich fühlte mich ertappt. Ich versuchte, die Situation zu retten.

«Nein, ich hab halt meine Zeit gebraucht, mich an die neue Situation, an die neue Umgebung und an einen neuen Menschen zu gewöhnen. Die Geschichte mit Wilma war ja auch noch nicht lange her. Aber du warst ja geduldig, und das zahlt sich jetzt aus.»

Johannas Stimme zitterte jetzt.

«Merkst du eigentlich, wie verliebt du in dich selbst bist, Gregor? Das klingt ja, als wär's eine Belohnung, mit dir z'samm zu sein. Und diese Wilma-Geschichten, du weißt doch gar net, wie sehr mich die verletzt haben. Die haben mich glauben lassen, dass es eh überhaupt nichts bringt, auf eine Beziehung mit dir zu bauen. Weil es immer nur um diese blöde Kuh ging. Die große Schauspielerin, mit der eh keiner mithalten kann.»

Johanna hatte jetzt Tränen in den Augen und tat mir wahnsinnig leid. Ich nahm sie in den Arm:

«'tschuldigung, du hast ja recht. Diesen Wilma-Scheiß hätte ich dir nicht zumuten dürfen. Aber glaub mir, die Zeiten haben sich geändert. Wirklich.»

Ich hoffte, dass sie mir glaubte, und ich hoffte, dass es stimmte, was ich sagte, dass sich die Dinge wirklich geändert hatten und dass ein unvermuteter Anruf von Wilma nicht dieses ganze Rottenegg-Kartenhaus zum Einstürzen bringen würde. Und während ich Johanna im Arm hielt und ihr blondes, leitnerweihernasses Haar küsste, schlug mir jemand auf den Hinterkopf. Bevor ich mich von dem Schreck erholen und umdrehen konnte, hörte ich schon:

«Aha, die Johanna und ihr feiner Lackl vom Fernsehen. Euch geht's gut, oder?»

«Lukas, spinnst du?», hörte ich Johanna sagen und drehte mich um. Ich sah einen Typen hinter uns stehen, definitiv über 1,80, kurzrasierte Schläfen und einen blonden Buzzcut, das Gesicht sonnengebräunt, nackter Oberkörper, den Arm voller Tribals, einen Motorradhelm in der einen und eine leere Flasche Bier in der anderen Hand.

«Hey, du hast wohl den Arsch offen», gab ich nach oben in Richtung Hinrainer Lukas weiter. Denn niemand anders konnte das sein als Johannas berüchtigter Exfreund, über den man sich erzählte, dass er ein daueralkoholisierter Prolet sei, der keiner Prügelei abgeneigt war. Ich aber war nicht eingeschüchtert. Wer war der schon? Ich war der Gute hier, und der ganze Badeplatz war auf meiner Seite. Lukas Hinrainer ignorierte mich und redete weiter auf Johanna ein.

«Hanni, tut mir leid, was ich grade gesagt hab. Ich bin nur so erschrocken, weil ich dich noch nie mit einem anderen Typen gseng hob. Ich wollt dein Gschpusi auch nur anstupsen mit dem Helm, damit er aufhört, mit dir zu schmusen. Hanni, mir tut das doch alles leid. Ich hau jetzt auch wieder ab, du sollst nur wissen, dass mir das alles leidtut. Mia ghörn doch z'samm. Ich ruf dich an. Ich geh jetzt.» Der Hinrainer Lukas hatte den Kopf gesenkt, während er dieses peinliche Bekenntnis machte, und dann ging er auch gesenkten Hauptes weg.

«Hau bloß ab!», schrie ich ihm hinterher. Er drehte sich zu mir um und zeigte mir im Gehen den Mittelfinger.

«Fahr bitte nicht wieder betrunken!», rief ihm Johanna hinterher.

«Das ist also dein Psycho-Ex», konstatierte ich.

«Ach komm schon, Gregor, er hat sich doch eh entschuldigt.»

Ich erspare dem Leser das leidige Streitgespräch darüber, ob der Typ jetzt ein gewalttätiges Arschloch war oder einfach nur der bemitleidenswerte, vom Weg abgekommene, liebeskranke Exfreund von Johanna. Man kann ja nicht gewinnen bei solchen Gesprächen. Hackt man zu sehr auf dem Typen rum, macht man sich die Frau zum Feind, und spielt man den Verständnisvollen, steht man wie ein Weichei da. Stellt man zu viele Fragen, ist man der Eifersüchtige, und lässt man das Ganze auf sich beruhen, ist man der Desinteressierte. Ich brachte das Kunststück fertig, am Ende unseres Badetages alle eben erwähnten Typisierungen unter einen Hut gebracht zu haben.

Ich fuhr Johanna nach Hause, und wir sahen uns erst mal zwei Tage nicht, in denen wir auch nicht telefonierten. Es ist mir erst im Nachhinein aufgefallen, aber nach dem Vorfall am Leitnerweiher war

Johanna gar nicht mehr die mich anhimmelnde, begeisterungsfähige Gefährtin.

Rückblickend kann man sagen, dass sie anfing, sich mir zu entziehen. Ganz langsam und sachte. Sie hatte nun weniger Zeit für gemeinsame Mittagspausen bei der Bank, sie war abends oft früh müde, manchmal ging sie nach dem Sex sogar noch nach Hause zu ihren Eltern, und der Sex wurde auch weniger und verlor seine anfängliche Leidenschaft. An manchen Tagen küssten wir uns noch nicht mal mehr, und übers Zusammenziehen wurde überhaupt nicht mehr gesprochen. Ich wollte ihren Rückzug natürlich nicht wahrhaben, im Gegenteil, für mich war sie mehr denn je meine Freundin und mein Halt. Je mehr sie sich entzog, desto mehr fühlte ich mich zu ihr hingezogen – wie's halt so läuft.

Eine Woche nach dem Zwischenfall am See sagte ich ihr, dass ich sie liebte. Das war abends bei einem Spaziergang entlang der Donauauen bei Ingolstadt.

«Jetzt sind wir eigentlich schon echt eine Weile zusammen», sagte ich zur Johanna, während wir am Fluss entlangliefen.

Johanna blickte auf die Donau hinaus und lächelte abwesend.

«Weiß ich jetzt gar nicht, ob man das so nennen kann.»

«Was jetzt nennen?»

«Zusammen. Dass wir zusammen sind.»

«Doch, klar kann man das so nennen. Seit April, gut drei Monate schon.»

«Ja, so lang schon? Aua! Net so fest», sagte Johanna, weil ich grade ihre Hand genommen hatte und in einem Anfall von übersprudelnder Liebe wohl zu fest zugedrückt hatte.

«Entschuldigung. Du, bleib mal kurz stehen», sagte ich, versuchte aber nicht mehr so fest zuzudrücken mit der Hand.

«Was ist denn jetzt schon wieder, Gregor? Ich muss doch später noch der Mama mit der Wäsche helfen.»

Für einen Außenstehenden ist so ein Satz natürlich als nichts anderes als eine brüske Abfuhr an meine Liebesbemühungen zu lesen, aber wenn man einmal in so einer Liebesaufwallung steckt, übersieht man selbst die offensichtlichsten Zeichen. Zumal es auch gar nicht in meinen Kopf wollte, dass die kleine Johanna von der Rottenegger Sparkasse jetzt nicht mehr völlig in ihren großen Gregorbär vom Fernsehen vernarrt sein könnte. Und so blieb ich unbeirrt bei meinem Vorhaben, ihr gerade jetzt und um jeden Preis in den Donauauen meine Liebe zu offenbaren.

«Manchmal glaub ich, du bist dir meiner viel zu unsicher. Ich glaub, du weißt gar nicht, wie wichtig du mir bist, Johanna», sagte ich zu ihr und sah sie mit einem ganz ernsten Blick an. Sie sah auch mich ziemlich ernst an.

«Doch, das weiß ich doch, Gregor», sagte sie.

«Aber weißt du auch das?», sagte ich und zog sie ganz nahe zu mir. Ich gab ihr einen Kuss auf die Stirn und flüsterte ihr ins Ohr, dass ich sie liebe. Sie zog sich ein paar Zentimeter zurück und sah mich mit gläsernen Augen an. Dann küsste sie mich auf den Mund. Nicht lang, aber intensiv. Damals interpretierte ich das als lupenreine Zustimmung, auch wenn ich mich noch gewundert hatte, warum sie auf der Rückfahrt kein Wort mehr gesagt hat.

Weil Johanna jetzt weniger Zeit hatte, verbrachte ich wieder mehr Zeit im *Oasis*, mit Eddie oder mit den Leuten von *IngoTV*. Meistens waren die Abende mit den Fernsehkollegen recht ausgelassen, und ich versuchte, sie in eine halbwegs vernünftige Bar zu lotsen, doch manche endeten leider auch im *Peaches* mit Wodka und Kokain.

Erstaunlich, wie harmlos mir das Feiern hier zu Hause vorkam, obwohl es kaum milder ausfiel als die Nächte in Berlin. Trotz der Drogen und des ständigen Besoffenseins schien hier jeder sein Leben im Griff zu haben. Niemand kam mir neurotisch, emotional abgerissen oder gar depressiv vor. Und auch ich selbst fiel nicht mehr in Marianengräben von Selbstzweifeln, wenn ich mal drei Tage am Stück nachts unterwegs gewesen war. Eddie genoss zum Beispiel dasselbe Nachtleben, und er unterhielt nebenbei eine Familie und ein höchst erfolgreiches Architekturbüro. Vielleicht hatte man hier am Rande Oberbayerns die nötige Gelassenheit und die Gemütsruhe, um die nächtliche Freude an der Dekadenz und die tägliche Routine in sanften Einklang zu bringen. Heute finde ich die Orientierungslosigkeit und gelegentliche Selbstverlorenheit vieler Berliner Nachtgestalten ehrlicher.

Das stetige Ausgehen und die Aktivitäten rund um meine Show – manchmal war ich ja für Drehs auf Kultur- oder Sportveranstaltungen zugegen – führten dazu, dass mich meine Eltern kaum noch zu Gesicht bekamen. Ich wohnte zwar bei ihnen, aber wenn ich abends aus Ingolstadt kam, versuchte ich noch, Johanna zu treffen, oder trank mit dem Eddie einen Wein auf seiner Terrasse, und wir blickten übers Rottenegger Moos. Oder ich kam spätnachts betrunken zurück und ging sofort ins Bett. Morgens schlief ich meistens lange und fuhr dann gegen eins zum Mittagessen nach Ingolstadt, schaute in der Redaktion vorbei und blieb oft den Rest des Tages und manchmal auch die Nacht.

Meine Mutter, die mir eine Weile keine Fragen mehr über mein Wohlbefinden gestellt hatte, fing wieder vereinzelt damit an – wenn sie mich überhaupt erwischte. Ich reagierte unwirsch, weil ich nicht einsehen wollte, dass die Dinge wieder ein wenig aus der Balance waren. Ich hatte schließlich lange genug gebraucht, um mein Berlin-Wilma-Trauma zu kompensieren, es war noch zu früh für neue Schwierigkeiten. Aber wie Mütter halt nun mal so sind, auch wenn sie es selten ansprechen, merken sie ihren Söhnen an, wenn diese ins Ungleichgewicht geraten.

Die Sache mit Johanna machte mir nach ein paar Wochen eigentlich am meisten zu schaffen, denn ihre fortschreitende Distanzierung war nun nicht mehr von der Hand zu weisen. Ich tat daraufhin etwas, das ich in der Form noch nie getan hatte: Ich sprach mit meiner Mama über eine Frau. Und Ursula Herzl ergriff erstaunlicherweise sofort Partei für Johanna.

«Schau, is doch ganz klar, Gregoli. Die Johanna war so verliebt, und du hast dich nur abgelenkt mit ihr. Das hat ihr gscheit wehgetan. Jetzt hat sie den Glauben an dich schon fast verloren.»

«Ja scheiße, Mama, du hast ja recht. Aber was soll

ich denn jetzt machen, ich sag ihr doch dauernd, wie gern ich sie hab.»

«Sag nicht scheiße, Gregor. Ich glaub, du solltest mit der Johanna mal übers Wochenende wegfahren. Damit ihr mal rauskommt hier. Vielleicht löst das ja die Spannung.»

«Meinst ehrlich, rausfahren? Wohin denn?»

«Der Norbert, der hat doch so ein kleines Ferienhäuschen am Tegernsee, wo er selten ist. Fahrts doch dahin.»

Am nächsten Morgen unterbreitete ich Johanna den Vorschlag meiner Mama und war dabei ganz ehrlich.

«Du, ich merk, dass du nicht mehr so ganz bei der Sache bist. Und ich seh ja auch ein, dass du mir nicht mehr vertraust wegen der Wilma-Jammerei. Lass uns ein Wochenende wegfahren, in das Haus vom Norbert am Tegernsee. Da können wir uns ein bisschen entspannen und reden.» Ich begleitete Johanna auf dem Weg zur Bank, war extra früh dafür aufgestanden. Sie verzog keine Miene, als sie antwortete.

«Hmm, dieses Wochenende ist's eher schlecht, i muaß der Mama beim Renovieren von unserem Gartenhaus helfen. Und du hast doch auch ein Ligaspiel am Sonntag.»

«Aber das kann ich doch absagen.»

«Lass uns die Woche drauf fahren», schlug sie vor und gab mir einen Kuss auf die Wange, bevor sie in die Bank ging.

An den Tegernsee sind wir nie gefahren.

12
FOUL

Auch wenn es mit Johanna kriselte, ich blieb vielbeschäftigt, und man konnte nicht sagen, dass ich trübsinnig war. Ich ahnte lediglich, dass sich in der Rottenegg-Fassade schon leichte Risse zeigten, gestand mir das aber selbstverständlich nicht in dem Umfang ein. Ich legte nach wie vor im *Oasis* auf und verbrachte jetzt auch außerhalb meiner Drehtage immer mehr Zeit in der *Herzlichst*-Redaktion. Ich zog des Öfteren mit dem Brandl Eddie in Ingolstadt um die Häuser oder saß mit meinen Teamkollegen von der AH, den «Alten Herren», beim Littichwirt.

Auch sonst gab es genug Gelegenheiten, Zeit mit den Fußballern zu verbringen. Jeden Mittwochabend war Training, jeden Freitagabend freiwilliges Trainingsspiel – da war ich allerdings meistens in Ingolstadt – und am Sonntagnachmittag das über alle Maßen wichtige Ligaspiel. Ich hatte mich in den letzten drei Monaten zum wichtigsten Goalgetter der Mannschaft aufgeschwungen und war selbst in Spielen gegen die auf dem Papier stärkeren Mannschaften, wie den TSV Wolnzach, treffsicher. Der sportliche Erfolg tat mir gut. Ich gebe zu, dass ich manchmal das Training schwänzte, also eigentlich jedes zweite Mal, und das, dem ich beiwohnte, auch nicht ganz so glorreich absolvierte, weil ich von dem vielen Rauchen eine mäßige Kondition hatte oder mal wieder verkatert von einem der zügellosen Abende mit dem Eddie in Ingolstadt war. Aber man sah es mir nach, weil ich ja eine lokale Berühmtheit war, der Torschützenkönig des Teams und voraussichtlich am Ende der Saison auch der Liga.

Die sinistre Begebenheit rund um meine Stürmertätigkeit, von der ich gleich berichten werde, ereignete sich beim Heimspiel des HSV Rottenegg gegen den SV Manching an einem Sonntag im August, am zweiten Spieltag der Saison. Manching war eine ganz harte Nuss und der unbestrittene ewige Lokalrivale vom HSV Rottenegg. Egal, ob A-Jugend oder AH, wann immer Rottenegg gegen Manching kickte, waren beide Ortschaften auf den Beinen und zu allem bereit.

Damit man versteht, was bei dem Spiel passiert ist, und vor allem, warum es passiert ist, muss ich eine nicht ganz unwichtige Vorgeschichte einschieben. Eine Vorgeschichte, die ich ein paar Wochen vorher zum Start meiner TV-Show dem *Donaukurier* bei einem Interview erzählt hatte.

Es war ein Interview, das ursprünglich nichts mit Fußball zu tun haben sollte, es ging vielmehr um meine Talkshow, aber irgendwie zeigten sich die Reporter – die tatsächlich wie bei *Spiegel*-Interviews mit Staatsmännern gleich im Dreierteam anrückten – besonders interessiert an meinen extrakurrikulären Aktivitäten in Rottenegg. Und weil die Stimmung gut war und wir bei dem Gespräch im Schreberhäusl jeder zwei Weißbier getrunken hatten, packte ich eine alte Anekdote aus. Mir war nicht bewusst, dass ich damit Geister rief, die meiner Gesundheit ernsthaft schaden konnten.

Und jetzt erzähl ich diese Scheißgeschichte aber zum letzten Mal.

Wenn der HSV Rottenegg gegen den SV Manching gespielt hat, ist das schon immer ein gesellschaftliches Großereignis gewesen. Ein Lokalderby, das aus Tradition mit größtmöglicher Vehemenz und Brutalität geführt wurde. Das galt für die Spieler auf dem Platz wie auch für die Zuschauer draußen am Spielfeldrand – sogar meine Mama und meine Oma gingen regelmäßig mit ihren Regenschirmen auf gegnerische Spieler oder den Schiedsrichter los.

Woher diese intensive Rivalität stammte, wusste keiner mehr so genau. Man erzählte sich, dass beide Mannschaften einst um die Meisterschaft der B-Klasse gespielt hatten und es beim alles entscheidenden Spiel zu einem folgenschweren Eklat gekommen war. Die Manching-Elf von 1959 war damals ungeschlagen, genau wie die Elf des HSV Rottenegg, und das vorletzte Spiel der Saison sollte endlich entscheiden, welcher Verein der bessere war. Bei dem Spiel der Spiele kam es angeblich zu mehreren brutalen Fouls der Manchinger, die Einfluss auf den Spielverlauf nahmen und von dem angeblich bestochenen Schiedsrichter aus Eichstätt nicht geahndet wurden.

So geht die Geschichte, aber ich glaube, die Rivalität basiert einfach nur auf der Nachbarschaft der Orte. Manching war immer die Ingolstadt-nahe Kleinstadt gewesen und Rottenegg das abseitigere

Underdog-Kaff, womit sich auch erklärt, dass es den Rotteneggern mindestens zweimal im Jahr ein besonderes Anliegen war, die Manchinger vom Platz zu rasieren.

Doch die Erbfeindschaft basierte noch auf einer weiteren unschönen Begebenheit: einem Spiel, das Anfang Mai 1984 in Manching stattfand. Ich war Stürmer in der A-Jugend, und meine Gruftizeit steuerte damals gerade ihren vorläufigen Höhepunkt an. Ich trug so eine Art Trichterfrisur mit einem Haarlappen vorne im Gesicht. Die Haarfarbe war blauschwarz, und blauschwarz waren auch meine Fingernägel lackiert. Für das Spiel musste ich meine kleinen silbernen Minisarg-Ohrringe abnehmen, aber meinen Kajal unter den Augen – den ich nach dem Auftragen ähnlich wie Robert Smith von The Cure immer ein bisschen nach unten verwischte – frischte ich vor dem großen Spiel noch auf. In Rottenegg wurde das toleriert, weil man mich als Sohn der Gemeinde und mehr noch als Torjäger schätzte, aber für die Manchinger Zuschauer war ich natürlich ein gefundenes Fressen. Das bereits erwähnte «Scheiß-Pfarrer» war noch das Harmloseste, was man mir während des Spiels nachbrüllte. «Schwarze Schwuchtel» und «schwuler Totengräber» hieß es dann später, sobald ich die ersten Tore geschossen hatte.

Der meiste Hass schlug mir natürlich vom Manchinger Publikum entgegen, die Gegenspieler hatten zu viel mit meinen Dribblings zu tun, als dass sie sich Schimpfwörter ausdenken konnten. Zu jener Zeit war die Manchinger A-Jugend nicht besonders stark, und eine befürchtete Niederlage ließ die Mannschaft und ihren Anhang noch mehr agitieren. Uns Rotteneggern konnte das nur recht sein, so machte es noch viel mehr Spaß, den aufgescheuchten Erzfeind vom Platz zu bomben.

Ich stand ohnehin in der Blüte meiner Fußballer-Vita. Schnell und wendig, dabei aber nicht allzu groß, konnte ich mich jederzeit zwischen den Lackeln aus den gegnerischen Abwehrreihen durchschlenzen. Ich bekam den Ball in der Regel ab der Mittellinie, und ab da begann die große Gregor-Herzl-Show. Am Anfang des Spiels überlief ich die Verteidiger meistens noch, aber nachdem ich den HSV schon vor der Pause 4:0 im Alleingang in Führung geschossen hatte, wurde ich in der zweiten Halbzeit noch ein bisschen nassforscher und begann, selbstverliebt diverse Dribblingtricks auszupacken, bevor ich den Verteidiger endgültig ausspielte und mich entspannt auf den Torschuss vorbereitete.

Damals wurde im Fußball noch stoisch das System der strikten Manndeckung exerziert, was bedeutete, dass mir, egal über welche Seite ich heranstürmte, meistens derselbe Verteidiger gegenüberstand. Das war in diesem Fall der Christian Danzinger, genannt «Danze», ein stämmiger und grobschlächtiger Bauernfünfer ohne einen Funken Spielkultur. Der Danzinger konnte im Prinzip reingrätschen und sonst nichts. Das verleitete mich zu diversen Kabinettstückchen, und ich ließ ihn am Ende wirklich wie den schlechtesten Verteidiger auf der ganzen Welt aussehen. Die mit angereisten Zuschauer aus Rottenegg johlten am Spielfeldrand. Die Manchinger Zuschauer betrachteten das Spektakel mittlerweile eher mit stummem Grauen, nur der Bruder vom Danzinger schrie immer noch wie am Spieß auf seinen Bruder ein:

«Des gibt's doch net! Lass dich doch von der schwulen Sau net so ausspielen. Hau s' um, die schwarze Drecksau!»

Mir machte das keine Angst, im Gegenteil, ich wollte es jetzt erst recht wissen. Ich bekam den Ball kurz nach der Mittellinie und wich auf den linken Flügel aus. Der Danzinger machte die Bewegung mit und lief auf mich zu. Ich stoppte den Ball und wartete in aller Seelenruhe, bis er bei mir war. Von den Rufen seines Bruders angestachelt, grätschte der Danzinger mir frontal entgegen, sein dummes Gesicht verzerrt vor Entschlossenheit. Alles, was ich dagegen tat, war, den Ball im Stand mit dem rechten Fuß zurückzuziehen, sodass der Danzinger mit Karacho in die Grasnarbe grätschte und vermutlich mit seinen Stollen einen Maulwurf abstach. Danach schoss ich ein Tor, doch schon vorher ertönte der Jubel der Rottenegger über den Platz.

Spätestens jetzt versteht man, warum mir bei uns im Dorf ganz sicher auch niemand meine Grufti-Allüren übelnahm. Wenn ein Grufti für den Heimatverein Fußball spielte wie ein junger Gott, dann konnte ein Grufti nichts Verwerfliches sein. Ich war also eine Art Vorreiter für die soziale Integration von Gothic-Fans, zumindest in meinem Heimatkaff. Außerhalb Rotteneggs, zumal in Manching, war das natürlich anders, wie ich damals ja auch immer wieder auf dem Parkplatz des *Oasis* feststellen musste.

Ein paar Minuten später war es dann vorbei mit der Stürmerkarriere. Meine Hintermannschaft bereitete gerade einen neuen Angriff vor, und ich rief «I bin frei!», um den Ball zu bekommen. Ich stand mit dem

Rücken zu den Manchinger Verteidigern, weil ich ja sehen wollte, woher der Ball kam. Der Hinz Mike spielte einen langen Pass auf mich, und noch bevor ich ihn überhaupt annehmen konnte, mähte mich der Danzinger von hinten um. Später erzählte man mir, der Irre war einfach mit beiden Beinen voran nach langem Anlauf in mich hineingesprungen, in vollem Bewusstsein, dadurch nie und nimmer den Ball erreichen zu können.

Und so flogen 90 Kilo Danzinger circa zwanzig Zentimeter über dem Boden in meine kostbaren Fußballerbeine und ruinierten meine Laufbahn in Bruchteilen von Sekunden. Von hinten trat mir der Vollpfosten nämlich das linke Schien- und das linke Wadenbein durch, und es schnalzte und krachte, als meine Achillessehne riss und die Knochen brachen. Ich war natürlich adrenalingeschockt und spürte erst einmal nichts. Ich lag auf dem Rücken und blickte auf mein linkes Bein herunter. Es sah aus wie ein abgeknicktes Streichholz, und der Schienbeinknochen stach aus der Haut hervor. Dann spürte ich einen rasenden Schmerz und bin wohl kurz ohnmächtig geworden. Das Letzte, was ich von dem Spiel in Erinnerung behielt, waren eine Menge schreiender Menschen, die aufs Spielfeld rannten.

Ich wachte im Krankenhaus wieder auf. Zwei Operationen im linken Bein musste ich über mich ergehen lassen, eine fürs Richten der Beine mit Hilfe eines Nagels und eines Stücks aus meinem Hüftknochen, die andere fürs Flicken der Achillessehne. Sage und schreibe drei Wochen blieb ich im Klinikum Ingolstadt, bis sie mich im Rollstuhl entließen. Nach zwei Wochen Rollstuhl und sechs weiteren in

Gips und auf Krücken kann man sich vorstellen, dass ich nicht unbedingt bester Dinge war, zumal mir das linke Bein höllisch wehtat, und das auch immer wieder mal in den darauffolgenden Jahren.

Selbstverständlich empfahl mir der Arzt, nie wieder Fußball zu spielen, aber selbst wenn ich mich nicht daran hielt, war klar, dass ich nie wieder meine alte Leistung würde abrufen können. Damit war für mich der Traum vom Berufsfußballer, den wir damals alle im Verein träumten, geplatzt.

Die Knochen sind letztlich wieder zusammengewachsen, und die Sehne nahm ebenfalls wieder ihr Tagwerk auf, aber von Stunde zu Stunde wurde damals mein Grant auf den Danzinger größer. Man riet mir und meinen Eltern zunächst dazu, den Danzinger zu verklagen, und tatsächlich brachte mir das ohne jeden Gerichtstermin 5000 Mark ein, damals eine sehr stattliche Summe, von der ich mir mein erstes Auto kaufte. Entschuldigt hat sich der Danzinger allerdings bis heute nicht. Ich war im Nachhinein auch nicht wirklich zufrieden mit dem Schmerzensgeld, denn ich wusste, dass seine Eltern einen Großbauernhof besaßen. 5000 Mark taten denen nicht weh, und so ein Körndlgefütterter wie der Danzinger, der kannte kein schlechtes Gewissen.

Ich konnte ihn einfach nicht ungestraft davonkommen lassen, darin hatte mich der Eddie auch immer wieder bestärkt. Also dachte ich mir mit ihm zusammen einen Racheplan aus. Die Achillesferse vom Danzinger war nicht schwer auszumachen. Er war ein typischer Arschgeigenmotorradrocker mit einer aufgemotzten Honda MTX 80, natürlich mit Fuchsschwanz am Außenspiegel. Die Maschine war sein

Ein und Alles, und deswegen sollte sie definitiv das Ziel eines Anschlags sein.

Wir wollten dem Danzinger keine physische Abreibung verpassen, das war uns auch rechtlich zu heikel – solche Schweinehunde zeigten einen ja ihrerseits gleich an –, aber wehtun wollten wir ihm unbedingt. Honda klauen und den Berg hinunterschmeißen war uns zu kompliziert, da hätten wir ja eine Route austüfteln müssen, also entschieden wir uns für die direkteste aller Sachbeschädigungen: Wir zündeten das Scheißding einfach an.

Als der Danzinger eines Samstagabends im *Oasis* war und sein Motorrad wie immer ganz wichtig vor dem Hintereingang des Lokals abgestellt hatte, kam ich mit dem Eddie aus der Deckung. Wir schmissen die Maschine erst mal um und traten mit aller Gewalt drauf, bis die Außenspiegel abbrachen und das Ding total zerdellt war. Dann nahmen wir einen Benzinkanister und übergossen unser Opfer, bevor wir es gegen ein Uhr nachts in hellen Flammen hinter dem *Oasis* aufgehen ließen. Ich weiß noch, dass die Sitzbank brannte wie nix. Wir verschwanden, und als der Danzinger ein paar Stunden später heimfahren wollte, fand er statt seiner polierten MTX nur noch ein rauchendes Wrack vor.

Am nächsten Tag erzählte mir mein Vater beim Mittagessen, dass jemand das Motorrad vom Danzinger angezündet hatte. Das wär doch mal ein Grund, schadenfroh zu sein, sagte er mir nichtsahnend. Aber auch sonst schöpfte niemand Verdacht. Innerhalb des Bikerproletariats kam es schon mal vor, dass man sich den Hobel neidete und sich gegenseitig sabotierte. Zumal die Honda vom Danzinger ohnehin öfter mal für Aufsehen gesorgt hatte, war sie doch am Tank mit einem nackten Weibsbild, das einen Drachen aufspießte, lackiert. Zudem war der Danzinger schon wegen diverser Schlägereien mit einem Ingolstädter Motorradclub verhört worden, ein Rachefeldzug von dieser Seite war also keineswegs ausgeschlossen.

Ich war zufrieden mit meiner Vendetta und verdrängte im Lauf der Jahre fast gänzlich, dass es die Affäre Danzinger überhaupt gegeben hatte. Auch an besagtem Nachmittag, an dem ich den Redakteuren vom *Donaukurier* die Geschichte erzählte, kam mir nicht in den Sinn, dass sie im Falle einer Veröffentlichung dem Danzinger zufallen würde. Das war naiv gewesen. Sehr naiv.

Dass der Danzinger immer noch bei Manching spielte, wusste ich nicht, und ich dachte auch nicht im Entferntesten daran, als die Mannschaften aufliefen und sich am Mittelkreis die Hand zur Begrüßung gaben. Ich erkannte ihn zuerst auch nicht, noch nicht mal, als ich ihm die Hand schüttelte, er aber schon.

«Ja, der Herzl Gregor gibt sich die Ehre. Hab's in der Zeitung gelesen, dass du heut mein Gegenspieler sein wirst. Gfreit mi», grinste er mich an. Er sah immer noch furchtbar grobschlächtig aus, nur dass ihm am Vorderkopf alle Haare ausgefallen waren und er jetzt einen richtigen Schnurrbart statt des Flaums aus seiner Jugend trug.

Jetzt erkannte ich ihn.

«Ja, freu mich auch. Auf in die Schlacht», sagte ich, keine Gefahr witternd. Zu abstrakt und zu lange her erschien mir unser Disput. Seine Anspielung mit der

Zeitung bezog ich auf den *Donaukurier*, da konnte man den Spielberichten entnehmen, dass ich wieder beim HSV aktiv war. Und schließlich war ich ja ein Prominenter, mich merkte man sich eben. Das kompromittierende Interview hatte ich zu dem Zeitpunkt längst wieder vergessen. Der Christian Danzinger aber nicht.

Das Spiel der AH Rottenegg gegen die AH Manching verlief gar nicht so unähnlich wie jenes damals in der A-Jugend. Ich schoss in der ersten Halbzeit zwei Tore und war immer noch um Längen schneller und wendiger als der Danzinger, den sie tatsächlich in Funktion eines Manndeckers gegen mich aufgestellt hatten. Ich aber hatte keine Angst vor ihm, so lief ich zu alter Selbstherrlichkeit auf, auch um der beim Heimspiel anwesenden Johanna zu beweisen, was ich für ein toller Trickser war. Ich ging links am Danzinger vorbei, ich ging rechts am Danzinger vorbei, ich spielte ihm den Ball durch die Beine und lupfte ihn über seinen Kopf.

In der zweiten Halbzeit stand es 4:0 für Rottenegg, und ich hatte drei Tore geschossen. Die mitgereisten Manchinger Zuschauer waren stocksauer. Als ich erneut am Danzinger vorbeitanzte, schrien sie: «Hau 'nan um, den Fernsehwichser!», und der Danzinger ließ sich auch über zwanzig Jahre später nicht lang bitten und grätschte mir von hinten in die Beine. Er hatte weder die Wut noch die Kraft von früher, aber es reichte, um mir das Außenband böse zu verletzen. Ich knickte um, es schnalzte, und ich lag schreiend auf dem Boden. Der Danzinger beugte sich über mich und sagte: «Des is für die Honda, du Wichser!»

Dann trug man mich vom Platz, dem Danzinger gab man eine rote Karte. Ein Krankenwagen kam, und man fuhr mich in die Notaufnahme des Klinikums Ingolstadt. Johanna und meine Eltern, die auch bei dem Spiel gewesen waren, fuhren im Auto hinterher. Bis zum nächsten Tag wurde mein Bein geschient, erst dann entschied man sich gegen eine Operation. Ich bekam eine harte Schiene, um den Fuß stabil zu halten, musste aber zunächst eine Woche im Bett bleiben, um das Sprunggelenk zu schonen.

Damit war die Fußballsaison für mich beendet, und überhaupt war es das letzte Spiel, das ich für den HSV Rottenegg bestritt.

13
VOLKSFEST

Zu Hause kümmerte man sich aufopfernd um mich. Die Mama kochte sich einmal quer durch meine Lieblingsspeisen, und so kam es vor, dass zweimal in der Woche Schweinebraten mit Semmelknödel serviert wurde. Ich sagte meine DJ-Einsätze ab und cancelte am Telefon bei Sarah Hochhuth eine Ausgabe von *Herzlichst*, der Unmut darüber war trotz Genesungswünschen deutlich zu spüren.

Ehrliches Mitleid brachte dagegen Johanna auf, denn sie war in der Woche, als ich zu Hause lag, jeden Tag bei mir, und wir schliefen sogar wieder miteinander. Vor dem Spiel hatte ich sie das letzte Mal auf einen Kaffee *Bei der Tina* gesehen, wo wir uns gestritten hatten, weil sie mich gefragt hatte, ob ich nicht mal ohne sie ein paar Freunde in Berlin besuchen wollte, und ich ihr etwas überdeutlich zu verstehen gegeben hatte, dass Berlin für mich tabu sei. Danach machte sie mir Vorhaltungen wegen meines Wilma-Eskapismus – auch wenn sie es nie so genannt hätte, dazu fehlten ihr die Fremdwörter –, und ich warf ihr vor, einen Metzger zum Exfreund zu haben. Das tat mir leid, aber da war sie schon rausgerannt und nach Hause gefahren. Per SMS hatten wir uns versöhnt, aber danach nicht mehr gesehen, bis sie überraschend als Zuschauerin bei dem Spiel aufgetaucht war. Und jetzt stand sie bei uns im Esszimmer, beugte sich liebevoll zu mir herunter und gab mir einen Kuss auf den Mund. Meine Eltern lächelten.

«Armer Gregoli. Der Danzinger gehört eingesperrt», sagte sie zu mir, schaute aber dabei eher meine Eltern an, die immer noch selig lächelten.

«Die Drecksau», sagte ich. «Das ist jetzt das zweite Mal in meinem Leben, dass ich wegen dem einen Gips tragen muss.»

«Na ja, das ist doch nur eine Schiene», warf meine Mutter ein.

Es war ein Mittwoch, und Johanna war zum Abendessen zu Gast. Alles verlief harmonisch, und für ein paar Stunden war es so, als hätten Johanna und ich uns nie voneinander entfernt. Nach dem Schweinebraten gingen wir auf mein Zimmer und hatten trotz Beinschiene ziemlich wilden Sex. Wir beschlossen außerdem, in der nächsten Woche gemeinsam, quasi als hochoffizielles Paar, zum Rottenegger Volksfest zu gehen.

Das Rottenegger Volksfest – es sollte ein tragischer Wendepunkt in meiner Biographie und Schauplatz des finstersten Tages in meinem bisherigen Leben sein. Finsterer als mein schussliger Selbstversuch mit Schlaftabletten, finsterer als Schürmanns Gastrolle in Wilmas Bett.

Traditionell fand das Rottenegger Volksfest an jedem ersten Augustwochenende auf dem Festplatz statt. Vielleicht sollte ich den in süddeutschen Traditionen ungeübten Leser kurz aufklären, was genau ein Volksfest ist, wenn er es sich nicht eh schon denken kann. Zunächst zur Begrifflichkeit an sich: Ein Volksfest ist ein Rummel, eine Kirmes, ein Dom oder wie das bei euch Leuten aus anderen Bundesländern heißt, die ihr Krapfen Pfannkuchen oder Berliner nennt. Mit dieser Sprachhilfe kann man sich auch vorstellen, wie es auf einem Volksfest zuging, wobei auf den kleinen Volksfesten wie dem Rottenegger die Gewichtung der einzelnen Elemente womöglich anders war als auf größeren Festivitäten wie dem Ingolstädter Herbstfest, dem Straubinger Gäubodenfest, der Regensburger Dult oder dem Oktoberfest in München.

Bei uns galt folgende Reihenfolge: Saufen, Raufen, Fressen, Politik und Fahrgeschäfte. Ich behaupte nun einfach mal, Fahrgeschäfte sind andernorts ein wenig weiter oben in der Rangliste und Politik käme dem durchschnittlichen Dombesucher nicht gleich hinterm Fressen in den Sinn. Das mit der dürftigen Bedeutung von Fahrgeschäften erklärte sich im Übrigen einfach so, dass kleine Volksfeste wie unseres in der Regel nur über zwei Fahrgeschäfte verfügen: einen Autoscooter und eine Schiffschaukel. Schießbuden und anderen Abräumquatsch setze ich mal als selbstverständlich für jede Veranstaltung dieser Art voraus. Steckerlfischbuden auch.

Das mit der Politik war aber ein nicht zu unterschätzender Faktor, selbst wenn er erst nach dem Fressen kam. Womöglich war es dem Bürger und durchschnittlichen Volksfestbesucher überhaupt nicht bewusst, wie durchsetzt solche Festivitäten von Kommunalpolitik waren. Vermutlich ahnte er nicht, wie sehr er manipuliert wurde und dass so manches Rottenegger Volksfest schon eine Bürgermeisterwahl entschieden hatte.

Denn wenn überhaupt außerhalb des Wirtshauses oder eines Fußballspiels Bürgernähe entstehen konnte, dann inmitten der Zünftigkeit eines Bierzelts auf einem Volksfest wie dem unsrigen. Nur dort konnte ein Lokalpolitiker beweisen, wie ernst es ihm mit dem Gemeinwohl wirklich war. Da durfte er das zeigen, worauf es den Leuten wirklich ankam: nicht mehr auf die Pläne für den Freibadbau oder die Genehmigung für den Kreisverkehr vor Rockolding, nicht mehr auf den Abriss des alten Gemeindehauses, das längst unter Denkmalschutz stehen sollte, zugunsten eines Fitnessstudios, nicht mehr auf den Rabatt für Einheimische beim Eintritt ins Panzermuseum, sondern auf die wirklich wichtigen Hard Skills eines Volksvertreters:

1. Wie viel Maß Bier verträgt der Mann?
2. Wie blöd kann er daherreden?

Erstere Disziplin war freilich eine, bei der der Kandidat unter schärfster Beobachtung seiner potenziellen Wähler und unter strenger Aufsicht der Opposition stand, die im Falle eines vorzeitigen Abbruchs nach drei Maß sofort die Guerillapropagandamaschine angeworfen hätte und den Ruf des gegnerischen Kommunalpolitikers mit Slogans wie «Der Angerbauer vertragt ja überhaupt nix!» in Schutt und Asche legen konnte.

Die zweite Disziplin, das sogenannte Blöddaherreden, fiel mit einer von hellem Bier gelockerten Zunge natürlich entsprechend leicht, gemeint waren damit halbseidene Witze auf Kosten Dritter und abwesender Minderheiten. Das sicherste Terrain war der infame Witz über den Nachbarort Manching. Hier an dieser Stelle gerne ein exemplarisches Beispiel, das ich dem geselligen Beisammensein auf dem Rottenegger Volksfest jenes Jahres entnommen habe:

> Warum reparieren die Manchinger ihre Autos immer nur in der Mitte?
> Weil sie sich hinten und vorne nicht auskennen.

Das war freilich eine vergleichsweise harmlose Variante, eine ähnliche Pointe gab es auch mit Vokabeln wie fotzenschlecken und arschficken, aber das erspar ich dem Leser. Um die Komplexität der politischen Wirren, in die ich in dem Jahr am Rottenegger Volksfest geriet, besser verständlich zu machen, muss ich zunächst die involvierten politischen Gegenspieler vorstellen.

Da war zum einen Stefan Angerbauer, Sohn des amtierenden Bürgermeisters der Freien Wähler von Rottenegg, Gerd Angerbauer, dazu betuchter Architekt und im Umkreis von 50 Kilometern der größte Konkurrent vom Eddie.

Den Angerbauer junior, den hatte der Eddie gefressen, du liebe Güte. Das lag nicht nur an seiner anbiedernden Art, die in vollkommenem Gegensatz stand zu Eddies raubeiniger Art, Geschäfte zu machen. Es lag auch nicht an den neuen Porsche-Cabrios, die der Angerbauer ständig spazieren fuhr, gerne auch bei Kundenterminen. (Ich nehme das zurück, es lag sicher sehr wohl auch an den Porsche-Cabrios.) Aber der Hauptgrund für den Zorn vom

Eddie und nebenbei auch den Argwohn der Rottenegger waren die windigen Bedingungen, unter denen der jüngere Angerbauer seine Großbauaufträge an Land zog, nämlich – wenn man jetzt mal ehrlich ist – ähnlich wie der Eddie mit Hilfe von Familienseilschaften.

Während es beim Eddie in den meisten Fällen Sylvies Vater war, war es beim Angerbauer junior analog der Herr Papa Angerbauer senior, der als Bürgermeister von Rottenegg hin und wieder diverse Bauausschreibungen zu vergeben hatte, die zufällig jedes zweite Mal an seinen Sohn fielen. Das war natürlich nicht nur den politischen Gegenspielern vom Angerbauer senior sauer aufgestoßen. Die Skandalträchtigkeit der jüngsten und bisher bedeutsamsten Auftragsvergabe schlug Wellen bis nach München, und prompt gab es über diesen inzestuösen Korruptionsfall einen Beitrag bei *Quer*, einem kritisch-satirischen Magazin des Bayerischen Fernsehens. Ein Bericht über die Machenschaften der Angerbauers so kurz vor der Kommunalwahl, das roch für viele verdächtig nach dem Daffner Paul. Zu dem komm ich gleich.

Bei dem Großauftrag für den Angerbauer junior handelte es sich um das überdimensionale Bauvorhaben eines großen Open-Air-Event-Bads mit dem herzhaften Namen «Badaria». Eines saugroßen Freibades, auf gut Deutsch gesagt. Angerbauer hatte den millionenschweren Zuschlag von der Gemeinde bekommen, obwohl sein Vater im Angesicht der drohenden Schlagzeilen von Anfang an die Ausschreibung seinem Vizebürgermeister übergeben hatte und in das exekutive Gremium die üblichen Parteifreunde nicht aufgenommen hatte. Half alles nichts – dass der Vorschlag vom Angerbauer junior als der beste gekürt wurde, sollte der Sargnagel in Angerbauer seniors Politkarriere werden. Zumindest, wenn es nach Paul Daffner, seiner alten und schlimmsten Nemesis, ging.

Daffner war im kommunalpolitischen Gegensatz zu Angerbauer nicht bei den Freien Wählern, sondern bei der örtlichen CSU, die in Rottenegg keinen leichten Stand hatte. Jetzt denkt der Bayern-unerprobte Leser, selbst die kleinste Kommune unseres Freistaates sei fest in schwarzer Hand, doch die Wahrheit sieht anders aus. Gerade in den kleinen Städten und Dörfern fernab des Postkartenbayerns, also solchen Gemeinden, in denen agrarwirtschaftliche Dispute noch vom Bürgermeister und nicht vom Europaminister behandelt werden, können die Freien Wähler einen starken Stand verzeichnen. Dabei sind sie mitnichten liberaler, weniger konservativ oder gar fortschrittlicher als die CSU, im Gegenteil, sie sind in ihren Anliegen einfach nur kleinteiliger, mehr auf den Einzelnen ausgerichtet und insgesamt vermutlich sogar noch reaktionärer als die CSU. Aufgrund ihres fehlenden bundesweiten Überbaus reagieren sie flexibler auf die Bedürfnisse der Gemeinden und wirken auch nicht so arg verlobbt und korrupt wie der geistige Ziehvater CSU.

Paul Daffner war im Vorstand der Jungen Union Bayern gewesen, bis er sich im frühen Alter von 30 in die Stadtratsfraktion der CSU Ingolstadt hatte wählen lassen. Das war vor fünf Jahren gewesen, und von Ingolstadt aus hatte er massive Front gegen die Politik und die Vetternwirtschaft der Angerbauers betrieben, nicht zuletzt in seiner hauptberuflichen Tätigkeit als Chefredakteur des *Ingolstädter Anzeigers*, eines miesen Werbeblattes ohne echte Redaktion, wie der Name schon vermuten lässt.

Jetzt muss man wissen, dass der Daffner Paul und der Angerbauer Stefan zusammen zur Schule gegangen sind, und zwar ein paar Stufen unter mir auf das Christoph-Scheiner-Gymnasium in Ingolstadt. Der Paul war immer der Lateiner gewesen, der eloquente, intrigierende, senatorartige Dauerschülersprecher, während der Stefan eher ein treuherziger Verlierertyp war, aber immer mit den teuersten Markenklamotten von «Chiemsee Windsurfing» daherkam und später mit 18 grundsätzlich im Dienst-Mercedes seines Vaters auf den Schülerparkplatz vorfuhr und in der Kollegstufe dann eben auch das erste Mal mit dem ersten eigenen Porsche. Seine Mitschüler nannten ihn halb neidisch, halb verächtlich den «Betrügermeister von Rottenegg», weil er eigentlich nichts darstellte, aber immer in vorderster Reihe dabei war, sei es im verbissenen Kampf um das Chefamt der Schülermitverwaltung gegen Daffner oder um das Jahresamt als Chef der Schäffler, einer traditionellen Trachtentanzgruppe aus Ingolstadt, die es auch in ganz Bayern gab. Eine Art kommunaler Freimaurer mit eigener Kleidungsordnung und eigenen Bällen, auf denen selbstverständlich nur Mitglieder zugelassen waren.

Langer Rede kurzer Sinn: Angerbauer und Daffner, der neureiche Emporkömmling und der hinterfotzige Dorfdemagoge, hassten sich leidenschaftlich seit der gemeinsamen Gymnasialzeit. Der Daffner neidete dem Angerbauer den unverdienten Wohlstand, und der Angerbauer hasste die Klugscheißerei und das zur Schau gestellte Bildungsbürgertum vom Daffner. Als der Daffner in die Politik ging, kam erschwerend die Rivalität zwischen CSU und Freien Wählern hinzu, und Daffner hatte es sich anscheinend zur Lebensaufgabe gemacht, das Ansehen der Angerbauers um jeden Preis in den Dreck zu ziehen. Das ging bis zu einem gehässigen Editorial im *Ingolstädter Anzeiger*, auf das der Angerbauer senior mit einem wütenden Leserbrief im *Donaukurier* reagierte. Im Herbst stand nun in Rottenegg die nächste Bürgermeisterwahl an. Paul Daffner hatte sich selbst als Kandidat gegen den Angerbauer senior aufstellen lassen, und nicht wenige räumten ihm gute Chancen ein. Nicht zuletzt wegen des selbst im Bayerischen Fernsehen thematisierten Skandals um das Riesenfreibad.

Dass ausgerechnet an diesem Abend der Angerbauer junior und der Daffner Paul auf dem Rottenegger Volksfest aufeinandertrafen, war indirekt auch meine Schuld. Sowohl die Freien Wähler als auch ein paar Hansel von der CSU saßen bei uns im Gemeinderat, und sie alle hatten nach dem großen Erfolg meiner TV-Show beschlossen, auf dem Rottenegger Volksfest einen eigenen VIP-Tisch zu reservieren, zu dem auch Johanna und meine Eltern eingeladen waren. Zusammen mit den dreien humpelte ich also so gegen achtzehn Uhr ins Bierzelt. Neben uns nahmen Platz: der Bürgermeister Angerbauer senior mit Ehefrau, sein Junior und dessen Verlobte, der Pfarrer Fleischer, der Herr Gemeinderat Max Gruber, der

Panzerkarl und eben der Paul Daffner. Dazu kamen eine Stunde später noch der Eddie und die Sylvie. Mehrere Biertische wurden zusammengerückt, und so fand auch der erst um acht Uhr eintreffende Onkel Norbert Platz. Der ließ sich das Rottenegger Volksfest in keinem Jahr entgehen, weil, so viel derben Lokalkolorit und Echtzeitsatire fand man nur hier, sagte er. Außerdem mochte er das einheimische Bier, und wenn er besoffen war, fand er meistens irgendeine verheiratete Rotteneggerin, die er von früher kannte, mit der er hinterm Bierzelt rumschmusen konnte oder Schlimmeres.

In seiner Jugend war der Norbert nämlich der örtliche Vertreter des Autoscooter-Besitzers gewesen. Das war einem Deal geschuldet, den der Norbert mit dem damals noch jüngeren Horst Zettler, dem Autoscooter-Wanderaussteller aus Paderborn, gemacht hatte. Norbert durfte die Ansagen machen, während der Fahrt den eingezwickten Mädchen helfen und die Autoscooter-Rowdys zurechtweisen. Dafür bekam er ein paar Mark, dazu freie Fahrt sowie Essens- und Getränkemarken. Seine Gegenleistung bestand darin, jedes Jahr die Rottenegger und Manchinger Jugendlichen zum Fahrgeschäft zu locken und dem Zettler so einen beträchtlichen Umsatz zu verschaffen.

Der Onkel Norbert war auch schon damals ein Publikumsmagnet. Mit seinen dicken langen Haaren und seinem Schnauzbart war er der bewunderte Rottenegger Rebell. Die Jungs fanden ihn überwiegend cool, denn neben blöd daherreden konnte der Norbert Unmengen an Alkohol zu sich nehmen, ohne zu kotzen, Weiber aufreißen war seine leichteste Übung, und eines legendären Abends hatte er sich sogar mit einem besoffenen Hells Angel angelegt, den es ins *Flash*, eine mittlerweile seit gut fünfzehn Jahren geschlossene Disco am Rottenegger Marktplatz, verschlagen hatte. Und selbst wenn der Norbert danach am Hinterkopf genäht werden musste, verbuchten er und ganz Rottenegg das als klassischen Heimsieg. Und bei den Mädels stand der Norbert wie schon angedeutet hoch im Kurs, nicht zuletzt, weil er seit seiner Ausbildung in München als Exot galt.

Ob es nun die guten Erinnerungen oder die Aussicht auf neue Abenteuer waren, der Onkel Norbert blieb einer der treuesten Fans des Rottenegger Volksfestes, und die Aussicht, mit uns an einem Tisch mit den Politgrößen des Ortes zu sitzen, erfüllte ihn mit diebischer Vorfreude:

«Werds scho seng. Des geht no wuid her heit Omd.»

Was so viel hieß wie: Es lag noch Streit in der Luft. Nun waren Schlägereien in und ums Bierzelt bei solchen Anlässen ja beileibe keine Seltenheit, und obgleich sie in der Meinung des einfachen Mannes als Kavaliersdelikt gehandelt wurden, verletzten sich Teilhabende oft nicht unerheblich. So mancher Hinter- oder Vorderkopf hatte die Jahre über als Prellbock für einen Maßkrug vom Matthesbräu herhalten müssen. Vor dreißig Jahren hatte es in Rottenegg sogar einen Fall von schwerer Körperverletzung gegeben, als zwei Rocker den damaligen Libero des HSV Rottenegg fast zu Tode geprügelt hatten. «Der is blöd hing'fallen», argumentierten die Rocker damals vor Gericht, und die beiden sind tatsächlich relativ glimpflich davongekommen, weil sie im Rausch als nicht ganz zurechnungsfähig eingestuft worden waren. Zudem war da noch irgendwie von Notwehr die Rede, weil der Vorfall einer Gruppenschlägerei entstammte.

Angefangen hatte der Abend eher gediegen. Man blieb zunächst im Gespräch bei seinen Tischnachbarn, prostete in der allgemeinen Runde umher, bestellte noch eine Maß, und der Norbert und der Eddie holten Grillhendl für unseren Tisch. Meine Eltern gingen schon nach einer Stunde und einer Maß Bier nach Hause, während der Eddie und der Norbert langsam in Fahrt kamen und anfingen, Geschichten von den ruhmreichsten Räuschen ihrer Jugend zu erzählen. Der Rest ließ sich nur allzu gerne von den beiden unterhalten, und Johanna schmiegte sich an mich, während Sylvie mich und Johanna nicht aus den Augen ließ und ich sie eigentlich auch nicht, während ihr Mann die altbekannte Anekdote vom Flaschendrehen im Heustadel vom Gruber Max zum Besten gab. Die, wo die Geiger Sonja ihm ins Gesicht gekotzt hatte, weil sie vor dem Flaschendrehen diesen schwedischen Likör mit 45 % getrunken hatte. Leute am Tisch gingen aufs und kamen vom Klo, und so mischte sich die Sitzordnung, bis ich mich irgendwann neben dem Paul Daffner wiederfand. Und der legte gleich los:

«So, Gregor, jetzt würd mich aber schon mal Folgendes interessieren. Was wählt denn jetzt so einer wie du? De Greana wahrscheinlich, stimmt's oder hab ich recht?»

«Ah geh, Paul, ich hab jetzt keine Lust aufs Politisieren», erwiderte ich schon reichlich angeheitert.

«Jetzt komm, wir sind doch unter uns», insistierte Daffner.

«Damit du eine Ruh gibst: Ja, ich wähl die Grünen. In Berlin.»

«Und jetzt dann bei uns in der Kommunalwahl? Ha?»

«Da darf ich nicht wählen, weil mein Erstwohnsitz in Berlin ist.»

«Gut, dann musst du ihn halt ändern. Aber was wählst du denn dann? Die Grünen haben hier ja gar keinen Ortsverein. Und die ÖDP bekommt eh nur eine Stimme, und zwar von der Kammermeier Gudrun, wegen ihrem Umweltschutzpapier, was sie auf eBay verkauft.»

Daffner, ebenfalls sichtlich angeheitert, wurde jetzt forscher. «Jetzt sag halt: Freie Wähler oder CSU, was würdest du wählen? Was anderes gibt's nicht.»

Jetzt wurde auch der Angerbauer junior auf der anderen Seite des Biertisches hellhörig und mischte sich ins Gespräch ein: «Du, Gregor, das würd mich aber auch interessieren.»

Ich versuchte, mich rauszureden: «Mir ist das total wurscht, wer hier Bürgermeister ist. Von mir aus hauts ihr euch die Köpfe zusammen.»

«Geh, Gregor», sagte der junge Angerbauer, «so was darf einem doch nicht wurscht sein. Du kennst doch meinen Papa, der hat doch all die Jahre eine Toparbeit geleistet, und jetzt gehen die CSUler wie wilde Hunde auf ihn los wegen dem *Badaria*, was völlig regulär vergeben wurde. Rottenegg geht's besser als je zuvor. Deine Eltern haben ihn immer gewählt. Du könntest uns helfen, wenn du dich für uns aussprichst. Du willst doch nicht ernsthaft, dass die CSU an die Macht kommt und hier wieder alles auf Feudalherrschaft zurückdreht.»

«Ich glaub, du hast einen Vogel», geiferte der Daffner in Richtung Angerbauer.

«Wegen euch korrupten Typen hat die Gemeinde doch Hunderttausende von Euro in den Sand gesetzt mit dem windigen Freibadprojekt.»

«Nenn du meinen Vater noch einmal korrupt, dann schallert's aber!», giftete der junge Angerbauer zurück. Sein Vater legte ihm die Hand auf die Schulter.

«Etz sei staad, Stefan, lass dich nicht provozieren.»

Aber der Daffner kam gerade erst in Fahrt.

«Wer hier wen provoziert, möcht ich mal wissen, liebe Familie Angerbauer. Ihr habt doch mit eurer Vetternwirtschaft nicht nur zukünftige Investoren vergrault, sondern auch Geld verpulvert, das wir so dringend für die Umgehungsstraße gebraucht hätten. Stattdessen haben wir jetzt einen Kreisverkehr.»

«So ein Schmarrn», stieß Angerbauer junior hervor, «für die paar Meter Umweg über Rottenegg eine Umgehungsstraße zu bauen, das ist doch die reinste Geldverschwendung. Und in puncto Vetternwirtschaft musst du mir überhaupt nichts erzählen, du schmieriger Parteischleimer. Du und deine feinen Kollegen aus München halten doch bei jedem die Hand auf, der nicht bei drei auf'm Baum ist.»

«Jetzt reicht's aber, du neureiches Vatersöhnchen. Talentloser Emporkömmling.» Daffner war jetzt aufgestanden. Angerbauer junior auch.

«Pass bloß auf, du Zipfe, sonst hau i di naus aus de Schuah!», drohte Stefan Angerbauer dem Paul Daffner.

«Das sieht dir ähnlich, du niveauloser Neandertaler. Aber komm ruhig her und fang dir deine Pflichtwatschn ein!», forderte ihn Daffner heraus.

Die beiden stiegen jetzt auf den Biertisch und standen sich wie zwei Wrestler wutschnaubend Nase an Nase gegenüber. Angerbauer senior versuchte auf die beiden beschwichtigend einzureden, aber die umliegenden Biertische und der restliche Bierzeltpöbel hatten bereits Wind von dem Spektakel bekommen, und alle begannen, die beiden Kontrahenten grölend anzufeuern.

«Angerbauer, Dorfversauer», skandierten die einen, die anderen sangen «Daffner Paule, Sau, du faule», was nicht ganz so geistreich, aber in meinen Augen noch amüsanter war. Ich hielt das Ganze für eine spaßige Angelegenheit, während der Rest meiner Tischgesellschaft eher bedröppelt dreinsah. Bis auf den Onkel Norbert natürlich, der sich vor Lachen nicht mehr halten konnte und mit Tränen in den Augen vor lauter Begeisterung auf den Tisch haute. Während Daffner und Angerbauer junior schon wieder vom Tisch herunterstiegen, lachte der Norbert immer noch, und aus Versehen stieß er dabei seinen Bierkrug vom Tisch herunter, und er fiel jemand auf den Turnschuh. Es handelte sich um einen jungen Mann, Typ Brandenburg-Raver mit rasierten Schläfen, Camouflage-Hose und engem T-Shirt. Ein kleiner Mensch mit einer Menge Muskeln. Und einer eindeutigen Meinung zu der Tatsache, dass seine neuen K-Swiss-Laufschuhe jetzt voller Bier waren.

«Heh, meine Schuah! Du Arschloch! Ich glaub, dass du a bisserl spinnst!» Dann schubste er Norbert gegen mich, der hörte spätestens da auf zu lachen, sprang schreiend auf und packte den Ausrasierten am T-Shirt.

«Glang mi bloss net o, du Grischperl! Ja? Ham wir uns da richtig verstanden?» Doch der Ausrasierte ließ sich nicht beeindrucken und schlug dem Onkel Norbert in die Magengrube, und trotz beträchtlichem Bierbauch ging der in die Knie, was der Ausrasierte nutzte, um dem Norbert nochmals mit dem Fuß in den Magen zu treten. Mit Schrecken sah ich dabei zu und wusste nicht, was ich machen sollte. Von ein paar kleineren Rangeleien in der Schule und den Scharmützeln auf dem *Oasis*-Parkplatz abgesehen, hatte ich mich zeit meines Lebens körperlicher Gewalt enthalten und wollte auch dabei bleiben. Allerdings konnte ich auch nicht einfach so dabeisitzen und zuschauen, wie der Norbert gestiefelt wurde.

«Jetzt hörts auf, sonst hol ich die Polizei!», rief ich. Zu dem Ausrasierten war ein Kumpel mit Glatze und Ohrringen hinzugekommen:

«Schau hin, der Wichser vom Fernsehen. Dem kannst auch gleich noch eine draufzünden. So, Ganse, auf geht's!»

Der Ausrasierte, den sie offensichtlich Ganse nannten, schlug mit der flachen Hand in meine Richtung, brüllte aber plötzlich wie am Spieß. Bevor er einen veritablen Treffer in meinem Gesicht landen konnte, sackte er zusammen. So wie es sich mir darstellte, hatte ihn der Onkel Norbert gerade durch die Camouflage-Hose in die Eier gebissen, und während sich Ganse am Boden krümmte, gab ihm der wieder aufgestandene Norbert eine krachende Schelle. Mitten ins Gesicht, sodass es richtig klatschte und man die Umrisse aller fünf Finger sah. Anscheinend waren Ganse und sein Freund nicht die Beliebtesten hier im Zelt, denn es gab vereinzelten Applaus und «Die hams scho lang braucht!»-Zurufe von den anderen Biertischen.

Jetzt stand der Onkel Norbert triumphierend über dem blamierten Ganse, griff nach dem nächstgelegenen gläsernen Bierkrug und nahm einen Schluck. Wir saßen nicht weit vom Zelteingang weg, deshalb erinnere ich mich noch, dass gerade ein paar Ordner von der Freiwilligen Feuerwehr Rottenegg hereingelaufen kamen, um den Streit zu schlichten. Der Norbert fühlte sich wie der Gewinner und sagte zu dem Glatzenfreund vom Ganse:

«Du fangst dir auch gleich eine ein, wennst so blöd schaust.»

Der Kumpel von Ganse, der den Onkel Norbert bisher nur staunend angesehen hatte, nahm jetzt seinen eigenen halbvollen Maßkrug und schlug ihn dem Norbert gegen den Kopf, mit so großer Wucht, dass das Glas zersplitterte. Der Norbert ging sofort zu Boden und blutete wie aufgeschlitzt. Von hinten rangen die zwei Ordner den Kumpel vom Ganse zu Boden. Ich war ebenfalls von der Bank aufgesprungen und beugte mich zum Norbert hinunter. Ich dachte gleich, dass es ihn böse erwischt haben musste, nach wenigen Sekunden blutete er bereits dermaßen stark aus dem Kopf, dass sein Gesicht und sein weißes Hemd fast vollständig rot vollgelaufen waren. Ich versuchte festzustellen, ob er unter all dem Blut noch atmete, aber das war nicht so einfach bei dem Tumult. Eine Menschenmenge hatte sich um uns herum zusammengeballt. Ein Sanitäter drängte mich zur Seite und kümmerte sich um Onkel Norbert. Meine Hände tropften von seinem Blut.

Eddie packte mich an der Schulter. «Du kannst jetzt eh nix machen. Lass ihn ins Krankenhaus bringen. Wir fahren dann gleich hinterher.»

Wir verließen hinter den Sanitätern das Zelt. Ich erinnere mich noch an die fassungslosen Gesichter vom Angerbauer und dem Daffner, die sich grade noch selbst beinahe aufs Maul gehauen hätten. Wir fuhren in Eddies Auto dem Krankenwagen hinterher bis zum Klinikum in Ingolstadt, wo sie den Norbert direkt in den OP brachten. Wir gingen durch den Vordereingang hinein, eine Schwester kam uns entgegen und führte uns zur Notaufnahme.

Eine Viertelstunde später tauchte ein Arzt, den der Eddie anscheinend kannte, im Warteraum auf und sagte, der Norbert hätte eine schwere Schädelfraktur und man könne eine Gehirnblutung leider nicht ausschließen. Auch die Schläfenarterie sei durchtrennt worden.

Kurz darauf trafen meine Eltern ein, als Norberts Schwester sprach meine Mutter ab jetzt mit den Ärzten. Johanna und Sylvie weinten leise vor sich hin. Der Eddie stand draußen und rauchte eine nach der anderen. Ich saß apathisch zwischen der Sylvie und meinen Eltern. Die Sylvie nahm mich in den Arm. Nach drei Stunden sagte uns der Arzt, dass der Norbert vor fünf Minuten gestorben war. Die Hirnblutung war zu stark gewesen.

Ich schaltete mich ab.

14
ISOLATION

Die folgenden Tage verbrachte ich wie betäubt in meinem Bett im Jugendzimmer. Ich sagte erneut eine Aufzeichnung von *Herzlichst* ab. Ich wollte mit keinem reden, ich schaute ausschließlich fern oder las in der Biographie von Bob Dylan. Selbst meine Eltern konnte ich nicht sehen, ich holte mir unten oft erst was zu essen, wenn sie schon im Bett waren. Nur einmal bin ich kurz aus dem Haus, um bei der Polizei meine Zeugenaussage zu den Vorgängen auf dem Volksfest zu machen.

Die Beerdigung vom Onkel Norbert fand eine Woche später auf dem Münchner Nordfriedhof statt. Das stand so in seinem Testament, und er hatte es uns auch in der Vergangenheit mehrmals wissenlassen. Bloß nicht in Rottenegg, war sein Wunsch. Bloß nicht da, wo ich aus der Erde gekrochen bin. Ein bisschen eine Distanz muss man in seinem Leben schon zurückgelegt haben, selbst wenn's nur nach München ist, hatte er gesagt.

Die Beisetzung fand im ganz kleinen Kreise statt. Seine Exfrau Anneliese war mit ihrem Mann aus Usedom angereist, ansonsten nur meine Eltern und seine andere Schwester, die Tante Ute aus Passau.

Verbrannt hatte er werden wollen, und ein schlichtes Grab ohne Stein hatte er sich gewünscht. Auf den Nordfriedhof hatte er gewollt, weil das eben der Friedhof der Schwabinger war. Und als solchem stand es ihm seiner Meinung nach zu, in der Nachbarschaft von Kurt Weinzierl, Annemarie Wendel oder dem legendären Beppo Brem zu liegen. Erst vor kurzem haben sie die Barbara Rudnik direkt in seine Nähe gelegt. Das hätte ihm gefallen, die hat er zeit seines Lebens immer recht attraktiv gefunden.

Nach der Beerdigung fing ich wieder an zu arbeiten. Ich ließ mich allerdings nur noch am Tag der Sendung in der Redaktion blicken und machte den Rest von zu Hause aus. Den DJ-Job ließ ich ganz bleiben, und auch sonst zog ich mich ziemlich zurück. Johanna kam hin und wieder vorbei, und wir schliefen miteinander, aber irgendwie machte mich das noch tauber. Denn taub fühlte sich alles an – an mir und in mir. Taub statt traurig. Wie in Watte gepackt und nicht in der Lage, genau zu bestimmen, was um mich herum vorging. Den Eddie konnte ich grad gar nicht sehen, zu ähnlich war er dem Norbert in seinem Draufgängertum. Dafür dachte ich oft an Sylvie. Wie sie mich auf dem Volksfest angeschaut hatte, bevor sie den Norbert erschlagen haben. «Erschlagen haben.» Das war der Tatbestand, und es klang nach tiefstem Mittelalter, nach einer Zeit, in der man nicht auf der Welt sein mochte.

Zweieinhalb Wochen nach dem Vorfall saß ich mit meinem Vater vor dem Fernseher, und wir sahen uns ein Länderspiel an, Deutschland gegen Argentinien, es war ein Freundschaftsspiel. Mein Papa und ich hatten jeder eine Flasche helles Bier vor uns stehen, obwohl die Mama immer schimpfte, wenn man aus der Flasche trank. «Wie beim Proletariat», hieß es dann. Das Spiel war unaufgeregt, und wir sprachen nicht viel. Wenn, dann so etwas wie: «Ach, der Gomez ist eine Pfeife, wie sie im Buche steht. Völlig überbewertet.»

Und mein Vater sagte darauf: «Ja mei, der ist halt noch jung.»

Es war angenehm, mit meinem Vater das Spiel zu sehen, aber mein am Rottenegger Volksfest verlorenes Urvertrauen brachte es nicht zurück.

«Papa», sagte ich.

«Jetzt schieß halt», rief er.

«Papa», hakte ich nach.

«Herrschaftszeiten, der Ballack. Was is denn, Junior?» Bisher hatte mich nur der Norbert Junior genannt.

«Kann ich dich was fragen?», fragte ich ihn, und schon an seinem Blick konnte ich ablesen, dass ihm bereits die Frage vor der Frage unangenehm war.

«Beschäftigst du dich mit deinem eigenen Tod?»

Mein Vater stellte sein Bier zur Seite und räusperte sich.

«Wie kommst du denn jetzt dadrauf?», fragt er zurück.

«Weiß nicht. Wegen dem Norbert. Ich denk plötzlich an meinen Tod.»

«Ja, da denkt man schon mal dran in unserem Alter.»

«Bist du zufrieden mit deinem Leben bisher? Ich meine, wenn du morgen stirbst, hast du dann das erreicht, was du wolltest? Die Karriere gemacht, die Ehe geführt, die du wolltest? Hat das dann alles so gepasst?»

«Gregor, ich versteh nicht so ganz, worauf du hinauswillst. Natürlich ist man zufrieden. Es geht einem doch gut.»

«Weißt du, Papa, ich hab irgendwie nie das Gefühl, dass es reicht, obwohl ich ja wirklich schon viel geschafft hab. Ich bin dein Sohn und frage mich, warum du nie so rastlos bist. Oder bist du so rastlos wie ich und gibst es nicht zu?» Ich versuchte ihm direkt in die Augen zu schauen, aber er starrte weiter in den Fernseher.

«Mir ist das alles ein bisschen zu viel Theorie. Man macht halt das, was man macht, und man macht es so gut wie möglich. Der Rest passt dann schon.»

«Aha, und woher kommt dann diese Rastlosigkeit bei mir?»

«Das ist nur das Alter. Jetzt lass uns noch ein bisschen das Spiel anschauen.»

Ich verbrachte weitere Tage fast ausschließlich im Haus meiner Eltern und beobachtete beide ganz genau. Ich versuchte herauszufinden, ob sie wirklich zufrieden waren. Unglücklich wirkten sie nicht. Unzufrieden auch nicht. Sie machten halt so ihr Ding, genau wie mein Vater das beschrieben hatte. Es kam mir so vor, als wären sie ein friedliebendes Naturvolk, das die industrielle Revolution auslöschen würde, ließe man sie in ihren Alltag eindringen.

Ich war in Versuchung, Zweifel in ihre Existenz zu streuen, sie zu fragen, was sie noch für Ziele im Leben hatten, was sie bereuten oder gerne einmal erreicht hätten, es war fast ein Anfall von Missgunst, der mich so denken ließ. Letztlich brachte ich es nicht übers Herz, sie zu verwirren. Das Gespräch mit meinem Vater hatte gezeigt, dass es, wenn man ihre Kreisläufe unterbrach, zu philosophischen Kurzschlüssen kommen konnte.

Am meisten entsetzte mich, wie sie mit dem Tod vom Onkel Norbert umgingen. Es handelte sich ja dabei zweifellos um eine unfassbare Tragödie, aber während ich das Gefühl hatte, mich zersetzte dieser Vorfall langsam von innen heraus, war meinen Eltern einfach nichts anzumerken. Lediglich meine Mutter sah so aus, als würde sie gelegentlich schlecht schlafen. Aber selbst das konnte ich nur mutmaßen, denn wenn ich sie fragte, ob es ihr gutginge, antwortete sie lediglich mit einem «Passt schon. Und dir?». Wie konnte ein derart nihilistischer Bruch die Routine und den Rhythmus dieser Leute intakt lassen? Ich wusste, meine Eltern waren stoisch, und ich dachte auch, ich hätte das geerbt, aber angesichts einer solchen Unfassbarkeit konnte man doch nicht so weitermachen, als sei nichts geschehen. Oder war dies das Rezept ihrer Seelenruhe? Einmal einen Rhythmus im Leben finden und ihn dann nie wieder aufgeben, egal was passiert?

Ich versuchte Johanna das Dilemma zu erklären, aber sie war abends immer zu müde, um mir folgen zu können. Nach ihrem Liebescomeback vor ein paar Wochen nach dem Foul vom Danzinger schien sie mir nach dem Tod vom Onkel Norbert wieder zu entgleiten.

Es war jetzt Ende August, und es regnete in Oberbayern, als sei der Sommer schon zu Ende. Nach all den glücklichen Monaten fing ich an, mich hier grundlegend deplatziert zu fühlen. Der Onkel Norbert hat gesagt:

«Hör mir auf mit Rottenegg. Die Heimat ist genau drei Tage lang schön, danach schnürt's mir den Hals zu.»

Und ich Idiot war immerhin schon fast ein Dreivierteljahr am Stück hier. Tatsächlich hatte ich einen Radius von dreißig Kilometern in dieser Zeit nicht überschritten. Die einzige größere Stadt, die ich seit Berlin gesehen hatte, war Ingolstadt. Noch nicht einmal in München war ich gewesen, obwohl ich da ein paar alte Freunde besaß. In der Zeit nach Norberts Tod dachte ich wieder viel an Wilma. Ohne Eifersucht, ohne den bohrenden Schmerz, einfach nur so. Sie hatte den Onkel Norbert auch gekannt und wäre sicher bestürzt über seinen Tod gewesen. Ich war ein paar Mal kurz davor, sie anzurufen, aber am Ende ließ ich es sein, ohne genau sagen zu können, warum. In mir wuchs die Gewissheit, dass ich hier nicht zu Hause, dass ich nur im Exil war. Und ich fragte mich, ob es nicht Zeit wäre, wenigstens mal für ein Wochenende nach Berlin zu fahren, nur mal so, um nach dem Rechten zu schauen, ohne gleich wieder alles radikal hinter mir zu lassen.

15
FRAUENGESCHICHTEN

Ich fragte Johanna, ob sie mich für ein paar Tage nach Berlin begleiten wollte. Erstaunlicherweise war sie von der Idee begeistert. Danach fragte ich Eddie und Sylvie, ob sie nicht mit mir und Johanna ein paar Tage in Berlin verbringen wollten, wir könnten ja alle in meiner Wohnung schlafen, mein Untermieter würde sie sicher für ein paar Tage räumen. Alle Beteiligten hielten das für eine ausgezeichnete Idee, alle wollten raus aus dem verregneten Rottenegger August, der immer noch deutlich von den Vorfällen des Volksfestes gezeichnet war.

Obwohl der Alltag in Rottenegg schon wieder wenige Tage nach dem Volksfest seinen gewohnten Lauf ging, begegneten die Leute mir seitdem nicht mehr mit der gewohnten begeisterten Freundlichkeit, sondern vielmehr mit einer fragilen Vorsicht, die ich als unangenehm empfand. Vielleicht lag es auch an den aktuellen Ausgaben von *Herzlichst*, die ich sichtlich wortkarg bestritt, soweit man sich bei einer Talkshow so etwas wie Wortkargheit erlauben konnte.

Wir freuten uns alle auf das Wochenende in Berlin, und es passte ganz gut, dass Sylvie am 30. August auch Geburtstag hatte, den würden wir dann in Berlin feiern. Wir verabredeten uns ein paar Tage vor der Reise bei den Brandls zum Abendessen, um unsere Aktivitäten in Berlin zu besprechen. Ich hielt das für ein bisschen übertrieben, denn in Berlin kann man eigentlich ganz entspannt auf die Attraktionen warten, die sich einem wie von selbst boten, aber Johanna und Sylvie waren mit großer Begeisterung in Detailplanungen verstrickt, und Johannas gute Laune, die in letzter Zeit selten war, wollte ich nun wirklich nicht antasten.

Ich stieß mit Eddie mit einem teuren sizilianischen Rotwein an und beobachtete, wie die beiden Frauen die Köpfe zusammensteckten. Diese junge und so unfassbar reinlich hübsche Johanna, der dauernd ihre langen blonden, dünnen Haare ins Gesicht fielen, und die fast vierzigjährige Sylvie, eine ruhige und anmutige Frau mit dunkelbraunen, halblangen Haaren. Sie übertraf in ihrer warmherzigen Ausstrahlung eigentlich alle Frauen an Charisma, die ich je kennengelernt hatte. Dachte ich zumindest an jenem Abend nach dem dritten Glas Nero d'Avola.

Aber es waren nicht nur Sylvie und Johanna, deren Anblick mir an dem Abend ein wenig Seelenlinderung verschaffte. Es waren die Gemeinschaft aus uns vieren und unser gemeinsamer Plan, nach Berlin zu fahren. Der Versuch, diese beiden beschädigten Welten zueinanderzubringen, mit den hier geschlossenen Freundschaften als Rückgrat. In meiner Harmoniesucht wünschte ich mir auch, dass Eddie der Sylvie nicht mehr fremdging. Ich hatte länger nichts Derartiges mitbekommen, doch hätte ich schlau genug sein sollen, um zu wissen, dass Eddie nicht auf seine Schleichfahrten verzichtete. Aber an dem Abend gaukelte ich es mir vor.

Es war ein warmer Abend, der August hatte endlich seine Bestimmung als Sommermonat wiederentdeckt, und ich ließ nach dem Essen und dem Wein das Auto bei den Brandls stehen und ging mit Johanna die zwei Kilometer zu Fuß ins Zentrum zurück. Zentrum klingt komisch, wenn ich es jetzt so aufschreibe.

Rottenegg hat eigentlich kein echtes Zentrum. Es hat einen Marktplatz oder wenigstens eine Dorfmitte. Johanna war immer noch ausgelassen und wohl auch ziemlich angeschwipst. Es war still auf der Straße ins Ortsinnere, nur ein näher kommendes Motorrad war irgendwann zu hören. Es wurde lauter und langsamer, und schließlich passierte uns im Schritttempo ein lederbepackter Typ auf einer schweren Maschine, so einem japanischen Reisbrenner-Rennhobel von Suzuki. Er hielt an und stellte das Motorrad an den Straßenrand. Theatralisch langsam nahm er den Helm ab. Es war der Hinrainer Lukas.

«Aha, da bist du. Den ganzen Omd konn i di scho net erreicha.» Das galt offensichtlich Johanna, und ich sah sie fragend an. Sie antwortete jedoch nicht meinem Blick, sondern auf Hinrainers aus meiner Sicht befremdlichen Vorwurf.

«Mei schau, Lukas, so schnell geht des halt nicht. Wir fahren jetzt übers Wochenende nach Berlin, lass uns da nächste Woche drüber reden.»

Berlin war anscheinend ein Reizwort für den guten alten Lukas. Ein Reizwort, das er mit mir in Verbindung brachte, denn nun galt sein kalter Blick mir.

«Aha, nach Berlin. Mit dem Arschloch da. Woast wos, Mausi, dem feinen Herrn vom Fernsehen werd ich jetzt mal zeigen, dass ich net bloß zuaschau, wie er dich zu de Preißn auf ein Bumswochenende mitnimmt.» Ich versuchte noch zu verstehen, was zwischen den beiden vorging, obwohl ich nichts Gutes ahnte. Mein Bedarf an roher Gewalt war fürs Erste gedeckt, und so blieb ich ruhig. Verhältnismäßig ruhig blieb auch Lukas Hinrainer, als er mir seine geschlossene Faust auf die linke Gesichtshälfte drosch. Ich roch noch seine Schnapsfahne – ganz sicher war das Jack Daniel's –, dann fiel ich nach hinten um in eine Hecke am Straßenrand.

«Lukas, spinnst du, hör auf, der Gregor hat dir nix getan», rief Johanna, für meine Begriffe nicht leidenschaftlich genug.

«Er hat dich mir weggenommen, des is ja wohl das Schlimmste, was er hätt tun können», schrie der Hinrainer Lukas zurück, und das klang tatsächlich ein wenig romantisch, soweit ich das aus der Hecke heraus beurteilen konnte. Ich rappelte mich auf, und ohne dass ich wirklich besonders sauer gewesen wäre oder Lust auf eine Prügelei hatte, trat ich dem Hinrainer zwischen die Beine. Er musste Eier aus Stahl haben, denn er sackte noch nicht einmal zusammen. Stattdessen vollzog er eine Art Karatetritt, diese jungen Menschen vom Lande waren ja heutzutage alle in Kampfsportvereinen tätig, und traf mich mit seinem Motorradstiefel auf der Nase. Ich lag jetzt mitten auf der Straße und hörte Johanna noch «Hör auf!» schreien, als mir das Blut schon warm über das Gesicht lief.

«Es tut mir leid, Hanni», hatte der Typ noch die

Dreistigkeit, sich bei Johanna statt bei mir zu entschuldigen.

«Ich hau jetzt ab, ruaf mi o, i muaß mit dir redn.» Der Hinrainer Lukas stieg auf sein Motorrad und fuhr davon in die schwarze Rottenegger Nacht. Johanna half mir hoch und gab mir Taschentücher, um die Blutung aus meiner Nase zu stoppen. Ich war mir sicher, dass der Hinrainer Lukas mir die Nase gebrochen hatte. Der Schmerz war höllisch.

«Das tut mir so leid, Gregor. Das tut mir so leid. Das wollte ich nicht.» Sie klang fast flehend.

«Kannst du doch nix dafür.»

«Na ja, doch irgendwie. Aber das erklär ich dir morgen. Jetzt bring ich dich heim.»

Zu Hause angekommen, legte ich mich voll bekleidet ins Bett und nahm vier Paracetamol auf einmal, denn der Schmerz hatte sich im gesamten Kopf ausgebreitet und machte mich wahnsinnig. Meine Mutter war wach geworden und kam im Nachthemd ins Zimmer, als Johanna mir grade noch ein großes Pflaster unter die Nase klebte, an dem sie Klopapier befestigt hatte, um das Blut abzufangen.

«Jessas, was ist denn mit dir passiert?»

«Machen Sie sich keine Sorgen, Frau Herzl, des ist gar nicht so schlimm, wie es aussieht», meinte Johanna reichlich lapidar.

«Ich glaub, die Nase ist gebrochen», widersprach ich.

«Um Gottes willen, wie ist denn das passiert?», wollte meine Mutter wissen.

«Der ist mit dem Lukas aneinandergeraten», erzählte Johanna nur die halbe Wahrheit. «Meinem Exfreund.»

«Gibt's denn so was! Herrschaft, Gregor, bist du denn nicht gescheiter?», tadelte mich die Mama.

«Ich hab nix gmacht, das war der Psychopath.» Ein böser Blick meiner Mama ging an Johanna, die sich ihre Jacke anzog.

«Ich schau morgen nach dir, Gregor. Gute Besserung, schlaf gut.» Und schon war sie weg.

«Ich kann da nichts dafür, Mama. Der Ex von der Johanna ist ein brutaler Irrer.» Meine Mutter überlegte kurz, bevor sie antwortete.

«Ehrlich gesagt hab ich von dem auch schon schlimme Dinge gehört. Die Mutter von der Johanna war auch so froh, dass du mit ihr zusammengekommen bist. Die dachte schon, sie kommt nie von dem weg. Ich glaub ja sogar, dass der sie auch schon mal geschlagen hat. Aber das bleibt unter uns.»

«Naa, ich glaube, geschlagen hat der sie nicht. Das würde sich die Johanna nicht gefallen lassen», sagte ich und war mir aber selbst nicht so ganz sicher. In Sachen außerhäuslicher Gewalt trat der Hinrainer Lukas zumindest recht entschlossen auf. Und gerade auf dem Land ging es hinter den familiären Kulissen meist wüster zu, als man sich das als Stadtmensch vorstellen konnte. Was mir allerdings am meisten missfiel, war die mangelnde Empörung Johannas über die Ausfälle ihres Exfreundes. Normalerweise konnte man doch meinen, er hätte sich mit so einer Tat endgültig ins Aus katapultiert, aber so war Johannas Reaktion nicht ausgefallen.

Nachdem meine Mutter mir noch einen Tee gekocht hatte, ließ sie mich allein. Es dauerte noch eine Weile, bis ich einschlafen konnte. Zu lange musste ich aufrecht sitzen, bis die Blutungen stoppten. Zu sehr schmerzte die Nase, zu sehr trieben mich die Gedanken umher.

Am nächsten Morgen fuhr mich die Mama nach Ingolstadt ins Klinikum. Dort stellte man tatsächlich fest, dass die Nase was abbekommen hatte, zum Glück aber nicht besonders schlimm, nur angebrochen war sie, und so wurde lediglich ein Stützverband angebracht, was allerdings ziemlich blöd aussah. Ich sagte die Aufzeichnung von *Herzlichst* bei Sarah Hochhuth ab, legte mich ins Bett und schaute fern. Eine Stunde später rief mich der Kilian Kögelmeier höchstpersönlich an und fragte mich mit belegter Stimme, ob ich denn noch mit ganzem Herzen bei der Sache wäre.

«Kilian, ich weiß ja nicht, ob's die Sarah dir erzählt hat, aber mir hat jemand die Nase gebrochen. Ich kann so wirklich nicht vor die Kamera. Verstehst?»

«Du, Gregor, ganz ruhig, ich weiß ja, dass da eine Menge los war in letzter Zeit bei dir, aber du musst ja auch nach vorne schauen. Wir laufen grad so stark mit der Sendung, da würd ich jetzt nicht lockerlassen.»

«Du, sei mir nicht bös, Kilian, aber das ist mir jetzt grade im Moment egal. Mir hat jemand die Nase gebrochen, ich sag's dir gerne noch ein drittes Mal und schick dir auch ein Attest.»

Der Kögelmeier ging nicht auf meine Bissigkeiten ein, er probierte es stattdessen noch einmal im Guten:

«Du, da bin ich ganz bei dir, Gregor, mit der Nase. Wenn's nicht geht, geht's halt nicht. Aber wir sollten unbedingt über eine zweite Staffel reden. Sehr bald.»

«Du, da können wir gerne drüber reden, aber jetzt die Woche ist es schlecht, Kilian, nix für ungut. Ich meld mich, wenn ich wieder fit bin. Danke für deinen Anruf.»

Ob er sich damit zufriedengab, wusste ich nicht. Laut Vertrag musste ich ohnehin nur noch drei Sendungen moderieren, dann war die erste Staffel um, und man wäre in Verhandlungen über eine zweite getreten. Aber gerade war mir das scheißegal. Ich rief Eddie im Büro an und erzählte ihm von dem Vorfall mit dem Hinrainer Lukas. Eddie lud mich zum Trost und vermutlich, um Vergeltungsmaßnahmen zu planen, am Abend zu ihm ins Haus ein. Wir wollten uns ein paar alte Belmondo-Filme auf DVD anschauen, das hatten wir früher auch immer gemacht, damals noch auf Videokassette. Mein Auto stand ja eh noch bei den Brandls, deshalb sollte mich mein Vater hinfahren. Als wir gerade aufbrechen wollten, klingelte Johanna bei uns an der Haustür. Sie wollte mich kurz sprechen. Wir gingen in mein Zimmer.

«Was gibt's denn? Ich muss gleich los», fragte ich einigermaßen patzig.

«Gregor, ich versteh, dass du sauer bist.»

«Ach, sauer bin ich gar nicht, ich zeig den Hinrainer einfach an, dann kann der ja sauer sein.»

«Bitte, das darfst du auf keinen Fall machen. Das wissen die meisten nicht, aber der ist auf Bewährung, weil er auf der Regensburger Dult in eine Schlägerei geraten ist.» Das war tatsächlich ein Flehen. Ich glaubte, ich hörte nicht richtig. Die Frau wollte, dass ich Rücksicht auf einen nahm, der mir gerade frisch und ohne Not die Nase gebrochen hatte.

«Dann zeig ich ihn erst recht an, deinen Motorradl-Nazi. Von Volksfest-Schlägern hab ich in diesem Leben genug gesehen. Soll er ruhig einsitzen, die Drecksau.»

«Gregor, ich kann dir das alles grad nicht richtig erklären. Ich muss mich jetzt um den Lukas kümmern. Der tut sich sonst was an. Ich wollt dir nur sagen, dass ich wirklich eine ganz wunderschöne Zeit mit dir hatte, ich aber verstehen kann, wenn du mich jetzt hasst. Es tut mir alles so leid.»

«Was soll das denn jetzt heißen? Das klingt ja grade so, als wolltest du Schluss machen und wieder mit dem Lukas Arschreiner zusammen sein. Das meinst du nicht ernst, oder?» Ich war laut geworden.

«Das kann man so nicht sagen. Gregor, ich kann dir das bald mal besser erklären. Sei jetzt nur nicht böse, wenn wir uns eine Zeit nicht sehen.»

«Ach, leck mich am Arsch, du blöde Kuh», schrie ich Johanna an und ließ sie in meinem Jugendzimmer stehen.

Ich ging nach unten, zerrte meinen Vater aus dem Wohnzimmer und ließ mich zu den Brandls fahren. Im Auto sprach ich nicht, und mein Vater traute sich nicht zu fragen. Ich schämte mich dafür, ausfällig gegenüber Johanna geworden zu sein, ich hatte so etwas noch nie zu einer Frau gesagt. Ich hatte sowieso vermutlich seit meiner Jugend niemanden mehr ernsthaft beschimpft. Aber es war auch ein bisschen zu viel der Eskalation gewesen in den letzten Wochen. Ich überlegte, ob ich den Wichser Hinrainer tatsächlich anzeigen sollte. Aber eigentlich hatte ich keine Lust auf Polizei und noch weitere Auseinandersetzungen. Vielleicht konnte man sich ja anderweitig revanchieren. Der Eddie würde schon was in petto haben. Hatte er ja immer.

«So, mir sind da, einen schönen Abend wünsch ich dir», unterbrach mein Vater meine Gedanken. Ich umarmte ihn in einem merkwürdig sentimentalen Moment. Auch seine Umarmung fiel ungewöhnlich herzlich aus, so als hätte er mich zum Flughafen gebracht und würde mich eine lange Zeit nicht mehr sehen. Bevor ich aussteigen konnte, sagte er zu mir:

«Ich hab mich auch schon mal mit der Mama gestritten. Ganz schlimm sogar, das hast du bloß nicht mitbekommen. Das renkt sich schon alles wieder ein.»

Er versuchte so etwas wie ein Augenzwinkern, und ich hätte heulen können. Dann machte ich die Autotür hinter mir zu und klingelte bei Brandls.

Sylvie öffnete mir und umarmte mich nicht minder lang und herzlich.

«Servus, Gregor. Du, der Eddie lässt sich entschuldigen, der hat grade angerufen, dass er einen Riesenstress im Büro hat und erst in ein, zwei Stunden kommen kann. Magst du warten und was trinken?»

«Ja, das wär nett. Danke schön.» Jetzt nochmal umdrehen und nach Hause, das passte mir gar nicht in den Kram, wo ich grade hier bei den Brandls Schutz vor den sozialen Gewittern da draußen suchte. Zudem war gegen eine Stunde alleine mit der Sylvie ja auch nichts einzuwenden.

«Du schaust ja lustig aus.» Sie meinte wohl meine

Nasenstütze. «Der Eddie hat's mir schon erzählt. Was für ein Idiot, dieser Hinrainer.»

«Tja», sagte ich, «was du aber noch nicht weißt: Die Johanna hat grade mit mir Schluss gemacht, um sich um den Hinrainer zu kümmern. Hat mich sogar angebettelt, ihn nicht anzuzeigen, damit er nicht ins Gefängnis muss.»

«Was?», entfuhr es Sylvie lauter, als sie wohl wollte, während sie auf dem Weg in die geräumige Wohnküche war und ich ihr folgte. Sie nahm einen Rotwein aus der schicken Halterung gegenüber der großzügigen Kochgelegenheit in der Mitte des Raums.

«Ist die wahnsinnig geworden? Lässt so einen phantastischen Mann wie dich für so einen groben Lackl sitzen?», empörte sich Sylvie weiter, während ich ihr den Korkenzieher aus der Hand nahm und damit den Rotwein aufmachte, einen 2003er Zinfandel mit ziemlich pompösem Etikett. Wir setzten uns an den großen Edelholz-Esstisch und stießen an.

«Auf dich, Gregoli. Du hattest echt ein hartes Jahr, oder?» Sylvie lächelte mich milde an, fast wie Queen Mum, die einem einen Orden für Tapferkeit verlieh. Ich hatte mir das bisher nicht so vergegenwärtigt, aber blickte man auf die letzten zehn Monate zurück, blickte man auf eine Serie von autobiographischen Katastrophen. Die Kündigung bei PTV, die Trennung von Wilma, der versehentliche Selbstmordversuch, die Ablehnung meiner Buchpläne, das Foul vom Danzinger, der Totschlag vom Onkel Norbert, die Prügelei mit dem Hinrainer und jetzt die Trennung von Johanna. Kaum zu glauben, dass dazwischen auch Phasen höchsten Wohlergehens lagen. Ich nahm einen ausgiebigen Schluck von dem Wein und versuchte in mich reinzuhören, wie schlecht es mir ging nach all dem Scheiß, der passiert war. Aber irgendwie war da nichts, nur dieses unverändert dumpfe Gefühl. Im Moment erschien mir alles ohnehin nicht so besonders schlimm, befand ich mich doch in Gesellschaft von Sylvie. Der guten alten Sylvie.

Wir redeten über meine Beziehung zu Johanna und kamen zu dem Ergebnis, dass es sich dabei ohnehin nicht um eine optimale Konstellation gehandelt hatte. Ich ergänzte das Thema Trennungen um meine Wilma-Geschichte, und Sylvie hörte gespannt zu. Zwischendurch sagte sie: «Du Armer», legte kurz den Arm um mich und drückte ihre Wange an meine. Ich weiß gar nicht mehr, wie es genau passierte, dass wir auf unsere gemeinsame Schulzeit zu sprechen kamen.

Angetrunken, wie ich eine halbe Stunde später schon war, gestand ich ihr, dass ich immer ein großer stiller Verehrer von ihr gewesen war. Das war eh nie so ein großes Geheimnis gewesen, und Sylvie war auch nicht erschrocken, vielmehr wurde sie noch ein bisschen röter im Gesicht, als sie wegen der zwei Gläser Wein eh schon war. Sie erzählte nun ihrerseits von ihren ersten Jahren mit dem Eddie, ein paar wilden Jahren, wie sie meinte. Wie sie zusammen nach Regensburg gegangen waren und sie neben dem Studium in einer Bar gearbeitet hatte, obwohl sie keinen Pfennig nötig gehabt hätte bei dem Vermögen ihrer Eltern. Wie der Eddie immer nachts heimlich Gras gekauft und sie ihn einmal beim Rauchen in der Küche erwischt hatte und ab dann immer mitgeraucht hatte. Sie war ganz aufgeregt, als sie das erzählte.

«Ja, und heute ist das nicht mehr so spannend. Aber dafür gibt's ja jetzt die Kinder.»

Ich fragte mich, ob Sylvie wusste, dass Eddie auch heutzutage noch ein relativ spannendes Leben führte, zumindest im Kopulations-Ressort. Als ahnte sie, was ich dachte, sagte sie: «Ich weiß schon, dass der Eddie das mit der Treue nie so genau genommen hat, und ich möchte gar nicht wissen, was da heute noch hinter den Kulissen passiert. Wahrscheinlich weißt du mehr als ich. Ich habe meinen Frieden mit dem Thema Ehe und Beziehungen gemacht. Mir sind die Kinder wichtiger denn je.»

«Ich weiß nichts, Sylvie, echt nicht», log ich.

«Natürlich nicht. Ganz dumm ist der Eddie ja auch nicht und macht das vor dir. Er weiß ja, wie gern ich dich mag», lächelte sie wieder so sanft und großherzig, dass ich sie in den Arm nahm und auf den Mund küsste. Sie glitt ganz unkompliziert in meine Umarmung, und zu meiner Überraschung öffnete sich ihr Mund wie selbstverständlich für einen Kuss. Es dauerte nur ein paar Sekunden, bis wir Arm in Arm auf die Couch kippten und die Beine umeinanderschlangen. Die Kinder waren ja bei den Großeltern, aber ich dachte eher an die Möglichkeit, dass Eddie früher als erwartet zurückkommen konnte, aber wenn er die Tür aufschloss, würden wir uns einfach schnell wieder zurechtzupfen. Außerdem vertraute ich voll auf die noble Umsicht von Sylvie.

Vielleicht verließ ich mich auch ein bisschen zu sehr darauf, denn nachdem sie meine Hand unter ihrem Rock nicht zu stören schien, zog ich ihr einfach den Slip aus, und wenige Augenblicke später, noch bevor ich die Unbegreiflichkeit, dass sie mir gerade das Ding aus der Hose holte – die göttliche Sylvie, die vornehme, die ganz schön versaute, ja genau die, die Sylvie Brandl! –, realisiert hatte, schliefen wir schon vollkommen enthemmt miteinander, und sie spornte mich an, haute mir mit der flachen Hand auf den Rücken und schnaufte wie eine Dampflok, so anstößig und gleichzeitig liebenswert hilflos, wie ich das noch nie bei einer Frau gehört hatte. Wir waren außer uns, und ich wusste, es würde schwer werden, nicht schon nach wenigen Minuten zu kommen.

Aber das Problem wurde mir abgenommen, als mich plötzlich ein Tritt am Rücken traf und mir ein heißer Schmerz in die Hüfte fuhr. Ich kippte von der Sylvie und der Wohnzimmercouch herunter. Jetzt lag ich rücklings auf dem Wohnzimmerboden, die Hose an den Knöcheln, das Hemd offen, und auf mich blickte ein angewiderter und hasserfüllter Eddie Brandl herunter. Ich zog sofort die Hose hoch und stand auf, während Sylvie weinend ins Bad lief und mich allein mit ihrem lebensbedrohlich schlechtgelaunten Ehemann ließ.

«Schade um die schöne Nasenschiene, du dreckiger Wichser», schrie Eddie mich an, und seine Faust in meinem Gesicht brach mir die Nase innerhalb von 24 Stunden ein zweites Mal, was einen Springbrunnen aus Blut zur Folge hatte, den die Brandls vermutlich heute noch im Teppich haben. Ich war ja seitdem nicht mehr da.

Ich konnte vor lauter Schmerz nichts mehr sagen und sehen und lag erst einmal da. Zu Füßen von Rachegott Edgar Alfred Brandl junior.

«Du traust dir was, du feige Drecksau. Du meinst,

du kannst hier zu uns in die Provinz kommen und dir alles erlauben. Meinst, du kannst eine jede haben. Jedes Weib vögeln. Jeden Job haben. Überall den Chef raushängen lassen. Hier mal moderieren, da mal auflegen, dort mal Fußball spielen. Da hast du dich aber 'brennt, mein lieber Gregor. Ab heute ist Schluss mit der großen Provinz-Prominenz. Ich sorg dafür, dass dich hier keine Sau auch nur mehr mit dem Arsch anschaut. Du bist erledigt.»

«Eddie, das tut mir leid. Ich weiß, dass das ein Schmarrn war», wischte ich mir das Blut aus dem Gesicht und richtete mich langsam auf. Mir war schwindlig.

«Einen Scheißdreck weißt du, Gregor. Du warst doch immer nur derjenige, um den herum alles einfach so passiert ist, während andere sich ihre Existenz hart erarbeiten mussten. Du mit deinem Jugendfernsehen da oben in Berlin. Ihr mit eurer urbanen Kultur. Als ob du schon einmal in deinem Leben hättest richtig arbeiten müssen, geschweige denn dich durchbeißen. Aber nicht mal bei diesen Nichtstuern z' Berlin hast du's ausgehalten. Du bist ein Loser, Gregor, ein lausiger Verlierer, sonst nix. Und jetzt gehst uns auf die Nerven hier, weil dich in Berlin keiner mehr brauchen kann. Weil du selbst für die da oben nicht genug taugst. Jetzt kommst du zu uns und denkst, hier bist du der große Star, hier gibt's alles aufs Haus. Das Bier, das Geld, die Weiber, die Sympathien. Ein Loser bist du in Wirklichkeit, ein Loser, der gerne ein Großkotz wär, aber selbst dafür bist du noch zu schwach auf der Brust.»

Ich hatte mich mittlerweile aufgerappelt und stand dem Eddie gegenüber. Dem Eddie, der immer noch eine Hand zur Faust ballte und einen Ausfallschritt machte, als würde gleich die nächste Runde eingeläutet. Kurz war es sehr still zwischen uns, und man hörte lediglich aus dem Gästeklo das atemlose Schluchzen von der Sylvie. Ich hatte eigentlich gar kein schlechtes Gewissen wegen dem Eddie.

«Weißt, Eddie», sagte ich ruhig, «eigentlich ist es schon ganz gut, dass das jetzt mal passiert ist. Weil, so zeigt sich ja nur, dass wir eh schon immer zwei verschiedene Typen waren. Du hast schon immer auf das Geld geschaut und auf das Prestige, und ich hab's halt nicht so eng gesehen. Du hast schon recht, wenn du mir jetzt hier das Gesicht brichst, weil ich was mit deiner Frau angefangen habe, aber wenn du ehrlich bist, geht's dir doch nicht um die Sylvie, sondern nur um die alte Konkurrenz zwischen uns.»

«Halt's Maul, sonst brech ich dir als Nächstes den Hals», knurrte der Eddie.

«Es war immer schon die Konkurrenz. Weil, wegen der Moral brauchst du dich jetzt nicht so künstlich aufregen. So oft, wie du die Sylvie beschissen hast. So wie du immer alle Leute bescheißt, solange es deinen Interessen dient. Kann schon sein, dass ich ein Loser bin, Eddie, kann echt sein. Aber sicher kein schlimmerer als du.»

«Hau ab, bevor ich dich totschlag», schrie mir der Eddie hinterher, als ich nach meinem Schlussplädoyer die Wohnung der Brandls verließ. Ich war fast immer noch blind vor Blut, als ich in mein Auto sprang und von der Brandl-Villa wegfuhr, bis ich bei einem kleinen Feldweg rechts abbiegen konnte. Ich hatte glücklicherweise eine Packung Taschentücher im Handschuhfach, und während sich eins nach dem anderen rot färbte, klingelte das Telefon. Ich weiß eigentlich gar nicht, warum ich rangegangen bin.

«Herzl», hustete ich ins Handy.

«Ja, servas, Gregor. Da ist der Fritz. Fritz Kuchler. Dein Exchef. Hahaha.» Er lachte sein typisches Hyänen-Lachen.

«Stör ich gerade?»

«Äh, nein, überhaupt nicht», stammelte ich und ärgerte mich über meine Antwort, denn natürlich störte er, und natürlich konnte ich ihm das auch sagen, er war ja nicht mehr mein Chef. Stattdessen blieb ich devot.

«Na, wie geht's dir, Fritz?»

«Ach du, mir geht's urleiwand. Waaßt vielleicht eh, dass i a bei PTV raus bin und jetzt die Programmdirektion bei Sat.1 mach.»

«Aha, da schau her. Mensch, das klingt ja super. Gratuliere, Fritz.» Das Blut tropfte aus meiner Nase auf meinen Schoß, und ich konnte vor Schmerz kaum denken.

«Du klingst so nasal, bist erkältet, Gregor?», fragte Kuchler.

«Jaja, ein bisschen.»

«Na, eh wurscht, auf jeden Fall hab ich neulich durch Zufall im Netz deine Talkshow auf *IngoTV* gesehen. Du, ganz ehrlich, sensationell. Du hast die Sendung so dermaßen im Griff, und dein Schmäh kommt da auch richtig zum Tragen.» Jetzt war ich trotz hämmernden Schmerzes und des kleinen Blutbads in meinem Auto geschmeichelt.

«Ja danke, aber das ist ja nur eine kleine Produktion.»

«Genau, und deshalb machen wir zwei eine große

Produktion, Grex. Komm doch nächste Woche mal bei mir im Büro da beim Gendarmenmarkt vorbei, dann mach ich dir ein Angebot. Ich hab da nämlich eine Riesenidee für eine Show. Deine Show. Ka Schaß. Wos sogst etz?»

Der klang tatsächlich euphorisch, der Kuchler, und für einen Moment vergaß ich, dass ich mir vor ein paar Minuten meinen besten Freund zum Todfeind gemacht hatte.

«Ja, das klingt ja Bombe. Ich wollte eh nach Berlin, äh, also bin eh da nächste Woche. Komm ich vorbei. Wann denn?»

«Du, am besten, du kommst gleich am Montag früh so gegen zehn bei mir vorbei. Meldest dich bei der Frau Saal, das ist meine Sekretärin.»

«Super, ich freu mich. Bis Montag, Fritz.»

«Ich freu mich auch narrisch. Schönes Wochenende», sagte Fritz Kuchler, neuer Programmchef von Sat.1, und legte auf.

Mir war schwindlig, ich fuhr nach Hause, und Gott sei Dank schliefen meine Eltern schon, als ich erneut im blutdurchtränkten Hemd in mein Zimmer hochschlich und mir ungefähr eine ganze Klopapierrolle in die Nase steckte und dazu fünf Paracetamol nahm. Am nächsten Morgen fuhr ich wieder ins Klinikum Ingolstadt. Der Pförtner erkannte mich, aber statt zu winken wie sonst, sprach er mich dieses Mal an:

«Sie schon wieder. Sie werden ja langsam Stammgast hier. Sie sollten mal über einen festen Stellplatz nachdenken.»

«Sehr lustig.»

Der behandelnde Arzt war nicht minder erstaunt

über meinen Besuch und stellte fest, dass meine Nase noch ein bisschen mehr angeknackst war, aber immer noch durch einen Stützverband zusammengehalten werden konnte. Ein Zurechtrücken durch eine OP sei nicht nötig. Draufhauen sollte halt keiner mehr, empfahl er. Schon vor der Fahrt ins Krankenhaus musste ich natürlich meinen Eltern Rede und Antwort stehen, was denn nun wieder passiert sei. Die ganze Wahrheit wollte ich ihnen nicht zumuten, und so erzählte ich, ich hätte mich mit dem Eddie gestritten und wäre vor lauter Wut beim Rauslaufen aus dem Haus gegen den Türrahmen gerannt.

«Jaja, die dümmsten Hunde beißen sich selber», kommentierte mein Papa, während die Mama eher ungläubig den Kopf schüttelte und mit einem leisen «Des gibt's doch net. Mei, Bua, was machst denn für Sachen …?» ihre Zweifel andeutete.

Es war Samstag, und ich fing an, meine Sachen für Berlin zu packen. Ich sagte meinen Eltern, dass ich wegen eines Geschäftstermins für ein paar Tage hochfahren würde, aber insgeheim wusste ich, dass für mich Rottenegg gerade bis auf die Grundmauern abgebrannt war und die Wiedererrichtung nun ohne mich stattfinden musste. Ich war wild entschlossen, mich aus dem Staub zu machen und dem Tod und der Zerstörung hier den Rücken zu kehren. Wer konnte denn ahnen, dass auf den GAU in Berlin noch nicht mal ein Jahr später der Super-GAU in Rottenegg folgen würde?

Damit war auch die Angst vor Berlin verschwunden. Mit einem Mal war ein mögliches Wiedersehen mit Wilma fast schon eine willkommene Vorstellung.

In dem Treffen mit Kuchler sah ich jetzt eine echte Chance. Genauer gesagt sogar den einzigen Ausweg aus dem kraterartigen Loch, in dem ich mich befand. Ich rief Kögelmeier auf seinem Handy an und sagte ihm, dass ich die nächste Staffel *Herzlichst* nicht mehr machen würde und auch für die verbleibende wegen eines Nasenbeinbruchs nicht mehr zur Verfügung stünde. Ich gab mir Mühe, ihn nicht zu verärgern, und er gab sich Mühe, nicht allzu verärgert zu klingen, aber wir wussten beide, dass meine Bande zu *IngoTV* damit durchschnitten waren.

Meine Mutter bemerkte natürlich, dass ich ganz viel Zeug mit nach Berlin nehmen wollte, und sie fragte scheinbar beiläufig, ob ich vorhätte, länger wegzubleiben.

«Mal schauen, ob ich gleich wieder anfange zu arbeiten. Aber ich komm sicher bald wieder runter zu euch», versuchte ich sie zu beruhigen.

«Ja, ist schon recht, Gregoli. Mach, was du machen musst.»

Die Aussicht auf einen guten Job nahm meiner Mutter alle Argumente für meinen Verbleib in Rottenegg. Wenn jemand eine Arbeit angeboten bekommt, dann nimmt er sie auch an, war seit jeher die Devise im Hause Herzl gewesen. Selbst wenn die Arbeit in Berlin war. Dennoch missfiel ihr der Hals-über-Kopf-Abschied, und ihre Art, das zu zeigen, war, mich den ganzen Sonntag mit Essen zu überhäufen.

Ich konnte zu dem Zeitpunkt nicht sagen, ob ich in Berlin bleiben würde, aber mit Sicherheit war das für lange Zeit der letzte dauerhafte Aufenthalt in Rottenegg, und meine Eltern ahnten das. Beim letzten

Abendessen vor meiner Abreise wurde nicht viel geredet. Am frühesten Morgen, gegen vier Uhr, stand ich auf und fuhr nach Berlin.

16
BERLIN

Es klingt albern, aber als ich nach mehr als acht Monaten über die Landesgrenze von Bayern nach Thüringen fuhr, ging gerade die Sonne auf. Mir war schwer ums Herz, noch nicht einmal wegen Eddie, Sylvie oder Johanna, sondern wegen Onkel Norbert.

Ich ahnte da schon, dass mich das über Jahre verfolgen würde. Ich fühlte mich seltsam schuldig an seinem Tod. So, als hätte mein Niederlassen in Rottenegg das ganze Unheil erst heraufbeschworen.

Ungefähr 200 Kilometer vor Berlin kam eine SMS von Eddie mit folgendem Wortlaut: «Lass dich hier so schnell nicht wieder blicken, du feiges Arschloch.» Wenig später eine von Sylvie: «Es tut mir so leid. Vielleicht sehen wir uns ja irgendwann mal wieder in friedlicheren Zeiten.»

Ich trat aufs Gas.

Ich parkte am Gendarmenmarkt und überprüfte mein Spiegelbild im Auto. Der Bereich unter meinen Augen war blau und angeschwollen, wie bei einem Doppelveilchen. Die Nasenstütze sah unglaublich scheiße aus.

Ich war frisch rasiert, war aber in der ganzen Zeit

in Rottenegg nicht einmal beim Friseur gewesen, insofern waren meine Haare lang und ein wenig zerzaust. Ich musste an den Norbert denken und seinen Salon in Schwabing. Seine ganzen Schickeria-Kunden und reichen Freunde mussten sich jetzt von jemand anderem blöd anreden lassen.

Ich stieg aus und ging zum Eingang auf der Rückseite des großen Gebäudes am Gendarmenmarkt, in dem Sat.1 residierte. Am Empfang ließ ich mich mit Kuchlers Sekretärin verbinden.

«Der Herr Kuchler kann Sie in 20 Minuten empfangen. Wollen Sie so lange hier im Vorzimmer warten?»

Ich las unter dem argwöhnischen Blick von Kuchlers Sekretärin auf meine Nasenschiene ein wenig im aktuellen *Stern*, bis mich Kuchler hereinholen ließ wie einen Wartenden auf dem Arbeitsamt.

«Na servas, der Grex ist da! Hoppala, was ist denn mit deiner Nase passiert? Hast dich mit dem Kanye West angelegt? Hahaha!»

Die Kuchler'sche Meckerlache wieder.

«Naa, nur ganz blöd gegen einen Türrahmen gelaufen. Ist wieder verheilt bis nächste Woche», sagte ich, ohne mir da so sicher zu sein. Ich schaute mich in Kuchlers neuem Büro um.

Das war schon eine ganz andere Nummer als die Einzelbüros bei PTV. Von zwölf Quadratmetern zu 25. Von Ikea-Möbeln zum Eichenholzschreibtisch. Und doch erkannte ich diverse Devotionalien aus Kuchlers altem Büro wieder. Da war die Platin-CD von *Silbermond*, von denen der Kuchler vermutlich heute noch behaupten würde, er hätte sie «gebreakt». Da war die handsignierte Gitarre seines persönlichen Idols Richie Sambora, des Gitarristen vom Bon Jovi. Und da stand im Regal der Maßkrug der Pop TV Music Awards in München 2007, den damals alle Mitarbeiter erhalten hatten. Ich hatte ihn auch bekommen, aber gleich weiterverschenkt, denn ein echter Maßkrug hat kein PTV-Logo. Jetzt erzeugte das Teil eher einen Würgereiz in mir.

«Setz dich, Grex. Na, wie spielt das Leben? Ich hab gehört, du schreibst ein Buch?»

«Jaja, ich bin grade dabei, mit ein paar Verlagen zu verhandeln. Mit der Show bin ich ja zu nix gekommen. Aber wird schon», sagte ich und lächelte.

«Na kloar wird das. Du, diese Show, i maan, des derfst du mir jetzt net übelnehmen, aber das war schon ein bisschen so Hund und Katz sagen sich gut' Nacht von den Themen her.»

«Die haben wirklich gut gezahlt», fiel mir nichts Besseres als Gegenargument ein.

«Du, versteh mi net foisch. Die Themen war'n daneben, aber du als Host woarst dop. Superspontan, schlagfertig und erstklassig vorbereitet. Ich war total fertig, wie mondän und angenehm ironisch du das moderiert hast.»

«Uh, merci, Fritz. Das freut mich natürlich.» Und es freute mich ja wirklich.

«Und wie geht's da weiter jetzt bei *IngoTV*?», wollte Kuchler wissen.

«Gar nicht. Ich hab nur eine Staffel gemacht und wollte jetzt eigentlich langsam wieder an dem Buch weiterarbeiten und wieder in Berlin drehen. Gibt da ein paar Projekte.»

«Na, des trifft si ja hervorragend. Ich hab nämlich einen Piloten für dich, und wannst wüüst, können wir den schon nächste Woche drehen. Des wird purer Raggnroi, Grex. Da machen wir zwei den etablierten Hanseln hier bei Sat.1 endlich mal ein bisschen Dampf. Nachdem der Schmidt weg ist, haben die in Sachen Late Night ja gar nichts mehr auf die Reih 'bracht. Bist am Start?»

Und so erklärte mir der Kuchler, worum es eigentlich ging. Ich war schon längst überzeugt, während er noch redete. Nach dem Wahnsinn der letzten Wochen hatte ich mit keiner derart positiven Entwicklung mehr in meiner Vita gerechnet. Ich sollte also eine klassische Late-Night-Show ab 22.30 Uhr auf Sat.1 bekommen, so wie Harald Schmidt oder früher Thomas Gottschalk. Oder Thomas Koschwitz und Niels Ruf, um auch Negativbeispiele zu nennen.

Das Konzept war einfach: eine Band, ein Gast, ein Stand-up zu Beginn der Show und satirische Einspieler der Redaktion zu aktuellen Themen. Das Late-Night-Rad sollte nicht neu erfunden werden, was mir nur recht war. Letztlich hing die Durchschlagskraft des Formats von meiner Person ab, und das sollte mir eigentlich Angst machen, aber die Schönheit dieser Chance ließ mich alle Bedenken beiseiteschieben.

Im Nachhinein frage ich mich natürlich schon, warum der Kuchler ausgerechnet mich für eine eigene Late-Night-Show haben wollte. Ich denke mittlerweile, es war weniger *Herzlichst*, sondern eher die Tatsache, dass mich Kuchler als ehemaliger PTV-Chef groß gemacht hatte und jetzt beweisen wollte, dass seine Entdeckungen aus dem Jugendfernsehen genauso bei einem großen Privatsender wie Sat.1 funktionieren würden.

Vielleicht wollte er sich auch einfach seine alte Lobby in einem neuen Umfeld wieder aufbauen, denn auch ehemalige PTV-Chefredakteure wie Tobi Feldmann oder Andi Anreim hatte er zu Sat.1 geholt.

Vielleicht tat ihm aber auch meine Kündigung noch ein bisschen leid. Aber so menschenfreundlich war der Kuchler nicht, da verkläre ich jetzt im Nachhinein die Dinge.

Unter dem Arbeitstitel «Late Night mit Herzl» sollte also nächste Woche ein Pilot gedreht werden, eine erste Testsendung, die vorerst nur intern gezeigt und diskutiert würde und auf deren Grundlage man dann die Live-Show entwickeln würde. Einspieler wurden bereits produziert, Kuchler gab mir eine DVD und eine Liste der Themen und Gags mit.

«Du kannst die Gags aber jederzeit so interpretieren, wie du willst, oder söwa welche beisteuern. Eh gloar, Grex», kommentierte der Kuchler.

Ich überflog den Ablauf: Als Gäste hatten die Band Mia und der Schauspieler Daniel Schürmann bereits zugesagt. Moment! Daniel Schürmann? Der Freund meiner Exfreundin? Bist du des Irrsinns fette Beute, Kuchler, wollte ich rufen, aber offensichtlich war der sich des waghalsigen Bookings gar nicht bewusst:

«Lässig, oder? Dass der Schürmann da mitmacht. War nicht ganz einfach. Aber ist ja eh ein Spezl von dir.»

«Die blöde Drecksau bring ich um», wollte ich sagen, sagte aber stattdessen: «Ja, den Daniel kenn ich schon lange.»

Kuchler nickte zufrieden und verabschiedete sich mit einem Schlag auf meine Schulter, den ich am Abend noch spürte.

Ich fragte mich, warum Schürmann freiwillig in eine Sendung mit mir kam, die noch nicht einmal ausgestrahlt wurde. Dann fiel es mir ein. Ich war sicher gar nicht die erste Wahl für Kuchlers Show. Schürmann hatte ursprünglich für einen ganz anderen Gastgeber zugesagt und würde sich jetzt genauso wundern wie ich.

Wohl war mir nicht bei dem Gedanken, den Schürmann in einer Woche interviewen zu müssen, aber mein zertrümmertes Leben brauchte jetzt diesen Karriereschub, ich hatte sowieso keine Wahl. Dann sparte ich mir halt einfach die Frage nach dem Privatleben und seiner bezaubernden Lebensgefährtin.

Nach dem Gespräch bei Kuchler fuhr ich zum Prenzlauer Berg und fragte mich, ob Wilma wohl immer noch am Helmholtzplatz wohnte. Ich vermied es sicherheitshalber, direkt durchs Viertel zu fahren, und nahm einen kleinen Umweg über die Schönhauser Allee, um dann rechts in die Stargader Straße einzubiegen. Ich parkte in der Nähe meiner Wohnung und rief Markus Kanter an, den Freund, den ich vorübergehend bei mir hatte wohnen lassen.

Markus ist ein Musikjournalist aus München und hatte zu der Zeit beruflich viel in Berlin zu tun, er war froh um eine eigene Bude dort. Als ich vor ein paar Tagen beschlossen hatte, nach Berlin zurückzukehren, hatte ich ihn angerufen und angekündigt, ich würde die Wohnung so nach und nach wieder übernehmen, er könnte aber noch bleiben, bis er eine neue gefunden hätte.

Markus war ein unkomplizierter Typ und von daher auch keineswegs verärgert darüber, dass er rausmusste. Er war innerhalb eines Tages zu seiner Freundin nach Kreuzberg gezogen und ließ nur noch zwei Umzugskisten bei mir zurück, die er bald abholen würde. Den Schlüssel hatte er auf den Türrahmen gelegt, sagte er am Telefon, und so ging ich hoch in die Wohnung und betrat sie seit einem Dreivierteljahr das erste Mal wieder.

Es hatte sich nichts verändert, Markus Kanter hatte nichts verändert, es war alles so, wie ich es verlassen hatte. Meine Möbel, meine Platten, mein DJ-Pult, meine Regale. Ziemlich unwohnlich wirkte das Ganze, fand ich jetzt. Im Vergleich zum häuslichen Komfort meiner Familie und meiner Freunde – bzw. Exfreunde – in Rottenegg sah es hier kalt und spartanisch aus.

Kein Wunder, dass man da auf merkwürdige Gedanken kam, wenn man nachts alleine in der Wohnung saß. Kein Wunder, dass man nachts lieber rausging. Da war's ja im *Panoptikum*, dem Technostahlwerk, noch wohnlicher.

Ich rief meine Eltern an und sagte ihnen, dass ich gut angekommen war und alles in Ordnung sei, denn darum hatte mich meine Mutter explizit gebeten.

Ich konnte nicht in diesen kalten Räumlichkeiten bleiben, zudem hatte ich einen Riesenhunger, und so setzte ich mich zum Asiaten in der Stargarder Straße und bestellte mir ein Entengericht. Ich trank ein Thaibier und musste an den Norbert denken, der hat auch gerne asiatisches Bier getrunken.

«Immer nur dieses Reinheitsgebot. Das ist ja geschmacklich auf Dauer nicht zum Aushalten», hatte er immer gesagt.

Ich bestellte mir noch ein Bier und starrte vor mich hin. Ich war längst mit dem Essen fertig und schaute mir die Leute an, die draußen auf der Straße vorbeigingen. Man konnte sie durch das große Fenster gut beobachten. Es fing an zu regnen, erst langsam, dann in Strömen. Die Menschen packten ihre Regenschirme aus. Es waren überwiegend junge Leute, so Mitte, Ende zwanzig.

Vermutlich waren die meisten davon keine Berliner und fuhren genau wie ich hin und wieder zu ihren Eltern in die Provinz. Nur blieben sie da keine neun Monate, sondern höchstens drei Tage. Dabei hätte ich es auch bewenden lassen sollen, dann hätte ich nicht so eine Schneise der Verwüstung durch Rottenegg gezogen.

Nach einem vierten Bier ging ich in die Wohnung zurück und versuchte zu schlafen. Die nächsten Tage brachte ich damit zu, die Bude anders einzurichten. Ich schmiss Krempel weg und kaufte neuen. Bestellte eine Couch im Netz, suchte mir bei Ikea einen Schrank aus, damit ich nicht mehr sämtliche Kleidungsstücke auf eine Stange hängen musste.

Ich überlegte sogar, eine Wand in einem milden Grauton anzustreichen, aber als ich dann im Baumarkt vor den Farben stand, kam ich zu dem Ergebnis, dass ich nur eine schlimme Sauerei anrichten würde, war ich doch in handwerklichen Angelegenheiten eine regelrechte Null – übrigens sehr zum Leidwesen meines Vaters.

Ich bereitete mich auf den Piloten der Late-Night-

Show vor und unternahm viele Spaziergänge durch Berlin, bei denen ich den Ablauf verinnerlichte.

Das Erstaunliche war, dass ich mich hier in Berlin deutlich freier fühlte als in Rottenegg. Frei und unbeobachtet, abgesehen von den gelegentlichen Autogrammwünschen und den glucksenden Teenagern bei H&M. Aber das war in meiner jetzigen Situation eher etwas Balsamartiges. Man hatte mich offensichtlich noch nicht ganz vergessen.

Ich versuchte, meinen ehemaligen Manager Konnie zu erreichen, schaffte es aber erst mit unterdrückter Rufnummer.

«Mann, Gregor. Ich wollte dich grade anrufen. Ich hab hier einige interessante Angebote für dich.» Konnie atmete heftig.

«Das ist lieb, Konnie, aber nachdem wir eh schon ewig nicht mehr miteinander gearbeitet haben, können wir ja jetzt offiziell Schluss machen. Schick mir bitte die Abrechnungen des letzten Jahres und den Steuerkram. Ich mach das ab jetzt selbst», sagte ich.

«Ja, nein, Mensch, Grex, aber ich hab jetzt echt wieder einiges für dich am Start! Lass uns mal mit den größeren Playern beim Privatfernsehen reden.»

«Hab ich schon, Konnie. Schick doch mein Zeug an die Berliner Adresse. Merci, man sieht sich.» Ich legte auf, nicht ohne Stolz über meine beschissene ‹Man sieht sich›-Formulierung. Arschlochsprech, genau das Richtige für Konnie.

Auf meinen vielen Spaziergängen durch Berlin musste ich an Rottenegg denken, an den Norbert am meisten. Aber auch an den Eddie, die Sylvie und die Johanna. Für die drei war ich quasi gestorben, die würden mich jetzt erst mal nur im Fernsehen wiedersehen. Ich bedauerte das, aber die Spätsommersonne, die die hübschen Fassaden der ehemaligen Arbeiterhäuser vom Prenzlauer Berg aufleuchten ließ, und die Aussicht auf einen neuen Job dämpften die Wehmut.

So schön, wie es hier am Prenzlauer Berg war, so spießig war es aber auch. Familien und Schwangere, so weit das Auge reichte. Vielleicht sollte man den Stadtteil doch endlich in *Pregnancy Berg* umbenennen.

Kurz vor meiner Flucht nach Rottenegg hatte ich noch überlegt, nach Kreuzberg zu ziehen. Aber jetzt gerade gefiel mir diese aufziehende Bürgerlichkeit, der Kontrast zu Rottenegg durfte jetzt auch nicht zu deutlich werden. Ich telefonierte jeden zweiten Tag mit meinen Eltern, ich wollte keinen so radikalen Schnitt mehr.

Am Tag der Aufzeichnung stand ich früh auf, rasierte mich und nahm die Nasenstütze ab. Der Anblick war kein schöner, es sah alles noch nach Bluterguss aus, aber in der Maske würden die das schon wegschminken. Ich schmierte mir ein wenig Wachs in die schwarzen langen Haare und betrachtete mich im Spiegel. Bis auf die Nase sah ich gut aus. Älter, aber smarter.

Ich machte mir Frühstück und hörte dabei Radio. Das fühlte sich vernünftig an, so, als würde ich wie ein ganz normaler Mensch zur Arbeit gehen.

17
LATE NIGHT

Ich fuhr in das Studio, das gar nicht weit weg vom PTV-Gelände war, genauer gesagt sogar direkt daneben. Ich fragte mich, wer wohl mittlerweile bei PTV Programmchef war, aber innerhalb von ein paar Sekunden hatte ich den Gedanken auch wieder vergessen.

Im Set wartete schon Kuchler höchstpersönlich und stellte mich dem Regisseur vor, einem glatzköpfigen Mann mit grauem Kinnbart, den ich noch nie zuvor gesehen hatte.

Die Show hatte ich ausschließlich mit Redakteuren und Autoren per Mail und Telefon vorbereitet. Solchen, die Kuchler von PTV mit zu Sat.1 genommen hatte und die ich folglich einigermaßen gut kannte. Was die Arbeit sehr erleichterte.

«Super, der Grex ist da. Grex, das ist der Friedhelm von Wall, dein neuer Regisseur. Und ihr beide rockts jetzt das Haus.»

Kuchler wollte mir fünf geben, und ich gab ihm fünf, aber wenn jemand aus der Unterhaltungsbranche die Vokabel *rocken* benutzte, lief es mir immer kalt den Rücken hinunter. Insofern fielen meine fünf wohl eher zaghaft aus.

«Und lies mal, Grexer», sagte Kuchler und reichte mir eine aktuelle Ausgabe des *Berliner Tagesspiegels*. Da war eine Kurzmeldung mit Marker hervorgehoben.

Sat.1 setzt auf neue, kantige Personalien: Popvater Gregor Herzl erhält ab nächste Woche eigene Late-Night-Show. «Sat.1 – Your New Life» als neuer Claim beschlossen.

«Hä? Das versteh ich nicht ganz. Wir drehen doch erst den Piloten?», wandte ich mich an Kuchler.

«Du, mach dir kaan Stress net. Wir gehen direkt mit Vollgas rein, das Marketing läuft jetzt an, und den Piloten strahlen wir eh direkt aus, weil der haaß wird, das g'spür ich. Morgen hast du einen Fototermin, und wir buchen dir grade die nächsten Gäste. Einmal wöchentlich ab dem 30. 9., grandios, oder?»

«Ja, schon super», sagte ich, ohne mir dabei so ganz sicher zu sein, ob ein derartiger Kaltstart wirklich so super war.

«Und die sollen sich in der Maske Mühe mit deiner Nase geben. Du, und die Haare kannst gern wieder a bissl kürzer schneiden. Steht dir besser.»

«Okay, Fritz», nickte ich Kuchlers Stylingtipps ab.

Und so schnitt man mir in der Maske die Haare und überschminkte den Bluterguss, der früher mal meine Nasenpartie war.

Der Dreh verlief gut. Ich hatte mir mit den Autoren eine Eröffnung ausgedacht, bei der ich über meine Tage in Klausur in Rottenegg witzelte, was zumindest beim Probenpublikum sehr gut ankam.

Ich erzählte von dem Rachefoul vom Danzinger und

dass mir der Exfreund einer Sparkassenangestellten die Nase gebrochen hatte. Man sah es selbst unter der Schminke noch, dass da was nicht stimmte.

Dann war es Zeit für meinen Interviewpartner, und ohne ihn vor dem Dreh gesehen zu haben, kündigte ich Daniel Schürmann an, der für seinen Film *Wolfsschanze*, in dem er einen jungen Gefreiten an der Ostfront spielte, werben sollte.

Und dann kam er, der Ficker von Wilma, in engen Jeans, Turnschuhen und lila Polohemd und fiel mir gleich total jovial in den Arm.

«Mensch, Gregor, lang ist es her, Alter.»

«Ja, schön dich hier zu haben», jovialte ich zurück und war innerlich entsetzt. Der musste Nerven haben, hier so einen auf Sonnyboy zu machen, nachdem er mein Leben zerstört hatte. Ich weiß gar nicht mehr genau, ob ich mir das, was ich dann sagte, wirklich überlegt hatte oder ob ich aus der Not eine Tugend machte.

«Das letzte Mal, als wir uns gesehen haben, hab ich dich mit meiner Freundin im Bett vorgefunden.»

Ich lachte laut, während ich das sagte, und hieb Schürmann freundschaftlich auf die Schulter. Vielleicht haute ich auch etwas zu fest zu, denn sein Körper gab ein bisschen nach. Aus dem Augenwinkel erkannte ich, wie der Aufnahmeleiter mich fragend ansah. Das Publikum war jetzt totenstill.

«Mensch, Gregor, ich wusste, dass das jetzt kommt. Aber kannst dich ja trösten, dass sie mich mittlerweile wieder aus ihrem Bett rausgeschmissen hat.»

Innerlich ging ich in den Freeze-Modus. Für einen kurzen Moment blieb die Zeit stehen, und in den so gewonnenen Sekunden versuchte ich zu kapieren, was ich da gehört hatte. Zum einen war ich zutiefst erschrocken, wie locker und freundlich Daniel auf meine verbalen Entgleisungen reagierte, zum anderen: Hatte er mir tatsächlich gerade gesagt, dass er nicht mehr mit Wilma zusammen war? Unfassbar.

Ich löste mich aus der eingefrorenen Zeit und setzte das Gespräch fort. Das Publikum schien das Ganze für eine gelungene Inszenierung zu halten und fing an zu johlen.

«Ja, das hab ich gehört. Dann sind wir ja jetzt Partners in Crime. Aber genug der Verwandtschaft, denn in zwei Wochen kommt ja ein neuer Film von dir in die Kinos.»

Das nachfolgende Gespräch verlief in ruhigeren Bahnen, jedoch nicht ohne den ein oder anderen Seitenhieb auf unseren Gesprächseinstieg. Der Regisseur Friedhelm von Wall gratulierte mir nach dem Dreh, und dann kam auch schon der Kuchler auf mich zugestürmt:

«Ganz großartig, Grex, ganz großartig. Das war endlich mal Raggnroi, wie du und der Schürmann da kein Blatt vor den Mund genommen habts. Das ist genau das, was ich sehen will. Eier und Raggnroi! Mensch, das strahlen wir aus, Grex! Damit gehen wir direkt nächste Woche auf Sendung.»

Ich ging in die Maske zum Abschminken, als mich der Schürmann aufhielt.

«Hey, Gregor, nur dass du's weißt: Mir tut das alles wirklich furchtbar leid. Ich hatte mich einfach Hals über Kopf in die Wilma verliebt. Und jetzt ist auch wirklich Schluss. Da geht gar nichts mehr.»

Obwohl ich bis heute früh noch ernsthaft mit dem Gedanken gespielt hatte, Schürmann nach dem Dreh eine reinzuhauen, war ich innerhalb von zwei Sätzen versöhnt, und er tat mir eigentlich sogar leid. Wäre er noch mit Wilma zusammen, hätte ich sicher nicht Gnade vor Recht ergehen lassen. Ich Weichei.

«Ist schon okay, Daniel. Ist ja jetzt auch schon eine Weile her. Hat sie dich wegen einem anderen verlassen?»

«Du, ich hab keine Ahnung, aber ich glaube nicht. Sie war eines Tages einfach ganz traurig und sagte, sie fühle das alles nicht mehr und sie müsse weg. Ich wäre nur eine Ablenkung gewesen. Das hat gesessen.»

«Oha, eine Ablenkung. Wie lang ist denn das schon her?», wollte ich wissen.

«Zwei Monate ungefähr. Hast du denn noch Kontakt zu ihr?» Daniel sah ein bisschen ängstlich aus bei der Frage.

«Nee, überhaupt keinen», beruhigte ich ihn.

Wir verabschiedeten uns mit der Auflage, uns bald mal auf ein Bier zu treffen, und ich fühlte mich seltsam versöhnt mit der Welt. Als ich das Studio verlassen wollte, musste ich nochmals am Kuchler vorbei, der lautstark dem Regisseur sagte, was ihm an der Aufzeichnung nicht gepasst hatte. Als er mich sah, entspannte er sich blitzartig:

«Grex, aans noch, wo ich dich grad seh: Ich hab den Burner-Gast für die nächste Sendung. I waaß, das ist vielleicht ein bisschen komisch für dich, aber nach dem Piloten können wir eigentlich nur mit einem Gast weitermachen.» Ich ahnte Schlimmes.

«Aber nicht die Wilma Schwarzer, oder?»

«Genau die. Mensch, Grex, du bist doch ein Profi. Ihr seid doch auch schon ein Jahr auseinander. Und einen neuen Film hat sie auch demnächst. So eine Komödie mit Christian Ulmen. Das geht durch die Deck'n, Oida.»

«Hmm», machte ich und ging zu meinem Auto. Das war ein bisschen viel Retrospektive auf einen Haufen.

Eigentlich war's eine Frechheit von Kuchler, mir erst den Schürmann und in der Folgesendung Wilma vorzusetzen. Das erschien mir nämlich ein durchaus wohlüberlegter Zug zu sein, um mich aus der Reserve zu locken und ein wenig PR für den Start der Show anzuleiern. Demnächst ließ er mich noch über meine Überdosis Schlaftabletten referieren, von der er hoffentlich nichts wusste.

Mieser Typ, dachte ich und erinnerte mich an den glanzlosen Rauswurf bei PTV. Aber dann war da doch diese noch unterdrückte Hochstimmung in mir, weil ich jetzt eine Gelegenheit hatte, Wilma wiederzusehen. Völlig legitim, in einer guten Position mit einer neuen Show, ohne die Demütigung, sie um ein Wiedersehen gebeten zu haben. Dazu kam, dass sie nicht mehr mit dem Schürmann zusammen, vielleicht sogar gänzlich Single war.

Im Nachhinein ist mir sonnenklar, dass ich mit diesen Gedanken schon dabei war, mich in einen erneuten Irrsinn zu stürzen, und das so kurz nach meiner katastrophalen Abschiedsvorstellung in Rottenegg, aber die Personalie Wilma sorgte für genau die Ablenkung, die ich nach den üblen letzten Wochen dringend brauchte.

Die nächsten Tage verbrachte ich in zuckersüßer Euphorie. Ich ging zum Friseur und ließ mir die Haare ungefähr auf Kai-Pflaume-Länge stutzen, was mich deutlich schlanker wirken ließ, ich besuchte eine Pressevorführung von Wilmas Komödie mit Christian Ulmen. Die nannte sich *Das liebe Geld* und handelte von einem aufgeblasenen Banker – das war der Ulmen –, der nach der Finanzkrise alles verloren hatte und jetzt eine Currywurst-Bude aufmacht, wo er die sozial verwahrloste Cynthia – das war Wilma – aufnimmt und sie für sich arbeiten lässt.

Trotz der pseudoironischen Gegenüberstellung von sozialen Klischees und einer zum Schluss unerträglich schmalzigen Liebesgeschichte gefiel mir der Film. In der Hauptsache wegen der Oben-ohne-Szene von Wilma. Ich hatte fast vergessen, was für liebenswert kleine Brüste sie hatte. Ich bekam bei dem Anblick tatsächlich eine Erektion, das war mir im Kino nicht mehr so gegangen, seit ich mich mit ein paar Freunden in Ingolstadt in den ersten Teil von *Eis am Stiel* schmuggeln konnte.

Ich dokterte weiter an der Inneneinrichtung der Wohnung herum, freilich mit dem Hintergedanken, dass sich Wilma demnächst persönlich von meiner neuen dynamischen Lebensweise überzeugen könnte.

Auf Sat.1 liefen bereits seit Tagen Trailer für die Premiere meiner Show und darin immer wieder jener Ausschnitt, als ich zu Schürmann sagte: «Das letzte Mal, als wir uns gesehen haben, hab ich dich mit meiner Freundin im Bett vorgefunden.» Der Werbespruch zu der Sendung hieß: «Late Night muss wieder waghalsig werden. Gregor Herzl ist Ihr Stuntman dafür.»

Die Trailer waren schnell geschnitten und erinnerten in ihrer Machart allzu offensichtlich an die Ästhetik von PTV. Der Kuchler war grade dabei, seinem neuen Sender seinen alten Stempel aufzudrücken, was geradezu lächerlich war. Den schnellen Schnitt und die markante Jugendsprache, die hatte ja nicht der Kuchler erfunden. Wirklich nicht. Im Gegenteil.

Ein paar Tage später lief dann auch der Pilot. Am nächsten Tag suchte ich zunächst vergeblich nach Reaktionen des Feuilletons. Am Abend fand ich dann einen recht üblen Verriss auf *Spiegel Online*, in dem stand:

Musikopa Herzl will sich durch die Late-Night-Hintertür als Mischung aus Niels Ruf und Monaco Franze nach oben schlafen und uns mit Details seines Intimlebens molestieren, aber wer um die Uhrzeit noch nicht müde ist, wird es spätestens bei den altbekannten Phrasen des ewigen Pop-TV-Stenzes.

Das tat schon mal weh. Am nächsten Tag war in den Zeitungen auch nichts zu lesen, außer in der *FAZ*, die schrieb:

Herzl fehlt die Verbissenheit seiner Flegeljahre, aber als Talkmaster ist er immer noch viel zu jung, um anständige Fragen zu stellen. Vielleicht aber alt genug, um ihn demnächst als weiteres Late-Night-Quotenopfer neben Niels Ruf und Anke Engelke beizusetzen.

Auch das hatte gesessen. Ich bin ja immer offen für konstruktive Kritik, aber was man sich bisweilen als Person des öffentlichen Lebens an Polemik anhören muss, ist echt nichts für schwache Gemüter. Jetzt mal ernsthaft: Ich bin Fernsehmoderator und kein Herzchirurg, hier entscheiden die vermeintlichen Fähigkeiten also nicht über Leben und Tod, insofern kann man auch einfach mal die Kirche im Dorf lassen und zur Linderung der zugefügten Qualen die Fernbedienung in die Hand nehmen.

Dementsprechend hörte ich danach auf, mich und die Sendung zu googeln. Eine Woche später stand die Aufzeichnung der zweiten Folge an. Um achtzehn Uhr ging es los, die Sendung selbst wurde um dreiundzwanzig Uhr ausgestrahlt, also später als zunächst geplant.

Meine Nase war so gut wie verheilt, mein Haarschnitt fetzte, und ich wurde vom Sender mit einem nagelneuen Hugo-Anzug ausgestattet, in dem ich allerdings ein bisschen zu staatsmännisch aussah. Jetzt konnte Wilma kommen.

Ich traf sie nicht vor der Sendung, weil sie erst kurz nach Aufzeichnungsbeginn ankam, und so sah ich sie das erste Mal seit unserem Trennungssex vor laufenden Kameras wieder.

Ich kündigte sie an, die Band spielte ein paar Takte von *Pretty Woman*, dann schritt sie auf der Bühne auf mich zu, und mir wurde fast schlecht vor Aufregung, denn sie sah aus wie die Lösung all meiner Probleme. Ihr rotes Haar war länger, als ich es bei ihr kannte, ein fransiger Pony hing ihr in die Stirn, und darunter lugten gerade noch so ihre alles erleuchtenden grünblauen Augen hervor. Sie trug ein hellblaues Kleid und eine weiße Strumpfhose dazu, ihre Schuhe waren ebenfalls hellblau und hatten hohe Absätze, wie ich sie bei ihr noch nie gesehen hatte.

Sie schritt elegant, wie es nur ein Filmstar kann, auf mich zu. Früher war sie in der Öffentlichkeit eher salopp und weniger damenhaft aufgetreten, aber das war jetzt offensichtlich anders. Da kam mir ein echter Star entgegen und umarmte mich herzlich. Ich roch Wilmas Parfüm, es war noch das gleiche. Ich fühlte mich bei diesem Geruch, als wäre ich nach zehn Jahren bei der Fremdenlegion nach Hause gekommen.

«Hallo, mein Schatz», flüsterte sie mir ins Ohr. Auch die Zuschauer fragten sich vermutlich schon, warum diese Umarmung nicht aufhörte. Den Kuchler würde es freuen. Ich geleitete Wilma zu ihrem Ohrensessel neben meinem Moderationsschreibtisch und eröffnete das Gespräch: «Schön, dass du kommen konntest. Wir haben uns ja lange nicht mehr gesehen.» Sie blinzelte.

«Jaaa, ganz lange nicht. Viel zu lange.» Jetzt zwinkerte sie mir zu, ich fand das ein bisschen dick aufgetragen.

«Ja, seitdem ich dich mit Daniel Schürmann im Bett erwischt habe», lachte ich, und sie lachte auch. Das Publikum machte ein kollektives «Uhhh».

«Ich hab dabei an dich gedacht, Darling.»

Und wieder alle: «Uhhhhhh.»

Ich warf Wilma eine Kusshand zu und begann mit meiner Überleitung: «Eine Bettszene gibt's ja auch in deinem neuen Film mit Christian Ulmen. Spielst du so etwas gerne?»

«Ja nee, so was spielt eigentlich niemand gerne. Obwohl's mit Christian dann auch gleich in Slapstick ausartete, weil ...»

Und so erzählte sie von Pannen bei den Dreharbeiten und weiteren Kuriositäten ihrer Schauspielkarriere, die ich zum großen Teil längst kannte. Wir spendierten uns gegenseitig ein paar Seitenhiebe, die dem Publikum zeigten, wie vertraut wir uns waren, und wirkten so auf eine professionelle Weise völlig unprofessionell.

Die Sendung ging zu Ende, das Studiopublikum klatschte tosend, und ich ging hinter die Bühne in den kleinen Aufenthaltsraum, wo Wilma saß und auf mich wartete. Als ob nichts, aber auch gar nichts passiert wäre, sagte sie zu mir: «Du hast mir so gefehlt, Grex.»

«Du mir auch», sagte ich.

Ich setzte mich neben sie auf die Couch und umarmte sie. Um uns herum wuselte es vor Set-Arbeitern, die den Raum in Richtung Hinterausgang passierten. Sie lehnte sich eng an mich und gab mir einen Kuss auf die Stirn. Ich nahm ihren Kopf und zog ihn vorsichtig zu meinem Mund. Wir küssten uns, und zwar so richtig. Danach sagte sie:

«Ich muss jetzt dringend los, rufst du mich an?»

«Klar», sagte ich, dann stand sie auf und verließ den Warteraum. Ich hatte einen veritablen Ständer und blieb lieber noch einen Moment sitzen.

Kuchler kam herein. «Großartig, Grex. Raggnoi, Oida, Raggnroi! Du, ich muss dringend los, wir telefonieren morgen. Des Feuilleton haut uns bestimmt total fiere!»

18
WILMA

Das Feuilleton haute leider gar nicht so nach vorne. Eher drauf.

Ich wollte es ja eigentlich nicht mehr zur Kenntnis nehmen, aber meine Mutter rief mich an, um mir zur Sendung zu gratulieren, nicht ohne mich zu fragen, ob das notwendig war, mit der Wilma so zu posieren.

«Das ist auch der *Süddeutschen* unangenehm aufgefallen», sagte sie und las daraus vor:

Herzl setzt die Zerboulevardisierung seines Profils fort und herzt seine Ex- oder Wiederfreundin so, dass Kai Pflaume im Studio nebenan durch die Love-Vibes ganz sicher eine redaktionelle Erektion bekommen hat. Auch ansonsten inkarniert das Prinzip New Late Night mit Herzl eher schlecht als recht, lediglich die Sprüche sind nicht ganz so 90er wie die von so manchem Vorgänger.

«Da lässt du dich jetzt aber gar nicht drausbringen», empfahl meine Mama. «Aller Anfang ist schwer, Gregoli. Aber sag mal ehrlich: Hast du wirklich wieder was mit der Wilma?»

«Naa, Mama, nur so als Freunde. Wir mögen uns halt einfach noch gern.» Aber meine Mutter las natürlich zwischen den Zeilen und baute sich im Hinterstüberl ihre eigene Horror-Headline:

DIE UNTREUE SCHAUSPIELERIN ZURÜCK IM LEBEN VON MEINEM ARMEN BUB.

«Geh, Gregor, dass du jetzt nicht gescheiter bist. Die hat dir doch so das Herz gebrochen.»

«Ach, das ist doch schon lang her, Mama.»

«Und das mit der Johanna und dem Hinrainer hättest fei auch nicht im Fernsehen erzählen müssen. Jetzt fragen uns dauernd alle.»

«Tut mir leid, Mama. Du, ich muss dringend los. Bis ganz bald. Bussi.»

Ich legte auf und rief Wilma an. Ich schlug vor, abends essen zu gehen. Sie hatte zwar keine Zeit, stellte aber einen Alternativtermin am nächsten Tag in Aussicht. Und so trafen wir uns ganz förmlich zu einem richtigen Date bei einem sehr ordentlichen, aber nicht zu edlen Thailänder in der Lychener Straße, wo wir beide zu Fuß hingehen konnten. Man aß dort auf dem Boden, und wir suchten uns eine Ecke aus, in der wir, an die Wand gelehnt, eng aneinandersaßen.

Wir fingen an, uns all die Dinge zu erzählen, die in den Monaten seit unserer Trennung vorgefallen waren, sparten aber beide unsere Übergangspartner aus. So berichtete Wilma von den Dreharbeiten zu *Das liebe Geld* und über Pläne, eine eigene Modelinie zu starten. Ich dachte kurz an all diese C-Promi-Ischen, die jetzt in Klamotten oder Schmuck machten, weil sonst nichts geht, beschloss aber, dass sich die Geschichte bei Wilma ganz anders verhielt, weil sie zum einen Geschmack hatte und auch sonst bei ihr einiges ging.

Eigentlich tat es auch nichts zur Sache, was genau Wilma erzählte, alleine das Privileg, ihr dabei zuhören zu dürfen, reichte mir völlig.

Ich hingegen berichtete von meinen Eltern, dem Eddie, *IngoTV* und dem Tod vom Onkel Norbert. Wilma musste weinen, ich nahm sie in den Arm, und wir küssten uns, bis die Nachspeise kam.

Ich erzählte ihr an diesem Abend nichts von der Überdosis Schlaftabletten.

Wir gingen in meine umdekorierte Wohnung, und Wilma kommentierte das leider gar nicht, aber wir waren ja auch kurz nach dem Betreten schon dabei, uns auszuziehen. Wir schliefen miteinander, als hätte es Rottenegg nie gegeben. Es war sehr vertraut, und ich hatte das Gefühl, dass ich nirgendwo anders hingehörte als in diese Wohnung mit dieser Frau.

Nach dem Sex lagen wir ineinander verschlungen da und hörten eine Platte von Gil Scott-Heron. Ich nickte kurz ein, und als ich aufwachte, war die Platte zu Ende, und Wilma zog sich an. Es war erst Mitternacht.

«Was machst du denn da?», fragte ich höchst besorgt.

«Ich will nicht gleich wieder bei 180 einsteigen, Grex, mein Liebling. Lass uns die Sache langsam beschleunigen. Ich schlaf heut zu Hause, aber wir sehen uns morgen. Hab dich lieb.»

Ich war beruhigt und schlief glücklich und zufrieden ein.

Als ich am Folgemorgen erwachte, wusste ich zunächst nicht, wie ich mich fühlen sollte, aber als ich mich stückweise wieder zurück an das Date mit Wilma erinnerte, füllte sich mein Körper mit der reinsten Form von Seligkeit, die ich seit langem gespürt hatte. Ich schwöre. Von einem Holzweg keine Spur.

Wilma und ich sahen uns tatsächlich am nächsten Tag wieder und am nächsten und am übernächsten. Schnell hatte sich der Alltag mit ihr wieder eingependelt, und nach ein paar Wochen kam mir die Tatsache, dass wir so lange getrennt gewesen waren, vor wie ein schlechter Traum.

19
QUOTEN

Die Aufzeichnungen für die Show gingen leicht von der Hand, jetzt, da Wilma wieder an meiner Seite war. Wenn ihr Kalender es zuließ, begleitete sie mich zu den Drehs und unterhielt sich während der Sendung mit dem Kuchler, der zumindest bei den ersten Shows jedes Mal noch persönlich anwesend war. Ich war ja sein Geschöpf und sollte der lebende Beweis dafür werden, dass seine Art, Fernsehen zu machen, auch bei einem großen Privatsender wie Sat.1 funktionierte.

Doch der Kuchler war nicht so dumm, in seiner neuen Rolle nur auf Mainstream-unerprobte Pferde zu setzen. Was Sat.1 auch in Quotentiefs stets ganz erfolgreich hinbekommen hatte, war die Verfilmung klassischer deutscher Krisen: das Bombardement Dresdens, die Sturmflut von Hamburg oder die Berliner Luftbrücke. Als Nächstes stand die Verfilmung des Zugunglücks von Eschede an, sinnigerweise unter dem Arbeitstitel *Eschede*.

Ich weiß nicht, ob Wilma über ihre Agentur und die ausführende Produktionsfirma ins Boot kam, bevor wir beide uns «wiedervereinigten», oder ob der Kontakt mit Kuchler die Sache erst ins Rollen brachte, und ich will es auch heute nicht mehr wissen. Sicher ist nur, dass man Wilma anbot, die Hauptrolle zu spielen: die Frau eines Überlebenden. Nach dem Unglück muss der Mann wieder zurück in den Alltag finden und seine Frau, eine wahre Kämpfernatur, dafür sorgen, dass die Familie nicht genauso zerbricht wie der ICE. Für mich roch das streng nach einer typischen Veronica-Ferres-Rolle. Natürlich war ich trotzdem stolz, denn neben ihrer Hit-Comedy mit Ulmen war diese Rolle ganz sicher eine weitere Adelung Wilmas als Deutschlands hoffnungsvollste Jungschauspielerin.

Ich war heilfroh, dass ich meine Late-Night-Show hatte, sonst hätte ich mich sicher zusehends von ihrer Popularität überrollt gefühlt. Es wurde jetzt auch im Alltag immer deutlicher, auf welchem Level in der Branche sie mittlerweile operierte. Man merkte es an ihren vielen Drehtagen, den unzähligen gesellschaftlichen Anlässen am Abend, zu denen ich meistens noch nicht einmal als Plus-Eins mitkommen konnte, und an den neugierigen Blicken der Leute, wenn wir in einem Café saßen oder einfach nur die Straße entlanggingen.

Jedermann weiß ja, dass die Berliner in Sachen Prominenz nicht leicht hinterm Ofen hervorzulocken sind, selbst ein Brad Pitt tut sich hier angenehm schwer damit, einen Menschenauflauf zu verursachen, deshalb war das Aufsehen, das Wilma erregte, nicht hoch genug einzuschätzen. Ich erinnerte mich an die Zeit, in der ich mich hin und wieder mit Heike Makatsch in Mitte rumgetrieben hatte, und sie musste kein einziges Autogramm geben. Zumindest nicht in meiner Gegenwart.

Aber auch mein Ruf prosperierte. Die Late-Night-Show konnte zumindest in den ersten Wochen einige illustre Gäste wie Anke Engelke, Michael Ballack, Jamie Oliver oder sogar Beyoncé vorweisen, und das Feuilleton hatte endlich seine anfängliche Skepsis überwunden und schrieb nun Dinge wie:

Wenn Herzl die Kraft der zwei Herzen hat, hat er auch die Ausdauer, dem Quotendruck von Sat. 1 standzuhalten. Es wäre der deutschen Fernsehlandschaft zu wünschen, denn niemand geht so unbekümmert mit dem überkandidelten Medium Fernsehen und seinen aufgeblasenen Protagonisten um wie der gebürtige Ingolstädter.

Das stand in der *Welt*, und das war auch der allgemeine Tenor nach ein paar Wochen, bevor die Novität des Formats abfiel und es keine Berichterstattung mehr dazu gab. Die Quoten der Sendung interessierten mich nicht, ich weiß nur, dass sie bei den ersten beiden Folgen überraschend hoch ausfielen. Der Kuchler schickte sie mir regelmäßig, später dann nur noch seine Assistentin, aber ich öffnete noch nicht einmal die PDFs. Der Kuchler scherte mich genauso wenig wie die Quoten. Ich interessierte mich nur für Wilma, und obwohl wir damit ein gemeinsames Interesse hatten, konnten wir es immer weniger teilen, weil Wilma ständig unterwegs war und oft lieber bei sich zu Hause übernachtete, als mich um vier Uhr nachts noch aufzuwecken, wenn sie Gott weiß woher kam.

Es war vermutlich ganz normal, dass ich ob ihrer ständigen Abwesenheit immer eifersüchtiger wurde.

Von Tag zu Tag wurde die Erinnerung an die Situation mit dem Schürmann deutlicher. Ich konnte auch den Schürmann nicht mehr sehen, obwohl wir ein-, zweimal telefoniert hatten, um der alten Zeiten willen. Genauer gesagt misstraute ich ihm bereits wieder. Ich erinnere mich, dass ich Wilma eines Abends anrief, um sie zu fragen, ob ich etwas für sie mitkochen solle. Sie war kurz angebunden und überdreht, und ständig lachte jemand im Hintergrund. Es war ein männliches Lachen.

«Wer lacht denn da so saublöd? Ist das der Schürmann?»

«Was? Ich versteh dich nicht. Es ist so laut hier!»

«Wer da so lacht, wollt ich nur wissen. Wo bist du denn?»

«Ach, ich bin nur abendessen im *Borchardt.*»

«Ach so. Abendessen. Ich wollte was kochen.»

«Ich muss aufhören, Grex. Nicht bös sein.»

Am nächsten Tag war ich mit Wilma zum Frühstück verabredet. Sie schmierte sich Marmelade auf ihr Croissant und rieb ihr Knie unter dem Tisch an meinem. Ich muss wohl ein nachdenkliches Gesicht gemacht haben, denn sie fragte mich, ob es mir gutginge. Sie fragte das eigentlich ganz nett, aber mich ließ das Männerlachen von gestern nicht los.

«Mit wem warst du denn jetzt gestern im *Borchardt*?»

«Mit ein paar Arbeitskollegen. Warum?»

«Mit Kollegen meinst du Männer.»

«Ja, unter anderem.»

«Wer denn zum Beispiel?»

«Sag mal, bist du jetzt eifersüchtig? Ich musste dir

doch früher auch nie Rechenschaft darüber ablegen, was ich beruflich so mache.»

«Da hattest du dir auch noch keinen Schauspielkollegen vor meinen Augen in dich reingesteckt.»

«Mein Gott, Gregor, du Arsch. Ich wusste, dass das irgendwann hochkommt. Wenn du das nicht vergessen kannst, dann wird das schwierig mit uns.»

Wilma war sauer, und ich war erstaunt darüber, wie sie das jetzt *gegen* mich verwenden konnte. War ich jetzt der Buhmann, weil ich diese Demütigung nicht einfach nach ein paar Mal Reunion-Sex wieder unter die Decke kehren konnte? Wir frühstückten wortlos weiter, aber sie rieb ihr Knie nicht mehr an meinem.

Es war mittlerweile November. Berlin zeigte sich jetzt wieder von der Seite, die ich in Rottenegg die meiste Zeit in Erinnerung behalten hatte. Es war unwirtlich und kalt, und man fühlte sich wie im Quarantänezustand: An manchen dieser eiskalten Regentage im Herbst schien der Regen zu sauer und die Luft zu schwer, um sie einzuatmen.

Nach dem Frühstück musste Wilma zu einem Termin, und ich ging in meine Wohnung zurück und versuchte, meinen Steuerkram zu erledigen. Der Kuchler rief mich an, ich ging aber nicht ran. Als meine Mutter anrief, nahm ich dagegen ab.

«Wie geht's dir, Gregoli? Im *Donaukurier* ist ein großer Artikel über deine Sendung und ein Interview mit dem Chef von *IngoTV*.»

«Aha. Was sagt er denn?»

«Ich hab's nicht genau gelesen. Er sagt, dass Sat.1 die *Herzlichst*-Sendung kopiert hat. Und du deinen

Vertrag nicht erfüllt hättest. Des is wahrscheinlich ein Schmarrn, oder?»

«Totaler Schmarrn, Mama. Der ist nur sauer, weil ich nicht mehr für ihn arbeite. Und den Vertrag konnte ich nicht erfüllen, weil ich krankgeschrieben war. Wegen der Nase.»

«Ja, das hab ich mir gedacht. Die Leut sind auch ein bisschen sauer, weil du nicht mehr da bist und immer diese Witze über Rottenegg machst, aber das gibt sich sicher wieder», sagte meine Mutter, und sie klang sehr enttäuscht.

«Erzähl doch dem Bub nicht so einen Unsinn», hörte ich meinen Vater im Hintergrund.

«Na ja, wenn's halt so ist. Der Brandl hetzt ja auch alle auf», antwortete meine Mutter meinem Vater.

«Du, Mama, jetzt ist grad schlecht zum Ratschen, ich ruf dich die Tage mal an, dann erzählst du mir alles.»

Ich legte auf und fühlte mich elend. Es störte mich nicht, dass ich es mir mit den Rotteneggern verschissen hatte, auch gegenüber *IngoTV* hatte ich kein schlechtes Gewissen, aber der Zorn vom Eddie tat mir weh. Zudem war es eine Farce, dass mein ehemaliges Rückzugsgebiet, meine Heimat, jetzt zum Kriegsschauplatz geworden war, den man besser mied. Dass ich erst dort und jetzt wieder in Berlin das Gefühl hatte, mich im politischen Exil zu befinden und nicht nach Hause zurückkönnte. Ich schaltete den Fernseher ein. Im RTL-Mittagsmagazin lief ein Bericht über Wilmas neuen Film.

Überhaupt war die gute Frau im Moment etwas überrepräsentiert in meiner medialen Wahrnehmung. Leider blieb unsere gemeinsame Zeit völlig hinter meiner Quote an gemeinsamer Quality-Time zurück. Und wenn ich mit Wilma mal mehr Zeit verbrachte als nur die Stunden zwischen ihrem Drehschluss und dem Frühstück, dann kam irgendwie auch nichts Gescheites dabei heraus. Das Ganze erinnerte mich auf finstere Weise fast ein wenig an meine letzten Wochen mit Johanna.

Jetzt im Nachhinein.

Zum Beispiel war da dieser Ausflug mit Wilma in ein Wellness-Hotel in Brandenburg an einem der vom Aussterben bedrohten gemeinsamen freien Wochenenden. Scharmützelsee, hässlicher Hotelkasten, aber sauteuer und Wellness, bis einem schlecht wurde. Meins war das nicht, Wilma bestand jedoch auf der Erholung und war der Meinung, dass mir das gefallen würde, zumal der Scharmützelsee ja nicht umsonst das Märkische Meer genannt würde. Nur, was hilft das schönste Meer, wenn draußen so ein Dreckswetter herrscht wie im Herbst? Aber es war ja nicht alles schlecht. Das Essen zum Beispiel war ganz ausgezeichnet und der Außenpool eine einzige riesige warme Badewanne, aus der man mich nur schwerlich wieder herauslotsen konnte.

Jetzt könnte man ja meinen, dass bei geballter Entspannung und Zweisamkeit das Gespräch auch mal auf die gemeinsame Lebens- und Partnerschaftssituation kommt, aber nicht mit Fräulein Wilma Schwarzer. Keine Ahnung, was los war, aber andauernd ging ihr Handy: noch ein Anruf von der Produktionsfirma, noch eine Anfrage vom Management, und andauernd simste sie in der Gegend herum, teilweise noch in der Sauna. Das war jetzt ein wenig übertrieben. Wenn ich sie strafend ansah, reagierte sie entweder unwirsch und ging telefonierend von dannen oder gab mir einen Kuss auf die Stirn und ging trotzdem von dannen.

Beim Abendessen ließ ich zaghaft anklingen, dass ich nicht darauf aus war, einen Preis für die beste Nebenrolle in ihrem Leben zu gewinnen. Aber sag das mal jemandem, den du abgöttisch liebst, ohne gleich weinerlich oder defensiv zu wirken. An jenem Abend war Wilma ein bisschen angetrunken von dem vielen Rotwein, und das stimmte sie wohl milde. Zumindest ließ sie mich gewähren.

«Weißt du, Wilma, fühl dich nicht bedrängt von mir, ich will's ja auch langsam angehen», log ich, «aber diesmal soll's schon was mit Substanz werden. Und mit Plänen.»

Wilma kicherte sanft und nahm meine Hand. Sie legte sie an ihre Wange und ließ sie ein bisschen kreisen, so wie einen dieser sanften Rubbelschwämme, die sie in der Dusche beim Peeling benutzt.

«Ach Herzl, du bist ein ewiger Romantiker. So was wie dich finde ich wahrscheinlich wirklich kein zweites Mal.»

«Und einmal ist schon total unwahrscheinlich. Eine Nadel im Heuhaufen.» Ui, ich wurde langsam albern, aber ich hatte ja auch schon etwas getrunken.

«Weißt du noch, früher, Gregor, als wir uns kennengelernt haben? Da haben wir so rücksichtslos aufeinander losgebumst, so was hab ich noch nicht erlebt. Da waren wir zwei ganz freie Leute. Wir haben getan, was uns Spaß gemacht hat. Ich in den ersten Rollen, ich wusste ja gar nicht, was ich tat. Du mit deiner Musik. Wir mit unserem wüsten Drogengeficke.»

Sie verstand offenbar nicht so ganz, worum es mir eigentlich ging, deswegen legte ich nochmal zart nach.

«Ja, das waren noch Zeiten. Aber ich wüsste da auch eine Konstante, an der wir uns im Hier und Jetzt festhalten könnten.»

«Kann mir schon denken, was du meinst», sagte Wilma und biss mir in den Finger. Es war aussichtslos, ein substanzielles Beziehungsgespräch zu führen. Dann eben nicht.

Man kann sich vermutlich denken, was nach dem Abendessen passierte, aber darauf wollte ich ehrlich gesagt nur zum Teil hinaus. Denn am nächsten Morgen wachte ich in einem – bis auf mich – leeren Bett auf und ging in ein leeres Badezimmer. Ich schaltete den Fernseher ein und wartete, aber auch in der nächsten halben Stunde tauchte keine Wilma auf. Ich rief sie auf dem Mobiltelefon an, aber die Leitung war besetzt.

Ich stellte mich auf den Balkon in einen grauslich verregneten Morgen am Märkischen Meer und sah auf einmal Wilma, die im Bademantel und einem Anorak darüber telefonierend in der Parkanlage des Hotels auf und ab schritt. Zuerst dachte ich, es handelte sich um ein Arbeitsgespräch, weil sie so enerviert hin und her lief, aber nachdem meine Ohren sich an die Hintergrundgeräusche in der Anlage gewöhnt hatten, glaubte ich sie lachen zu hören. Aufgeregt lachen. Nervös lachen. Als sie wieder ins Hotel kam, sagte sie zu mir:

«Mensch, die lassen einen noch nicht mal am Sonntagmorgen in Ruhe.»

«Aha», sagte ich, weil ich nicht schon wieder mit

der Eifersüchtelei anfangen wollte. Am Mittag reisten wir dann ab vom Märkischen Meer.

Die folgenden Wochen über verschlechterten sich die Quoten meiner Show und das Verhältnis zu Wilma gravierend. Kuchlers Sekretärin schickte mir die Zahlen nicht mehr als angehängtes PDF, sondern schrieb sie in die Mail. Ich hatte keine Ahnung, woran es lag, die Gäste waren hochkarätig, und meine Moderation war ja immer dieselbe. Bei Wilma lag es hingegen an meiner Unsicherheit. Je gefragter sie wurde, desto weniger war sie bei mir, und desto bedingungsloser forderte ich ihre Zuneigung ein.

Ich hätte am liebsten jeden Tag mit ihr geschlafen, aber sie war ja nicht jeden Tag da, und wenn sie da war, hatte sie meistens keinen Nerv dazu, und ich arme Wurst musste sie oft dazu überreden, wenigstens noch zu mir zu kommen, damit wir nebeneinander einschlafen konnten. Wenn sie weg war, dachte ich die ganze Zeit an Sex mit ihr, und ich ertappte mich dabei, wie ich eines Nachmittags einen älteren Film mit einer Nacktszene von ihr auf meinem Notebook anschaute. Ich merkte schon, dass ich Wilma langsam auf die Nerven ging, und mir war auch bewusst, dass sie meine Unzufriedenheit und meine Eifersucht in die Enge trieben, aber ich hielt ihre Loyalität mir gegenüber für stark genug, um über diese Phase hinwegzukommen. Schließlich wusste sie ja von Onkel Norberts Tod und kannte auch die restlichen Rottenegg-Dramen. Ich musste mich doch erst erholen, ich war noch nicht wieder der Alte, erklärte ich ihr.

Wenn Wilma abends nicht da war, ging ich ab und zu zu DJ Toby ins *Panoptikum*. Ich trank ein paar Bier, und hin und wieder teilte ich ein bisschen Koks mit der Technoblase, nichts Wildes. Mädchen interessierten mich nicht. Ich versuchte nur die Zeit zu überbrücken, bis ich Wilma wiedersehen konnte. Wenn ich so gegen fünf daheim war, konnte ich manchmal nicht schlafen. Ich dachte an den Norbert und heulte stundenlang. Danach konnte ich immerhin einschlafen. Es waren furchtbare Wochen, wenn ich ehrlich bin.

Eines Morgens stand Wilma unangekündigt vor der Tür, ungeschminkt und verheult. Sie konnte nicht sagen, was los war. Ich hatte keine Ahnung, ich vermutete, es hatte mit beruflichen Angelegenheiten zu tun. Wilma klagte zusehends über den Druck der öffentlichen Meinung, die damit korrespondierende Schlaflosigkeit und über chronische Müdigkeit beim Dreh. Wahrscheinlich war ihr nun endgültig alles zu viel, und dann hatte sie noch diesen Jammerlappen als Freund zu Hause. Ich machte ihr einen Kaffee, und sie umarmte mich dankbar. Wir setzten uns auf die Couch, und ich hielt sie im Arm. Langsam beruhigte sie sich.

«Grexi?»

«Was ist denn los, Herz?» Wilma wand sich aus meiner Umarmung.

«Es tut mir so leid», fing sie wieder an zu weinen.

«Was tut dir denn leid, Wimmi?»

«Du bist so ein lieber Kerl. Ich hab dich überhaupt nicht verdient.» Ich war zu dem Zeitpunkt immer noch ahnungslos, was sie mir damit sagen wollte. Vielleicht sah sie ja ein, dass sie sich zu viel um sich gekümmert hatte. Und dass der Wahnsinn von Rottenegg in mir ein Alleinstellungsbedürfnis an Zuwendung ausgelöst hatte. Dass ich ihre scheiß Liebe grade dringender denn je brauchte.

«Ich hab dich so lieb, Grexi.»

«Ich dich auch, Wimmi.»

«Aber ich kann nicht mit dir zusammen sein.»

Ich weiß nicht mehr, was mir durch den Kopf ging, als ich das hörte. Ich glaube, er war mit einem Schlag gespenstisch leer.

«Was sagst du da?», fragte ich sicherheitshalber nach.

«Gregorschatz», weinte sie jetzt wieder. «Unsere Biographien haben sich so weit auseinanderentwickelt in der Zeit, in der wir getrennt waren. Es ist nicht mehr so wie früher. Wir führen jetzt beide ein ganz anderes Leben.» Dieser Argumentation konnte ich nicht folgen.

«Häh? Wieso denn anderes Leben? Du bist beim Film, ich bin beim Fernsehen, wir sind beide in Berlin. Es ist genau dasselbe wie vorher.»

«Aber wir haben uns verändert. Du trägst all diese schrecklichen Dinge noch in dir. Der Tod von Norbert. Diese schreckliche Zeit in Bayern. Das hast du doch alles noch nicht verarbeitet. Und ich hatte ein ganz anderes Jahr.» Langsam verstand ich, dass sie mich davon überzeugen wollte, dass eine erneute Trennung für uns beide die beste Lösung war.

«Ach so, dein Jahr war ausschließlich super, oder was? Schön Karriere gemacht und ein bisschen mit dem Geschwürmann rumgefickt. Toll, leicht, locker. *Mein Superjahr* von Wilma Schwarzer. Jetzt bei Ihrem Buchhändler.»

«Ach Grex, es war nicht ausschließlich super, aber es hat sich alles in eine gute Richtung entwickelt. Das mit dem Daniel war ein Fehler, das geb ich zu. Er war immer zu unbeständig, zu naiv für mich. Aber dass *wir* jetzt wieder zusammengekommen sind, ist auch nicht richtig.»

Langsam kam ich wieder zu geistigen Kräften und wurde misstrauisch. Was faselte die Frau denn da zusammen? Das waren doch keine plausiblen Gründe für eine Trennung. Gut, vielleicht war ich ihr zu anhänglich oder nicht mehr ihre gesellschaftliche Kragenweite, oder sie war nicht mehr verliebt, aber sie sollte endlich mal ihr Maul aufmachen. Verdruckte Kuh, hinterfotzige. Ich stieß sie weg.

«Mann, Wilma, jetz hör mal auf, mich zu verarschen. Du liebst mich nicht mehr, sag das doch auch.»

«Aua, spinnst du! Du kannst mich doch nicht einfach so schubsen. Ich hab dich noch nie gewalttätig erlebt. Was ist nur los mit dir?»

Ich bereute den Schubser auf der Stelle. Es war nicht meine Art, grob zu werden. Überhaupt nicht. Noch nicht einmal, wenn sich solche Abgründe auftaten.

«Es tut mir leid. Liebst du mich noch oder nicht?» Jetzt fing ich fast an zu weinen, was mir schon im selben Moment peinlich war.

«Natürlich lieb ich dich, Grexi.» Sie rückte wieder an meine Seite. «Sich liebhaben bedeutet trotzdem nicht automatisch, dass eine Beziehung funktioniert. Aber ich will doch nicht, dass wir uns verlieren.»

Ich ließ zu, dass sie sich an mich lehnte. Ich spürte ihren Atem an meinem Hals. Sie legte ihre Hand auf meine Brust und streichelte mich ein wenig. Fast hätte sie mich eingelullt, fast wäre es schon wieder zum Trennungssex gekommen, aber ich hatte den

Horror der ersten Trennung noch nicht vergessen. Wie es war, sich ständig und immer wieder an diese vorgeblich letzte Nacht erinnern zu müssen. Außerdem fiel mir noch etwas anderes ein. Ich nahm Wilmas Hand von meiner Brust.

«Sag mal, Wims, gibt's schon wieder einen Neuen? So ganz nach alter Wilma-Schwarzer-Gewohnheit?»

Sie hatte den Nerv, mich empört anzusehen.

«Gregor! Denkst du, ich bin ständig auf der Suche nach dem nächsten Typen? Warum bin ich denn wieder mit dir zusammengekommen?» Ich witterte trotzdem etwas und hakte nach.

«Im Ernst, Wilma, da ist doch jemand, oder?» Wilma wurde sauer. Unfassbar, dass ausgerechnet *sie* sauer war. Wer wurde denn hier schon wieder vor die Tür gesetzt?

«Na, und wenn schon. Das hat nichts mit unserem Verhältnis zu tun», sagte sie. Ich lachte laut und gehässig auf.

«Ach so, das hat nichts mit unserem Verhältnis zu tun, wenn du dich von mir trennst und zufällig auf der gleichen Timeline, im selben Leben, noch jemand anderen bumst? Na, dann werde ich das wohl strikt getrennt voneinander betrachten müssen.»

«Sarkasmus steht dir gar nicht», sagte sie, und ihre leuchtenden grünblauen Augen sahen jetzt ganz grau und ausgekühlt aus.

«Lügen steht dir dafür aber ganz gut, hübsches Fräulein. Jetzt spuck's aus: Wer ist es denn diesmal? Kann ja nicht schon wieder jemand sein, den ich kenne, oder?»

Sie wandte den Blick ab. Das konnte doch nicht wahr sein. Sie konnte nicht schon wieder ...? Das war der Hohn schlechthin, dachte ich und gab meinen Tipp ab:

«Du bist echt wieder mit dem Schürmann zusammen? Ich dachte, die Pickelhaube wär dir zu naiv.»

«Was?!», schrie sie auf. «Nein, ich hab nichts mit dem Dani.»

«Mit wem denn dann, verdammt nochmal?!», schrie ich zurück.

Wilma stand auf und suchte ihre Sachen zusammen. Sie zog ihre Jacke an und holte eine Schachtel Zigaretten und ein billiges Feuerzeug aus ihrer Handtasche. Dann zündete sie sich eine Zigarette an. Auf dem Feuerzeug war ein Sat. 1-Logo.

«Du kannst jetzt nicht gehen, Wilma. Erst will ich wissen, wer der nächste Idiot ist, der dich ein Stück auf dem Weg nach oben begleitet.» Puh, das klang pathetisch, selbst in dieser Situation.

«Es ist doch sicher jemand von Sat. 1. Aus diesem Eschede-Schwachsinn.» Seit Schürmann war ich hellhörig, was Wilmas Drehpartner betraf.

«Nicht direkt», sagte sie, jetzt wieder ruhig. Und als würde sie resignieren, fügte sie hinzu: «Ja, du kennst ihn.»

Damit war alles gesagt. Ich verstand, wen sie meinte, und ich verstand auch, dass damit nichts mehr zu retten war.

«Na dann viel Glück, Wilma. Sei so lieb und geh jetzt bitte.» Mein Arm wies ihr den Weg zur Wohnungstür.

«Ach Grexi», seufzte sie und strich mir im Vorbeigehen über die Wange. Diese arrogante Drecksau! Dann verschwand sie und ließ mich in der Wohnung stehen, den Arm immer noch in Richtung Tür ausgestreckt.

Es war ungefähr zehn Uhr, und ich glaube, ich war so überfordert mit der Situation, dass ich sofort zu einem normalen Tagesrhythmus übergegangen bin. Ich hatte um vierzehn Uhr ein Meeting mit dem Kuchler, bei dem ich einigermaßen gefasst sein wollte, vielleicht war das der Grund, warum ich mich erst mal duschte und rasierte, bevor ich mir ein recht ausgiebiges Frühstück zubereitete. Ich schmierte mir ein Brot mit Frischkäse und Schinken, schnitt ein paar Bananen und eine Ananas klein und gab sie in einen griechischen Joghurt, über den ich Honig goss. Dazu ließ ich meine neue Kaffeemaschine einen Cappuccino zubereiten, setzte mich an meinen großen Tisch, machte den Laptop an und las Sportnachrichten im Netz. Ich frühstückte noch eine Weile vor mich hin und klickte dann auf das Blog von Rationalhymne, das war der Typ, der mich durch die Jahre immer wieder als überbewertet und prollig beschimpft hatte. Ich fand einen Artikel über die Late-Night-Show, in dem er schrieb:

Herzl hat endlich kapiert, dass er mich nervt. Jetzt hat er seine Witze schlauer und seine Präsentation weniger hysterisch gemacht und wirkt so immer deutlich souveräner als seine pappnasigen Gäste wie Unterschichten-Komödiant Guido Cantz oder Langatmigkeits-Rennfahrer Michael Schumacher.

Kaum zu glauben, dass ich mittlerweile selbst den Zuspruch von misanthropischen Intellektuellen bekam. Ich fühlte mich mehr denn je im Recht, als ich mich gegen halb zwei in den Wagen setzte und runter zum Gendarmenmarkt fuhr.

20
KUCHLER

Dass dem Kuchler am Ende dieser Erzählung ein eigenes Kapitel zuteil wird, ist schnell erklärt. Ohne ihn gäbe es diese Geschichte nicht. Man darf nicht vergessen, dass der Kuchler mir am Anfang der Erzählung ja gekündigt hatte und ich ohne diese abrupte Beendigung meines Arbeitstages nie so früh nach Hause gekommen wäre, um die Wilma noch in flagranti mit dem Schürmann zu ertappen. Und ohne das Ertappen hätte es vielleicht keine Trennung gegeben, und ich wäre nicht so überstürzt im Berliner Nachtleben und letztendlich in der psychiatrischen Abteilung der Charité gelandet. Und hätte somit vielleicht nie so ausgiebig in Rottenegg verweilt. Und selbst wenn das alles Spekulation ist, so hat ausgerechnet der Kuchler dafür gesorgt, dass ich am Ende doch noch mein Buch geschrieben habe. Aber dazu gleich mehr.

Als ich zu ihm ins Büro kam, fiel mein erster Blick auf den Maßkrug von den PTV-Awards, der in einem Regal auf der linken Seite stand, noch vor seinem Riesenschreibtisch. Es war kein gläserner Maßkrug, wie ihn der Onkel Norbert auf den Schädel bekommen hatte, eher einer vom Typ Keferloher, ein schweres, steinernes Unding mit dem bekannten PTV-Logo in Weiß-Blau darauf. Ein Frevel, wie ich finde. Der Anblick des Kruges machte mich dennoch nicht wütend, denn ich dachte an den Onkel Norbert und sah, wie der Kreis sich schloss. Ich schaute den Kuchler an, als er sich erhob, um mich zu begrüßen. Er sah ein bisschen fertig aus. Seine einstmals dunkelblonden Haare blichen aus zu einem schmutzigen Grau. Sie waren vermutlich halblang, aber der Kuchler hatte sie immer streng nach hinten gegelt und bändigte so auch seine für sein Alter eher albernen Locken. Er trug einen in Form rasierten Kinnbart und ein altes Ramones-T-Shirt, also ein originales, nicht das von H&M. Der Kuchler zog gerne Bandshirts an, ich war mir nicht sicher, ob er damit Rock-'n'-Roll-Flagge bei PTV hatte zeigen wollen und jetzt bei Sat.1 ein bisschen den Rebellen rauskehrte oder ob er einfach zu stillos war, um sich altersgemäß anzuziehen. Ich vermute aber mal, die T-Shirts und das Altrocker-Aussehen waren sein Alleinstellungsmerkmal in der Fernsehbranche, zumindest in den luftigen Höhen, in denen er sich mittlerweile bewegte.

«Ach, der Grex. Küss die Hand», begrüßte er mich kraftlos lächelnd. «Setz dich doch, mein Lieber», sagte er auf eine gespenstisch milde Art.

«Servus, Fritz, na, wie geht's dir?», begrüßte ich ihn gut aufgelegt, wohl ahnend, dass das nicht zum Konzept dieser Unterredung passte.

«Du, mia geht's eh gut. Bin nur a bissi gstresst, waaßt eh. Die Oarschlöcher hier von der Gschäftsführung nerven mich doddal. Aber guad», seufzte er. «Des ghört hoit zum Geschäft dazua.»

«Ja, die Medienbranche ist kein Krautwickerl», sagte ich und war mir sicher, dass der Kuchler das nicht verstand. Ich verstand es ja selbst kaum.

«Jahaha ...» Kuchlers sonst so hysterisches Lachen klang schlaff.

«Du, Grex, warum i di herbstöht hob: Die Late-Night-Show, besonders die letzte Ausgabn, is ja so a bisserl unser Raggnroi-Format. Da kömma draufhaun und funky Einspieler produzieren, die si andere net traun. Und mia können die Stars fragen, was immer mia woin, nicht das, was die PR-Heinis vorgeben. Des is ja eben des Großoartige, dass du den Schumacher frogn konnst, wie oft er bei so einem Rennen immer *bieseln* muss. Für mi is des genau die Late-Night-Show, die wo ich immer seng woit, aber vermutlich ist der meine und der unsrige nicht der gesellschaftlich ausschlaggebende Humor.»

«Ach so? Wer gibt denn dann den Ausschlag? Feuilleton ist doch mittlerweile super», sagte ich, auch wenn ich wusste, worauf der Kuchler hinauswollte.

«Na ja, Feuilleton. Du, des Feuilleton hot a den Harald Schmidt zum deitschn Letterman ausgrufen, aber die Quoten waren die vom *Philosophischen Quartett* im dritten Re-Run.»

Die Milde hatte jetzt Kuchlers Tonfall verlassen. Widerspruch gehörte nicht zu den rhetorischen Disziplinen, die er an seinen Gesprächspartnern besonders schätzte. Ich ließ ihn weiterreden.

«Die Quoten deiner Show san eindeutig net das, was mir uns vorgstöht hom», sagte er und schaute mich dabei so an, als hätte ich absichtlich seine Sendung sabotiert.

«Mia sind jetzt bei 7,1 % Marktanteil bei den Vierzehn- bis Neunundvierzigjährigen, das entspricht vielleicht 600 000 Zuschauern. Das is *nix*, wann ma si des *Nachtjournal* von RTL oschaut. Des hot bei gleicher Zielgruppn an Marktanteil von 13,5 % und laft a Stund später, verdammt no moi.»

Ich hätte ihm gerne beim Thema «gleiche Zielgruppe» widersprochen, doch ich ließ es, denn wenn der Kuchler immer mehr in den Dialekt seiner Heimat verfiel, ließ man ihn sich besser erst mal aus der Rage wieder herausreden.

«Waaßt du, was so eine Sendung kostet? Die ganze Redaktion da mit durchziang und die sauteuren Einspieler? Dann schiebn wir den Plattenfirmen noch Unsummen in Oarsch, dass die uns die Shakiraschlampn mal für a Stund ausleichn. Waaßt du, was da pro Sendung zammkommt, Grex, waaßt du des?»

Er wurde zunehmend aggressiver, aber ich ignorierte das.

«Ich kann mir schon vorstellen, was das kostet», sagte ich in der Hoffnung, er möge mir die Zahlenspielereien ersparen. Offensichtlich wollte er das ohnehin, und er beruhigte sich wieder, auch was seinen Dialekt betraf.

«Mein Gott, sorry, Grexer. Ich weiß doch, dass du a oida Profi bist, also was verzöh i dir? Die Quoten sind Mist, und Sat.1 denkt drüber nach, die Sendung abzusetzen.»

«Ja, dachte ich mir schon, find ich aber dennoch ein bisschen früh nach acht Folgen», sagte ich.

«Logisch is des früh, andererseits ist des halt hier nimmer PTV, Gregor. Des ist ka Raggnroi mehr. Da musst du dich halt einfach a bissi mehr in den Mainstream hineinversetzen, wannst hier überleben willst.

Scheiß Haifischbecken, weiß ich eh. Aber ich hab ja no wos in der Hinterhand für di, Grex.»

«Ah, okay, was denn?», tat ich so, als sei ich neugierig.

«Wir basteln grad mit a paar guten Schreibern an einem neichen Format für'n Samstagvormittag. Wöchentlich und Personality-getrieben. So a bisserl wie Frühstücksfernsehen für coole Leute. Is noch nicht final entschiedn, aber i kann dir ja schon mal sagen, worum's geht. Magst du's wissen?»

«Klar, schieß los, Fritz.»

Der Kuchler schien zu merken, dass er mir gerade Schwachsinn erzählte, denn wie immer in solchen Fällen verschwand sein Wiener Akzent dann nahezu vollends.

«Du wirst jetzt vielleicht sagen, das gab's schon mal, aber ich sage dir, dass unser Ansatz ein völlig neuer ist. Du erinnerst dich vielleicht an die Sendung *HotSpots* mit der Sabrina Staubitz. Die hat total coole Werbespots präsentiert, aber mit so einem ironischen Unterton. Ich hab das damals selbst noch als Redakteur betreut.»

«Hm», machte ich, mich erinnernd, dass ich Sabrina Staubitz mal ziemlich heiß fand.

«Der Schaaß hat super Quoten gehabt. Unsere Idee ist jetzt, Werbespots aus aller Welt zu präsentieren und in der Anmoderation so ein bisschen zu parodieren, so wie der Kalkofe, nur ohne die bleden Kostüme. Teile von deiner Late-Night-Redaktion würden dann auch die Texte schreiben. Ich weiß eh, das klingt jetzt vielleicht auf den ersten Blick eher deppert, aber heutzutage haben wir ja eine ganz andere Wertigkeit bei Werbespots. Schau dir allein die

Apple-Werbungen an. Das ist mittlerweile eine ganz eigene Kunstform geworden. Also, ich glaab, dass das super passt auf dich. Wir könnten schon in zwei, drei Monaten einen Piloten produzieren. Du, und wegen Kohle musst du dir auch kaane Sorgen machen, ich pass schon auf, dass du hier nicht für einen Hungerlohn arbeitest. Na, was sagst, Grexer?»

Ich sagte gar nichts. Die Demütigung, mir die witzigsten Werbespots der Welt als Trostpflaster unterjubeln zu wollen, nahm ich schon gar nicht mehr richtig wahr. Auch die Absetzung meiner Sendung wäre unter anderen Umständen sicher ein Riesenschock gewesen, aber so, wie die Dinge standen, war das lediglich der Tropfen, der das Fass zum Überlaufen brachte. Schon während des letzten Satzes vom Kuchler war ich aufgestanden, und er dachte wohl noch, ich müsste mich angesichts der neu gewonnenen Informationen erst wieder orientieren und zu mir finden.

Ich könnte die Ereignisse der nächsten Minuten ziemlich präzise wiedergeben, sogar präziser als den Tod vom Onkel Norbert im Bierzelt. Denn rückblickend ist das, was nach dem Monolog von Kuchler passierte, keine Erinnerung, die im Abstand unscharf wird, sondern wie die Schlüsselszene eines Films, den ich schon zehnmal gesehen habe. Jedes Detail, jede Bewegung, jede Zehntelsekunde – der gesamte Ablauf ist fest in meinem Kopf verankert.

Im Nachhinein denke ich – der Dalai Lama möge mir verzeihen –, dass die folgenden Minuten mein Erwachen, meinen Erweckungsmoment darstellten. Danach war ich ganz gefasst und ganz bei mir. Sah die Welt so, wie sie war. Wie sie vermutlich schon immer war. Eine ganz simple Projektionsfläche meiner Ideen und Wünsche. Eine Welt, die mir nicht wehtun wollte, die einfach nur genauso tumb vor sich hin existierte, wie ich das bis zu jenem Moment getan hatte. Eine Welt, die keine spezielle Gregor-Herzl-Abteilung besaß, keine Fachleute, die sich ausschließlich um mein Wohlergehen kümmerten. Einfach nur eine Welt, eine Umwelt vielmehr. Die nichts weiter wollte von einem, einem aber auch nichts gab.

Aber genug der Philosophie, im Prinzip will ich nur sagen, dass das, was danach folgte, mich im Nachhinein mehr als alle anderen erlebten Katastrophen beeinflusst hat. Denn erst dadurch habe ich eines verstanden: Es kann passieren, was will, so groß kann fast keine Katastrophe auf der Welt sein, dass man danach nicht wieder irgendeinen Rhythmus findet. Genau das haben mir meine Eltern nach dem Tod von Onkel Norbert vorgelebt. Da habe ich es noch nicht kapiert, aber jetzt weiß ich, was in solchen Momenten in ihnen vorgeht. Es ist eben nicht so, als würden sie Dinge verdrängen oder unter den Teppich kehren, vielmehr schaffen sie es, sich durch Katastrophen nicht ihr Leben bestimmen zu lassen. Hätte ich das früher verinnerlicht, wäre das Folgende möglicherweise nicht geschehen.

Ich war also aufgestanden und ging zu dem Regal links von Kuchlers Schreibtisch.

«Heast, i waaß, dass das jetzt erst mal kolossal nervt, Grex. Mir tut's ja a leid, aber G'schäft is G'schäft, und Arbeitsplätze werden selbst beim Devau nicht um die Mitarbeiter herum gestrickt.»

Ich griff zu dem Keferloher mit dem PTV-Logo. Der Kuchler schaute mir zu und kommentierte:

«Die guadn oidn Zeiten. Is eigentlich ein gaanz schöner Maßkrug, oder?»

Ich ging mit dem Maßkrug auf den Kuchler zu und hob ihn am Henkel hoch in die Luft.

«Haha. Jetzt batscht er mir glei den Maßkrug aufn Kopf nauf», lachte er sein Hyänenlachen.

Ich lachte auch ein bisschen, hielt aber den Krug weiterhin hoch oben in der Luft. Dann sagte ich zum Kuchler:

«Du hast Nerven, auch noch meine Alte zu ficken, du Wichser.»

Und der Kuchler merkte, dass der Spaß vorbei war.

«Grex, ehrlich, des is ...», schaffte er noch, dann traf ihn der Keferloher krachend am Kopf. Er sackte zusammen, knallte mit dem Gesicht auf die Tastatur und rührte sich nicht mehr. Das Blut floss wie eine verschüttete Tasse Kaffee über den Schreibtisch. Kaum zu glauben, dass sich so schnell eine derart große Blutlache bilden kann.

Vielleicht hatte ich dem Kuchler direkt den Schädel gebrochen, obwohl ich hätte schwören können, dass ich gar nicht mit voller Wucht zugeschlagen hatte. Schon allein deshalb nicht, weil ich den Krug vor dem Schlag schon eine Weile oben gehalten hatte. Somit fehlte mir ja die Kraft für den großen Ausholer. Aber scheinbar hatte es ausgereicht, um den Kuchler ins Abseits zu stellen. Nicht, dass ich das in dem Moment bereute. Gar nicht.

Kuchlers Sekretärin kam nicht herein, vermutlich war sie Geschrei und laute Geräusche aus seinem Büro gewohnt. Ich stellte den Maßkrug zurück ins Regal und setzte mich wieder auf den Stuhl, auf dem ich mir gerade noch Kuchlers Sermon hatte anhören müssen. Der Krug war nicht zerbrochen wie der beim Onkel Norbert. Lediglich ein bisschen Blut und Haare klebten daran. Ich drehte mich mitsamt dem Stuhl zur Seite, damit ich den deformierten Kuchlerkopf nicht sehen musste. Es ist immer noch schwer zu beschreiben, wie gefasst und seelenruhig ich war. Ich rauchte sogar noch eine Zigarette, bevor ich mit meinem Handy – Kuchlers Festnetztelefon war voller Blut – die Polizei rief.

«Hallo. Mein Name ist Gregor Herzl. Ich habe gerade im Streit jemand schwer verletzt. Ich bleibe am Tatort. Das ist Jägerstraße 32. Bei Sat.1. Ja, der Fernsehsender. Büro von Fritz Kuchler.»

Ich weiß nicht, was es an jenem Tag so Wichtiges in Berlin zu tun gab, aber es dauerte fast zwanzig Minuten, bis die Polizei eintraf und mich festnahm. Um die Zeit zu überbrücken, las ich die *Süddeutsche Zeitung*, die auf der Besuchercouch lag. Ich erinnere mich noch an den Artikel. Es ging um die Buchmesse und darum, dass der große Berlin-Roman mit all seinen Irrungen und Wirrungen einfach nicht totzukriegen war.

EPILOG

Ich wollte dieses Buch eigentlich an dieser Stelle enden lassen, aber dann meinte mein Lektor, ein solch pathetischer Ausklang würde ein wenig die Authentizität verwässern, zudem sei meine biographische Situation nach dieser Tat doch von so hohem öffentlichem Interesse, dass man zumindest noch ein Nachwort darauf verwenden sollte.

Da im Epilog der Platz fehlt, die Geschichte detailliert chronologisch weiterzuerzählen, fasse ich mich entsprechend kurz, um einen Anschluss an die Ereignisse in Kuchlers Büro zu schaffen. Zunächst mal:

Kuchler überlebte den Angriff nicht. Der Notarzt konnte vor Ort nur noch seinen Tod feststellen.

Die Polizei nahm mich fest. Ich ging in Untersuchungshaft, und es kam zu einem Gerichtsverfahren. Es wurden verschiedene psychologische Gutachten hinzugezogen, unter anderem kam auch Dr. Riemers zu Wort, und ich wurde zum Zeitpunkt der Tat für vermindert schuldfähig erklärt. Man verurteilte mich wegen Körperverletzung mit Todesfolge zu fünf Jahren Haft. Die Strafe war vergleichsweise milde.

Es gab ein Riesentrara in den Medien und ein

noch größeres in Rottenegg, was meine Eltern dazu nötigte, ihr Haus aufzugeben und nach Regensburg zu ziehen, um den Anfeindungen der Dorfleute und den Kamerateams zu entkommen.

Es liefen verschiedene Reportagen über den tiefen Fall des Gregor Herzl im Fernsehen. Zwei davon wurden mit Bombenquote zur Prime Time ausgestrahlt. Der Fall Günther Kaufmann war ein Scheißdreck dagegen.

Ich ließ alles über mich ergehen, selbst vor Gericht äußerte ich mich so gut wie gar nicht. Mir taten meine Eltern unendlich leid, weil sie wegen mir ihren Heimatort verlassen mussten. Meine Anwesenheit in Rottenegg hatte letztlich nicht nur mein Leben, sondern auch ihres ruiniert.

Meine Mutter kommt hin und wieder zu Besuch, mein Vater ist nicht immer dabei. Wir reden viel über den Onkel Norbert. Ich kann auch ohne meine Mutter nicht aufhören, an ihn zu denken. An Wilma verschwende ich keinen Gedanken mehr. Der Angriff auf den Kuchler hatte immerhin in dieser Hinsicht einen kathartischen Effekt. Auch der Umstand, dass sie mich einmal besuchte, obwohl ihr Agent ihr dringend davon abgeraten hatte, änderte daran nichts. Es war ohnehin ein sehr merkwürdiges Gespräch, das sich nur um ihre aktuellen Filmprojekte drehte. Der Name Kuchler fiel dagegen gar nicht.

Eines Tages kam ein Literaturagent vorbei und meinte, ein Buch über die dem Totschlag vorangegangenen Ereignisse wären einem bestimmten Verlag locker 100 000 Euro wert. Ich dachte nicht lange nach, denn meine Eltern konnten das Geld gut gebrauchen, nachdem ich ihnen indirekt so übel mitgespielt hatte. Und so fing ich an zu schreiben und diese Geschichte hier fertigzustellen. Es fiel mir nicht schwer, von Wilma zu erzählen, ungleich schwerer war es, über den Kuchler zu schreiben, denn natürlich bereute ich mit etwas Abstand meine Tat. Am schlimmsten war es jedoch, wenn die Sprache auf den Onkel Norbert kam, da überkam mich oft eine Art Lähmung, und ich habe mich erst einmal hingelegt.

Zweieinhalb Jahre habe ich hier drin jetzt noch offiziell abzusitzen, und es geht mir gar nicht so schlecht, wie man meinen könnte. Mein Anwalt wusste nicht, ob ich scherze, als ich neulich zu ihm sagte, dass mir eine Verlängerung meines Aufenthaltes fast lieber wäre als eine vorzeitige Entlassung wegen guter Führung. Aber ich habe es ganz ernst gemeint. Weil hier drin niemand etwas von mir will und ich die Tage gelassen vor mir zergehen sehen kann. Eine Auszeit. Eine echte Auszeit. Nicht so wie die in Rottenegg.

MIX
Papier aus verantwortungsvollen Quellen
FSC® C083411

Das für dieses Buch verwendete FSC®-zertifizierte Papier
Lux Cream liefert Stora Enso, Finnland.